서점의 다이아나

서점의
다이아나
유즈키 아사코
柚 木 麻 子
김난주 옮김
한스미디어

1

새 교실의 창가 자리에서는 텅 빈 수영장이 잘 보인다. 어제까지 계속 비가 내린 탓에 바닥에 물이 살짝 고여 있고, 그 위로는 운동장에서 날려 온 벚꽃 잎이 소복하게 쌓여 있다. 새 학년의 첫날인데 날이 맑아서 그나마 다행이다. 새 책상은 매끈매끈하고 은은한 나무 향이 풍긴다. 3학년 3반, 제일 뒷자리에서 새로운 반 친구들의 뒷모습을 바라본다. 줄줄이 겹쳐 보이는 검은 머리가 장관이다. 4월의 바람에 한들거리는 커튼은 빳빳하게 풀이 먹여져 있어 더없이 청결하게 느껴진다.

이렇게 티끌 하나 없이 깔끔한 새 학기에는 괜히 희망을 품게 되지만, 그것도 잠시뿐이라는 것을 지금까지의 경험으로 잘 알고 있다. 이름을 말하고 나면 끝장이다. 점차 자기 차례가 다가오는 것이 무서워 견딜 수가 없다. 머리가 띵해지고 명치 언저리가 따끔따끔 쑤시기 시작한다. 몇 년 후에 반드시 적중할 것이라는 노스트라다무스의 예언이 지금 현실이 되면 좋겠다는 생각까지 든다. 아침에 허겁지겁 마신 젤리 음료가 너무 차가웠던 때문만은 아닐 것이다. 교실 앞쪽에 앉은, 머리를 양 갈래로 땋은 여자아이가 일어섰다.

"출석번호 10번, 사토 미유키입니다. 좋아하는 것은 피구와 손가락 씨름입니다."

짝짝짝, 교실 여기저기에서 박수 소리가 난다. 사토 미유키라는 평범한 이름이 그렇게 부러울 수가 없다. 아아, 옷을 갈아입는 것처럼 이름도 쉽게 바꿀 수 있다면 얼마나 좋을까.

야지마 다이아나는 글자를 읽게 되기 훨씬 전부터 자기 이름을 엄청나게 싫어했다. 외국인의 피는 한 방울도 섞이지 않았는데 '다이아나'라니, 게다가 한자로 쓰면 하필 '大穴(큰 구멍)'이다. 다이아나의 아버지는 경마를 무척 좋아했던 것 같다. 다른 일은 하지 않고 매주 후추府中에 있는 경마장에 드나들면서 도박 하나로 생계를 꾸렸다고 한다. '다이아나'는 경마나 경륜, 경정에서 건 금액의 백 배가 넘는 배당을 뜻하는 말이다.

– 아빠랑 의논해서 지은 이름이야. 네가 세상에서 가장 럭키한 아이가 되기를 바라면서. 얼마나 좋은 이름이니. 사실은 아빠가 해마다 꼭 다녔던 '아오바상青葉賞'이라는 대회 이름을 따서 아오바로 할까 생각하기도 했어. 하지만 다이아나란 이름이 더 멋지잖아. 그래서 그렇게 정한 거야.

티아라는 그렇게 설명하면서 자랑스럽게 미소 지었지만, 그 이름 탓에 다이아나는 일곱 살 때 이미 자신의 미래에 절망하고 말았다. 만약 지금 아빠를 만날 수 있다면 불평이라도 한마디 하고 싶지만, 그의 얼굴조차 알지 못한다. 티아라의 첫사랑이었다는데, 다이아나가 태어나자마자 멀리 떠나버렸다고 한다. 이 얘기를 할 때면 티아라는 왠지 늘 자랑스러운 표정이다.

– 엄마가 싫어져서 떠난 게 아니야. 엄마는 아빠 하고 싶은 대로 놔두는 게 최선이라고 생각했어. 좋아하는 사람이 꿈을 이룰 수 있도록 해야 좋은 여자잖아.

밖에 나가면 티아라가 다이아나의 이름을 부를 때마다 주위 사람들이 다들 돌아보곤 한다. 두 사람의 모습을 번갈아 보고는 "아하" 하면서 납득이 간다는 듯 어깨를 으쓱하는 그들의 얼굴에는 야유의 미소가 번져 있다. 하고 다니는 꼴이 저러니 딸에게 이상한 이름을 지어줄 만도 하다는 식이다. 깜짝 놀랄 만큼 조그만 얼굴에 뾰족한 턱, 인조 속눈썹과 컬러 렌즈로 완성한 커다랗고 파란 눈망울, 노랗게 물들인 머리는 높이 추켜올려 묶었다. 아무튼 겉모습도 화려하고 동작도 커서 같이 걸어 다니기가 심하게 창피하다. 게다가 다이아나의 머리칼은 티아라가 자기 취향에 맞게 어렸을 때부터 염색을 자주 해준 탓에 마치 낡은 바비 인형처럼 노랗고 푸석푸석하다.

티아라에게는 야지마 유카코라는 번듯한 이름이 있다. 그런데 일하고 있는 카바레 클럽에서 사용하는 이름을 좋아해서 다이아나에게도 그렇게 부르라고 한다. 입이 간지러워질 만큼 부끄러운 이름이지만, 열여섯 살에 다이아나를 낳은 티아라에게 '엄마'라고 부르기도 어색하다.

'엄마'라면……. 예를 들어 《초원의 집》에 나오는 잉걸스 부인이나 《작은 아씨들》의 마치 부인은 무척 마음에 든다. 좋아하는 책에 등장하는 엄마들은 대개 집에서 바느질을 하거나 소박한 빵이나 케이크를 구워 준다. 차분하고 자상하고 가정적이면서도 다부지고 무엇보다 현실 감각이 있다. 티아라처럼 "내가 만든 것보다 훨씬 맛있잖아!" 하면서 딸에게 돈을 쥐어 주고는 편의점이나 패스트푸드점에서 먹을거리를 사 오게 하지도 않고, 휴대전화의 메인 화면에 담긴 남자 사진이 수시로 바뀌지도 않는다. 술에 취해 새벽에 돌아와서는 집 안을 한바탕 헤저으며 소동을 피우지도 않고, 선술집 점원과 주먹질을 해가며 싸우는 일도 절대 없다. 물론 자식의 이름을 이상하게 짓지도 않는다. 그 누구보다 올바르고 중심이 흔들리지 않는 성숙한 여자야말로 '엄마'라 불릴 수 있다.

그렇다고 다이아나가 티아라를 싫어하는 것은 결코 아니다. 다만 주위 사람들이 조롱하는데도 그걸 미처 모르는 엄마를 보면 자신이 실수한 것 이상으로 창피해서 속상해진다. 학부모 수업 참관이나 운동회, 슈퍼마켓에서 장 볼 때 등등 으아아악 외치며 티아라의 가느다란 허리를 부여잡고 제지하고 싶어지는 장면과 수도 없이 맞닥뜨렸다.

티아라가 없는 집에서 무릎을 껴안고 도서관에서 빌린 책을 읽을 때에나 다이아나는 그녀 자신일 수 있다. 애당초 가슴 속에서 들끓는 감정을 말로 표현하는 재주는 없다. 평생 아무와도 만나지 않고 이렇게 집에서 책만 읽으며 살 수는 없을까 하고 생각하는 때도 있다. 아빠가 없다는 사실도, 엄마는 새벽이나 돼야 집에 들어온다는 것도, 그리고 무엇보다 자신의 그 이상한 이름도 잊을 수 있으니까. 열다섯 살이 되면 구청에 가서 이름을 바꿔야지. 아오바도 괜찮고 하나코라도 상관없다. 아무튼 평범하고 흔한 이름으로. 이름을 듣고서 주위에 있던 사람들이 키들거리지 않는 상식적인 이름을 갖는 것이 다이아나의 소박한, 그러나 가장 간절한 소원이었다.

끝내 차례가 돌아왔다. 다이아나는 주춤주춤 일어났다. 아이들의 시선이 이쪽으로 쏠리는 것이 느껴진다. 까만 뿌리가 드러나기 시작한 퍼석퍼석한 노란 머리, 시시껄렁한 만화영화 스틸이 찍혀 있는 티셔츠, 뾰족한 턱, 깡마르고 어설픈 몸. 자신도 싫을 만큼 날카롭고 커다란 눈으로 모두의 호기심에 찬 시선이 모인다.

"야지마 다이아나입니다. 책 읽는 걸 좋아합니다."

최대한 조그만 목소리로 자기소개를 하고는 바로 의자에 앉았다. 아이들과 눈이 마주치지 않도록 무릎을 쳐다봤다. 여기저기에서 소곤거리는 소리가 들린다.

"다이아나래! 어머, 그럼 외국 사람이야?"

"외국 사람은 무슨. 나 2학년 때 같은 반이었는데 일본 사람이야. 공원 근처에 있는 아파트에서 엄마랑 둘이 살 걸."

"헉, 그러니? 그런데 머리가 금발이잖아."

"속은 까만데 이상하잖아."

"염색을 한 건가? 초등학생이 그래도 되는 거니?"

좀 나대는 타입인 듯한 남자아이가 오른손을 귀에 대고 위로 쭉 뻗었다.

"다이아나, 한자로는 어떻게 쓰니?"

"……클 대大자에 구멍 혈穴자."

기어 들어가는 목소리로 중얼거리자 그 순간 웃음소리가 일었다.

"여러분, 조용히 해요."

새 담임인 이와타 아쓰코 선생님이 딱 부러지는 투로 그렇게 말하자 교실 안이 잠잠해졌다. 피부가 하얗고 투실투실 살찐 사십 대 여자 선생님의 눈이 무테안경 속에서 날카롭게 빛난다. 아주 무섭지만 한 명 한 명을 진지하게 대해 주어서 학생들 사이에서 인기가 많기로 유명한 선생님이다.

"질문은 나중에 쉬는 시간에 하도록 해요. 새로운 친구와 사이좋게 지낼 수 있는 좋은 기회니까요. ……다이아나는 책을 아주 좋아한다고요?"

선생님이 갑자기 말을 걸자 다이아나는 조심조심 얼굴을 들었다.

"1학년 때와 2학년 때도 도서실을 많이 이용한 학생에게 주는 다독상을 받았네요. 책을 많이 읽는 것은 참 좋은 일이에요. 여러분도 다이아나를 본받아 도서실을 자주 이용하도록 하세요."

"네!"

기운차게 대답하는 소리가 교실을 울린다. 다이아나라는 이름은 벌써 잊어버린 것 같아 후 하며 안도의 한숨을 내쉬었다. 이와타 선생님이 자신에 대해 알고 있을 줄은 꿈에도 몰랐다.

다이아나는 새 담임선생님이 정말 좋아졌다. 이 선생님이라면 2학년 때 담임처럼 무턱대고 혼을 내거나, '못 되고 가정교육도 제대로 받지 못한 아이'라고 단정 짓거나, 티아라 험담은 하지 않을 거라는 생각이 들었다. 시금치나 생선은 평소에 잘 먹지 않기 때문에 급식에 나오면 남기게 되는데, 그래도 혼내지 않을지도 모른다. 앞으로 책을 더 많이 빌려서 선생님의 칭찬을 자주 듣고 싶어졌다.

쉬는 시간이 되었는데도 가슴이 계속 두근거려 어쩔 줄 모르고 있는데 분홍색 카디건을 걸치고 머리를 두 갈래로 땋은 여자아이가 다이아나 앞으로 성큼성큼 다가와 탐색하는 눈빛으로 물었다.

"너, 그 머리 어떻게 한 거니? 네가 직접 물들인 거야?"

입술 사이로 참 말썽이겠다 싶은 썩은 이가 보였다.

"아니……. 티……, 우, 우리 엄마가."

"헤에, 우리 엄마는 어렸을 때 머리를 염색하거나 탈색하면 건강에 좋지 않다고 하던데. 키가 잘 안 큰대. 너네 엄마는 좀 별난가 보구나."

뭐든 다 안다는 표정을 지으며 사방에 다 들리게 큰소리로 말한다. 여자아이 몇 명이 몸을 돌려 이쪽을 힐금거렸다. 오늘 처음 만났는데 왜 이렇게 상대를 공격적으로 대하는 걸까? 두려운 마음을 억누르면서 눈을 치켜뜨고 쳐다보자 썩은 이가 이내 겁에 질리는 기색으로 변했다. 다들 그렇다. 말을 먼저 걸어놓고서도 다이아나가 커다란 눈으로 쳐다보면 대부분의 아이들이 겁에 질려 먼저 눈을 돌린다.

"뭐니, 너? 그렇게 눈 똑바로 뜨고 노려볼 거 없잖아!"

노려볼 뜻은 전혀 없었다. 놀라서 뭐라 말을 하고 싶은데 말이 나오지 않았다.

"내가 무슨 이상한 말 한 거 아니잖아. 다이아나란 이름이 이상한 거지. 너네 엄마가 이상한 거고!"

썩은 이의 말이 맞다. 티아라는 진짜 이상하다. 왜 그녀는 평범한 엄마가 될 수 없을까. 그렇게 꼬집어 말하지 않아도 다이아나는 늘 한숨을 쉬며 살아가고 있다. 왜 다들 나를 그냥 내버려두지 못할까. 자신이 타인을 불쾌하게 만드는 존재라는 것쯤은 잘 알고 있다. 좋아해 달라고 할 생각도 없다. 그저 조용히 지낼 수 있으면 그걸로 충분한데.

"다이아나는 이상한 이름이 아니지, 미카게."

속이 다 후련해지는 낭랑한 목소리가 들렸다. 돌아보니 새까만 단발머리 여자아이가 방글거리고 있다. 참 예쁘네. 제일 먼저 그런 생각이 들었다. 화사하게 생긴 것은 아닌데 눈매가 곱고 콧날이 오뚝하고 피부가 도자기 인형처럼 매끄럽다. 머리도 좋지 싶게 이마가 동그랗고 넓다. 머리카락도 먹물처럼 까맣고 윤이 난다. 수수한 블라우스와 감색 치마를 입었을 뿐인데도 단정하고 깔끔한 인상을 준다. 다른 아이들과는 뭔가가 분명하게 달랐다.

"너 《빨간 머리 앤》 아니? 앤의 친구 이름이 다이아나야."

와. 다이아나의 눈이 휘둥그레진다. 《빨간 머리 앤》은 거의 베스트 원이라고 해도 좋을 만큼 좋아하는 책이다. 줄줄 외울 정도로 몇 번이나 읽었다. 앤이라는 수다쟁이에 공상을 좋아하는 여자아이가 좋아 미칠 것 같았다. 딸기 물과 퍼프소매, 하트 모양 캔디 등 귀엽고 맛난 것들로 가득한 책이다. 다이아나는 앤이 자랑하는 예쁜 친구이고 어떤 상황에서도 마음이 통하는 사이로 등장한다. 읽으면서 내내 둘의 관계가 너무 부러웠다. 이렇게 남과 책 얘기를 할 수 있다니. 미카게라고 불렀던 썩은 이는 시큰둥한 표정으로 어깨를 으쓱했다.

"모르는데. 난 아야코랑 달라서 책 안 읽으니까 뭐. 엄마는 읽으라고 잔소리를 해대지만."

미카게라는 아이는 아무래도 아야코를 한 수 위라고 생각하는 모양이다. 아야코가 은근히 나무랄 때 몹시 상처 입은 표정을 지었다. 아야코라는 여자아이는 얌전해 보이기는 해도 주위 사람들을 꼼짝 못하게 하는 강직함이 느껴진다.

"안타깝네. 정말 재미있는 책인데. 아아, 다이아나란 이름, 정말 부럽다."

여자아이는 이쪽을 빤히 쳐다보고는 싱긋 미소 지었다. 순수하고 꾸밈없이 빛나는, 누구라도 친구가 되고 싶어 할 그런 미소였다. 좋은 환경에서 곱게 자랐다는 것은 이런 아이를 두고 하는 말인지도 모르겠다.

– 너는 가정교육을 제대로 못 받고 자라서…….

2학년 때 담임선생님이 늘 하던 폭언이 다시 떠올랐다.

"나는 간자키 아야코라고 해. 코자가 붙는 이름 요즘 흔치 않지. 할머니 같아서."

썩은 이가 사라지고 나자 그녀는 수줍어하면서 자기 이름을 말했다. 다이아나는 간신히 고개를 옆으로 저었다. 할머니 같기는 무슨 소리야. 간자키 아야코, 황홀할 정도로 멋진 이름이다. 아빠와 엄마가 마음을 담아 지은 이름이리라.

"나, 1학년 때부터 너를 알고 있었어. 중앙도서관 자주 이용하지?"

"아, 응."

"몇 번이나 널 봤어. 중앙도서관에서도 네가 대출을 많이 한다고 로비에 표창장을 붙여 놨더라. 우리 아빠가 널 얼마나 칭찬했는지 몰라. 너 혼자 가방에 수북하게 책을 담아 대출하고 반납하는 걸 우린 몇 번이나 봤어. 저렇게 책을 많이 읽다니 대단하다고 생각하면서. 이와타 선생님도 그랬지만 다이아나 넌 정말 대단해. 너랑 같은 반이 돼서 정말 좋다."

설마 누군가가 자신의 모습을 보고 있으리라고는 꿈에도 생각지 못했다. 이 아이와 친해지고 싶다. 마음속에서 무언가가 소리 없이 떨리기 시작했다. 아야코와 친해질 수 있다면 하루하루가 정말 즐거울 것 같다. 그녀를 감싸고 있는 차분하고 맑은 분위기에 더없이 끌렸다. 이 기회를 놓칠 수는 없다. 그녀라면 반드시 자신을 이해해 줄 것이다. 앤과 조, 패티와 롯데와 엘리자베스. 이야기 속의 여주인공들은 늘 용감하고 사람과의 만남을 두려워하지 않는다. 아아, 내게 힘을 보태 줘.

"학교 끝나고 중앙도서관에 갈 건데. 오늘까지 반납해야 하는 책이 있거든. 괜찮으면…… 너도 같이 가지 않을래?”

아야코가 눈을 동그랗게 떴다. 예쁜 얼굴에 부드러운 미소가 번지는 것을 다이아나는 숨을 삼키며 쳐다보았다. 커튼이 바람을 품고 둥실 떠올라 두 사람을 감쌌다. 그 순간 교실 안의 시끌시끌함이 멀어지고 다이아나와 아야코 둘만의 세계가 찾아왔다. 이른 봄의 싸늘하지만 햇살을 담뿍 머금은 바람이 두 볼을 쓰다듬었다.

빨리, 빨리.

1초라도 빨리 집으로 돌아가 점심을 먹고 그 여자아이가 기다리는 도서관에 가야 한다. 통학로를 뛰는 간자키 아야코의 머릿속은 조금 전에 알게 된 그 멋진 이름의 예쁜 소녀로 가득했다. 야지마 다이아나. 1학년 때 도서관에서 본 후로 줄곧 마음에 담고 있던 그녀와 드디어 같은 반이 된 데다 이렇게 빨리 친해지다니 마치 꿈만 같았다. 발을 내디딜 때마다 등에 멘 가방이 흔들리며 안에 든 필기도구가 달그락달그락 부딪친다. 1학년 때부터 쓰고 있는 것들이다. 엄마는 올해에도 새것을 사주지 않았다.

신학기가 되면 여자아이들은 학용품을 싹 새로 바꾼다. 빛나는 스티커와 형광펜과 인기 만화영화의 캐릭터가 눈부시게 그려진 것들로. 그러나 아야코 혼자만 계속 똑같은 필통과 연필깎이를 쓰고 있다. 모두 엄마가 지유가오카에 있는 문구점에서 사 온 프랑스제 고급품이다. 아무리 험하게 써도 얄미울 정도로 망가지지 않아 지금도 거의 새것 같다.

수수하지만 튼튼하고 오래 쓸 수 있는 것. 엄마 아빠는 그런 것들을 좋아한다. 하지만 아야코는 금방 망가지더라도 반짝거리고 귀여운 것이 좋았다. 아홉 살짜리 여자아이로서는 아주 당연한 감각이라고 생각한다.

– 그런 건 금방 싫증 나고, 멋도 없잖아?

백화점에 가서 피아노 발표회 때 입고 싶은 드레스나 학원 다닐 때 쓸 가방을 사달라고 조르면 엄마는 늘 부드럽지만 단호한 말투로 아야코의 간청을 물리친다. 아야코의 어린애다운 취향이 엄마 눈에는 달갑지 않은 것이다. 프릴이 풍성하게 달린 분홍색 원피스, 반짝거리는 비즈로 장식된 레이스 백. 화사한 색감의 그것들은 여자아이를 공주님으로 만들어 주는 강력한 마법을 부리는데.

– 값이 좀 비싸더라도 질이 좋고 싫증 나지 않게 오래 쓸 수 있는 게 최고야. 아야코에게도 지구 환경에도. 엄마는 네가 '진품'을 아는 여성으로 자라 줬으면 좋겠어.

엄마를 좋아하지만 엄마가 강조하는 '진품'이 '가짜'보다 멋지다고는 생각하지 않는다. 같은 피아노 학원에 다니는 미카게는 툭하면 엄마 아빠를 졸라 '가짜'를 사들고 와서는 신이 나서 자랑해댄다. 썩은 이도 있고 코도 돼지코라서 하나도 귀엽지 않은 주제에. 그런데 다이아나는 반짝거리는 것으로 몸을 꾸미기 위해 태어난 아이처럼 진짜 예쁘게 생겼다.

오늘 교실에서 창문으로 비치는 햇살에 반짝거리는 금발을 보는 순간 하마터면 앗 하고 소리를 지를 뻔했다. 투명한 금발 머리, 깜짝 놀랄 만큼 조그만 얼굴. 상대를 빨아들일 것처럼 깊은 커다란 갈색 눈은 긴 속눈썹이 테를 두르고 있다. 틀림없이 외국인의 피가 섞여 있을 것이다. 게다가 다이아나가 입고 있는 옷은 아야코가 동경하는 캐릭터 '댄싱 스테파니'의 티셔츠였다. '댄싱 스테파니'는 초등학교 저학년 여자아이들에게 엄청나게 인기 있는 게임으로, 플레이어가 스테파니라는 여자아이의 옷을 코디하고 라이벌과 댄스를 겨루면서 포인트를 버는 방식이다. 게임의 세계관을 그대로 보여주는 만화영화는 일요일 아침에 방영되는 것 같은데, 아야코는 부모님의 교육 방침 때문에 텔레비전을 보기는커녕 게임도 살 수 없었다. 설날에 사촌 집에 갔다가 딱 한 번 그 게임을 해봤을 뿐이다. 그때 머리가 찌릿찌릿하고 몸이 오그라드는 것처럼 멋대로 움직이던 감각을 지금도 잊을 수 없다.

하지만 그렇게 귀여운 여자아이는 심술궂은 아이들의 표적이 되기 쉽다. 자기소개를 하는 다이아나를 보면서 옆에 앉은 다케다란 남자아이가 혼자 중얼거리던 말이 떠오른다.

– 이름 참 이상하네. 다이아나가 뭐야, 어디로 보나 일본 사람인데.

그 심통 맞은 말투에 울컥했다. 다케다와는 1학년 때부터 같은 반이었지만 얘기를 나눈 적은 없었다.

– 왜? 멋진 이름인데. 새로운 친구를 그렇게 나쁘게 말하는

건 좋지 않지.

아야코가 나무라자 다케다는 얼굴을 약간 붉히고는 화가 난 것처럼 고개를 옆으로 휙 돌리며 "잔소리는!" 하고 투덜거렸지, 아마.

마음껏 싫어하라지. 신호에 걸려 기다리는 동안 그 불쾌했던 기분이 떠올라 아야코는 몸을 파르르 떨고는 가방을 고쳐 멨다. 나도 남자는 거칠고 난폭해서 싫다고. 정육점의 외동아들인 다케다는 공부는 영 꽝이지만 덩치가 크고 축구를 잘하는 인기남이다. 여자아이들 중에서도 좀 조숙한 아이들은 다케다가 멋지다고 호들갑을 떨지만, 아야코는 뭐가 멋지다는 건지 도통 모르겠다고 생각한다. 아야코가 멋지다고 생각하는 남자는 디즈니 만화영화에 나오는 백마 탄 친절한 왕자님이나 아빠처럼 상냥한, 기댈 수 있는 어른이다.

다이아나는 틀림없이 복잡한 가정에서 동화 속 주인공처럼 자란 여자아이일 것이다. 그 탐나는 티셔츠도 몸이 작은 그녀에게는 좀 헐렁헐렁하고 실내화도 더럽다. 하지만 그것은 그녀의 가짜 모습이고 사실은 소공녀 세라처럼 좋은 집안의 자녀일 것 같다. 그녀라면 티아라와 퍼프소매 원피스, 머프muff와 마차도 아무런 위화감 없이 잘 어울릴 것이다. 아야코가 말을 걸자 다이아나는 수줍어하면서도 도서관에 같이 가자고 했다. 언제 봐도 혼자이던 그녀가 같이 노는 것을 허락한 것이다. 자랑스러움과 뿌듯함으로 가슴이 벅차 수업 끝나는 종이 울릴 때만 애타게 기다렸다.

집에 도착해 현관문을 열자 댄이 깽깽 짖으며 뛰어나와 맞아 주었다. 발에 매달려 재롱을 떠는 갈색 친구를 쓰다듬어 주었다. 현관에는 여자 구두가 주르륵 놓여 있다. 여러 가지 향수와 부엌에서 풍기는 부용bouillon 냄새에 아참 오늘은 요리 수업이 있는 날이었지 하고 떠올린다. 2년 전부터 시작한 엄마의 요리 교실이 있는 날이면 부엌은 늘 다양한 세대의 여자들로 북적거린다.

"엄마, 다녀왔어요. 여러분, 안녕하세요. 천천히 즐기세요."

"어머, 아야코. 어서 오너라."

거실 문을 열자마자 수강생들을 향해 고개를 꾸벅 숙였다. 그 간단한 동작에 여자들은 감탄스럽다는 듯이 한숨을 내쉬며 아야코를 칭찬했다.

"과연 선생님의 딸이네요. 얼마나 야무진지."

"어머, 코트가 정말 귀엽네. 에이라인에 저 세련된 감색. 마치 마들렌느 같아. 어느 브랜드예요?"

"우리 애도 좀 본받았으면 좋겠네. 아야코랑 같은 걸스카우트에 입단시켜 볼까."

엄마의 비위를 맞추듯 그렇게 말한 사람은 미카게의 엄마였다. 세 집 건너에 사는 미카게의 엄마는 요리 교실의 단골 수강생일 뿐만 아니라 수시로 우리 집에 드나든다. 아야코 눈에도 그녀가 엄마를 선망하고 있다는 것이 분명하게 보인다. 아무튼 뭐가 되었든 엄마 흉내를 내고 싶어 한다. 지금 미카게 엄마가 입고 있는 앞치마는 전에 엄마가 좋아했던 앞치마와 똑같은 무늬다. 미카게가 아야코와 같은 피아노 학원에 다니게 된 것도 그녀 엄마의 작전일 것이다. 음악을 좋아하건 말건 상관없이. 엄마는 물론 그녀를 친절하게 대하지만 아야코는 그 모녀를 좋아하지 않는다. 둘 다 남의 물건을 힐금거리는 데다 어딘가 모르게 억지스러운 느낌이 들기 때문이다. 윗사람에게 실례되는 표현일지 모르겠지만 그런 태도는 촌스럽다고 생각한다.

"이제 접시에 담아 점심을 먹어 볼까요."

'선생님'이라고 불리는 엄마를 보는 것이 좋다. 수강생들의 부러워하는 시선을 한 몸에 받으며 부엌에 서 있는 모습이 자랑스럽다. 남다르게 유능한, 의지할 수 있는 사랑하는 엄마. 아야코가 태어나기 전에 엄마와 아빠는 같은 출판사에서 요리책을 만드는 편집자였다. 엄마는 남자처럼 짧게 자른 찰랑거리는 머리와 거의 맨얼굴이다시피 한 엷은 화장에 트레이드마크인 감색 안경이 참 잘 어울린다. 올해로 마흔여섯이 된 엄마가 너무 차분하기 때문인지 수강생들이 유난히 어려 보인다. 아니 요리가 배우고 싶어 온다기보다 엄마의 매력에 이끌려 모여 있는 것처럼 보인다. 엄마 취향의 동판화가 걸려 있는, 엷은 베이지색을 기조로 한 심플한 거실에는 들창에 조르륵 놓인 향수병 미니어처만 햇살을 투명하게 반사하며 색감을 발하고 있다. 이렇게 엷은 색조의 집에서 자란 탓에 아야코는 강렬한 색이나 반짝거리는 것에 마음을 빼앗기는지도 모른다. 다시 한 번 고개를 숙이고 거실에서 나오는데 수강생들과 엄마의 말소리가 등 뒤로 따라왔다.

"어쩌면 저렇게 똑똑할까. 공립학교에 다닌다는 게 믿기지 않네요."

"아직 어린아이예요. 아직도 자기를 아야짱이라고 부르니 어이가 없죠."

"어머나, 귀엽잖아요."

까르르 울리는 웃음소리에 아야코는 얼굴을 붉혔다.

"애 아빠랑 의논해서 초등학교 6년은 공립에 보내기로 했어요. 아빠나 나나 죽 사립만 다녀서 고생을 모르거든요. 거의 비슷한 수준의 사람들과 교류해 왔기 때문에 시야만 좁아졌죠. 사립 여자 중학교에 들어가기 전까지는 다양한 친구들과 사이좋게 더불어 지내면서 사회성과 활달함을 키웠으면 해요."

아야코가 2층의 자기 방에 있는데 잠시 후 엄마가 쟁반을 손에 들고 들어왔다.

"미안해, 아야코. 오늘은 혼자 먹어야겠네. 이거 수업하고 남은 거야."

미안한 표정을 짓는 엄마를 향해 아야코는 고개를 저었다. 유치원 시절 갖고 놀던 소꿉놀이 테이블 세트를 꺼내 혼자 먹는 점심도 나쁘지 않다. 자기 힘으로 살아가는 동화 속 강한 여자가 된 듯한 기분이 들어서다.

"엄마, 아야짱 점심 먹고 도서관에 가도 돼? 새로 사귄 친구랑 만나기로 했어. 이름이 정말 귀엽고 멋진 애야."

"그러니, 어떤 이름인데?"

“다이아나. 야지마 다이아나. 귀엽지? 그 책이랑 똑같다.”

엄마가 순간적으로 가느다란 눈을 동그랗게 뜨고는 입술을 한일자로 꾹 다물었다. 그러다 이내 평소의 미소가 온 얼굴에 퍼졌다.

“벌써 친구가 생겼어? 물론 가도 돼지. 재미나게 다녀 와. 그래도 4시까지는 꼭 돌아와야 해.”

점심은 감자 뇨키와 유채 샐러드, 흰살 생선 파이, 그리고 딸기 무스였다. 가볍게 먹기 좋은 계절 채소를 사용해 만든 요리들로 평소 식탁에 오르는 음식과 약간 달라서 외식하는 기분이 든다. 엄마는 간을 담백하게 하기 때문에 요리에 재료의 원래 맛이 잘 살아 있어 수강생들 사이에서 인기가 좋은 것 같다. 마당에서 키운 허브와 채소를 듬뿍 사용해서 요리를 만드는 엄마 덕분에 아야코는 편식을 거의 하지 않는다. 급식 때 조금 이상한 게 나와도 남기지 않고 다 먹으려고 애쓴다. 자신은 그게 보통이라고 생각하는데 젓가락이나 포크를 예쁘게 잘 사용한다고 선생님들이 칭찬을 자주 해준다.

점심을 다 먹고 쟁반을 들고 부엌으로 내려가 그릇을 싱크대에 담갔다. 엄마와 수강생들에게 “다녀오겠습니다.” 인사하고 좋아하는 가방을 들고 집을 나섰다.

중앙도서관은 집에서 걸으면 5분 정도 걸리는 커다란 공원 안에 있다. 가로수 길의 벚꽃은 엇그제의 비바람에 다 떨어졌지만 그래서 그런지 깔끔하고 시원해 보였다. 도서관까지 이어지는 길에 호수처럼 커다란 웅덩이가 생겨 있었다. 물 위에 하얀 꽃잎이 빈틈없이 떠 있는 풍경을 보는 것도 즐겁다. 마치 꽃의 카펫 같다. 바람이 불 때마다 카펫이 살짝살짝 움직이며 모양이 점점 바뀐다. 간혹 수면을 들여다보면 햇살을 반사해 반짝 빛난다. 웅덩이를 지나 도서관 앞에서 벤치에 오도카니 앉아 있는 다이아나를 발견했다.

손을 흔들면서 뛰어가자 그녀의 볼이 발그레해졌다. 종이에 싸인 햄버거를 손에 들고 콜라인 듯한 음료를 마시고 있다. 그 옆에는 가방이 놓여 있다.

"너, 그게 점심이니? 집에서 먹고 오지 않았어?"

고개를 갸웃거리면서 벤치에 앉았다. 서늘하고 눅눅한 감촉이 기분 좋아 치마가 젖는 것도 아무렇지 않다.

"응, 우리 엄마는 저녁때까지 자거든. 깨우는 거 싫어 해. 학교에서 바로 온 거야."

"그 햄버거는?"

"오늘 길에 맥도날드에서 샀어."

다이아나의 입에서 육즙과 피클 냄새가 폴폴 풍겼다. 맥도날드. 낮이나 밤이나 열려 있는, 빨강과 노랑으로 장식된 그 시끌시끌한 공간에 아야코는 아직 한 번도 발을 들여놓은 적이 없다. 애당초 밖에서 뭘 사먹어 본 적이 없다. 그래서인지 혼자 햄버거를 사들고 담담하게 먹는 다이아나가 무척이나 어른스럽게 느껴졌다. 녹차나 우유가 아니라 콜라와 함께 햄버거를 먹다니 얼마나 쿨한지 모르겠다. 콜라를 마셔본 것은 지금까지 딱 두 번, 친구 생일 파티와 여름 축제 때뿐이었으니 아야코에게는 정말 특별한 음료다. 점심을 막 먹고 나왔는데도 꿀꺽 군침이 삼켜진다. 무심히 시선을 옆으로 돌리던 아야코는 하마터면 소리를 지를 뻔했다. 옆에 놓인 가방 위로 오후의 햇살이 쏟아지는데 무언가가 반짝 빛을 반사했다.

"만져 봐도 되니?"

다이아나에게 허락을 구하고서 손을 내밀었다. 빨간 가방 위에 알록달록한 다이아몬드 같은 돌로 그림이 그려져 있다. 같은 학년 아이들 사이에서 소문이 자자한 귀여운 가방이었다. 아야코는 너무 부러워서 눈앞이 아찔해졌다. 살짝 만져 본 다이아몬드는 차갑고 매끄러웠다.

"정말 굉장하다, 이 가방. 다들 부러워하던데. 어디서 샀어?"

"티아……, 아, 우리 엄마가 꾸미면 예쁠 것 같다면서 자기 마음대로 한 거야."

다이아나는 왠지 지겹다는 표정으로 대답했다. 입술이 케첩으로 빨갛게 물들어 있다. 그녀는 그것을 티셔츠로 쓱 닦고는 손가락을 쪽쪽 빨았다. 그 모습이 책에 나오는 '고아'의 행동과 똑같아 아야코는 무조건 경의를 표하고 만다.

"이걸 엄마가 만들어 줬단 말이야?"

"너저분하게 장식하는 걸 좋아하는 사람이라서. 우리 엄마는 뭘 봤다 하면 다 이렇게 만들어. 리모컨에서 컴퓨터까지 온 집 안을. 어이가 없지. 손톱이랑 휴대전화도 그렇고. 봐, 이거. 학교에서 들키면 혼난다고 하는데도 그래."

다이아나가 쑥 내민 손가락 끝에는 꽃과 나비와 별이 자잘하게 그려져 있다. 얼마나 귀여운지 아야코는 후 한숨을 내쉬었다.

"다이아나 엄마, 정말 대단하다."

가방과 손톱을 이렇게 꾸밀 수 있다면 얼마나 멋질까. 한숨을 쉬며 아야코는 생각했다. 그녀가 부럽다. 엄마도 아빠도 무척 좋아하지만 이렇게 반 친구와 얘기를 나눌 때마다 자신이 얼마나 많은 것이 금지된 좁은 세계에서 살고 있는지 통감하게 된다. 햄버거를 다 먹은 다이아나가 포장지를 구깃구깃 말면서 말했다.

"나는 아야코 네가 부러운데. 뭐랄까, 수수하면서도 멋지잖아."

"에이, 난 그런 거 싫어. 수수하다니 말투가 할머니 같다, 얘."

아야코는 얼굴을 한껏 찡그리고 다이아나를 보았다. 그러자 그녀가 키득 웃었다. 단정한 얼굴이 환하게 펴지면서 나뭇잎 사이로 쏟아지는 봄의 햇살 속으로 녹아드는 것 같았다.

"그러니? 그래도 빨간 머리 앤이 외출할 때 입는 원피스도 갈색이야. 분홍색이 아니라. 정말 멋진 건 그런 게 아닐까. 싫증나지 않고, 너저분하지 않고, 상대방을 불안하게 만들지도 않는, 그 사람의 머리카락과 피부와 눈 색깔과 자연스럽게 어울리는 거 말이야."

같은 나이의 여자아이 입에서 엄마와 똑같은 말이 나올 줄은 몰랐다. 다이아나는 정말 짜증스럽다는 듯이 자신의 티셔츠를 손가락으로 집어 보이며 말했다.

"창피해 죽겠어. 이런 티셔츠, 어린애 같잖아. 내년에는 못 입지. 그런데도 우리 엄마는 자기 딸이 이 만화영화를 좋아하는 줄 알고 툭하면 사온다니까. 밤에는 같이 게임 하자고 하고."

"'댄싱 스테파니'를 갖고 있는 거야? 그걸 엄마랑 같이 한다고?"

스스로도 목소리가 떨린다는 것을 알 수 있었다. 그렇게 이해심 많은 엄마가 이 세상에 있다니. 다이아나만 그렇게 좋은 엄마와 살다니. 진짜 불공평하다는 느낌에 목구멍이 뜨끈해졌다.

"응. 새벽에 두드려 깨워, 게임하자고. 그러곤 아침까지 한다니까, 잠을 잘 수가 있어야지. 엄마에게는 거의 일과야. 스포츠센터에 가자니 돈이 아깝다나. 다이어트에 좋은 모양이야."

"와, 좋겠다. 나는 그게 꿈인데……. '댄싱 스테파니' 하면서 마음껏 노는 게."

아야코가 부럽다는 듯이 중얼거리자 다이아나는 잠시 주춤거리더니 조심스럽게 아야코에게 말을 건넸다.

"다음에…… 놀러 올래? 우리 집에. '댄싱 스테파니' 마음껏 하게 해줄게. 음…… 지저분하지만, 그래도 괜찮다면."

아야코는 폴짝 뛰고 싶을 만큼 기뻐서 자기도 모르게 다이아나의 손을 잡았다.

"우와! 정말? 그래도 되는 거야? 고맙다! 나도 너에게 해줄 수 있는 게 있으면 좋겠는데……. 다이아나, 너 갖고 싶은 거나 하고 싶은 거 있니?"

다이아나는 놀란 것처럼 눈길을 피했다. 잠시 발치에 고인 물을 내려다보다가 툭 말을 뱉었다.

"하고 싶은 게 있다면 빨리 어른이 되는 거. 어른이 되면 뭐든 자유롭게 선택할 수 있잖아. 먹는 것도 갖고 싶은 것도. 나, 어른이 되면 이름을 자유롭게 선택하고 싶어."

"뭐? 다이아나란 이름이 싫다는 거야? 얼마나 귀여운데."

"귀엽기는 뭐가. 난 진짜 싫은데."

다이아나는 콧잔등을 찡그리며 입을 양 옆으로 쩍 벌려 이를 드러냈다. 둘은 어느새 아주 오래 전부터 친했던 친구처럼 편하게 말을 주고받고 있었다.

"열다섯 살이 되면 이름을 마음대로 바꿀 수 있대. 그러면 나, 평범한 이름으로 바꿀 거야. 그리고 아빠를 찾으러 떠날 거야. 왜 이름을 이렇게 지었느냐고 따지러."

그녀의 얘기 하나하나에 가슴이 설렜다. 열다섯 살, 자기 이름을 스스로 짓는다, 아빠를 찾아 여행을 떠난다.

정말 그녀는 동화 속 주인공 같았다. 자신의 예상이 틀리지 않았다. 아아, 어쩌면 이렇게 드라마틱할 수 있을까. 아야코는 황홀한 표정으로 다이아나를 쳐다보았다. 머리칼도, 투명한 눈동자도 사람을 사로잡는 매력을 발하고 있다. 그러면서도 어딘가 모르게 불안하고 겁먹은 눈빛이다. 내가 지켜줘야지. 셰틀랜드 쉽독인 댄이 처음 집에 왔을 때, 걸스카우트에서 상급 학년 여학생들과 함께 코펠로 밥을 지을 때, 2학년 1학기 학급 위원으로 뽑혔을 때. 그때도 지금처럼 안에서 열이 끓어오르는 듯한 감각을 느꼈다.

"그래도…… 다이아나는 좋은 이름이잖아. 우리가 친구가 된 계기이기도 하고……. 난 좋은데. 우리 집에 《비밀 숲의 다이아나》란 그림책이 있거든. 내가 참 좋아하는 책인데 같이 읽자. 우리 아빠가 만들었어."

"뭐? 아야코. 네 아빠, 책 쓰는 사람이니?"

다이아나는 조그만 얼굴 한가득 존경의 빛을 띠었다.

"아니. 편집하는 일 해. 작가랑 같이 책 만드는 일. 지금은 잡지를 만들지만 옛날에는 그림책을 만들었어."

"와, 굉장한 일이네. 굉장하다. 굉장해. 그런 일도 있구나."

책을 정말 좋아하는가 보다. 아야코는 기뻤다.

《비밀 숲의 다이아나》는 '하토리 게이치'라는 작가가 글을 쓰고 그림도 그린 다섯 권짜리 책이다. 아빠가 만든 책이라서 어렸을 때부터 하도 많이 읽어 거의 내용을 외우고 있다. 심술보 마법사 때문에 부모와 생이별을 하게 된 소녀 다이아나가 숲의 동물과 요정들의 도움을 받으며 혼자 살아가는 이야기다. 독립적으로 살아가는 주인공과 눈앞의 소녀가 딱 겹쳐졌다. 아빠 손으로 만든 책을 새 친구가 좋아해 준다면 얼마나 행복할까.

"재밌겠다. 그 책 읽어보고 싶어. 아야코, 너네 집 멋지겠다."

다이아나가 우리 집에 온다. 상상만 해도 가슴이 설레 아야코는 공원의 상큼한 공기를 가슴 하나 가득 들이마셨다. 이번 학년은 즐겁게 지낼 수 있을 것 같다. 벚꽃이 떠다니는 커다란 웅덩이가 《빨간 머리 앤》에서 앤과 다이아나가 친구가 되기로 맹세한 꽃이 만발한 정원과 '빛나는 호수'인 것만 같았다.

간자키 아야코의 집에 놀러갔던 4월 중순의 일요일을 다이아나는 평생 잊지 못하리라.

그 날을 경계로 인생이 바뀌었다. 자신이 편하게 숨 쉴 수 있는 장소가 어떤 곳인지 선명하게 그릴 수 있게 된 것이다. 아야코의 집에는 다이아나가 원하는 모든 것이 있었다. 이랬으면 좋겠다고 꿈꾸던 풍경이 자연스럽게 존재하고 있었다.

"다이아나, 어서 와요. 아야코가 네 얘기를 얼마나 하는지 처음 보는 것 같지 않네."

"처, 처음 뵙겠어요……."

어른이 이렇게 정중하게 대해주기는 처음이었다. 친구 집에 초대받은 것도 지금이 첫 경험이다. 현관에서 맞아 준 중년의 여자는 화장기가 하나도 없었다. 주름도 흰머리도 눈에 띄는데, 속이 비쳐 보일 듯 투명하고 맑은 분위기였다. 감색 안경에 짙은 회색 카디건과 물이 바랜 초록색의 넉넉한 바지. 소박한 차림새인데도 우아하고 인상도 좋았다. 이 사람이라면 나를 이해해 줄 거라고 다이아나는 직감했다.

현관을 들어서는 순간부터 가슴이 두근두근 터질 것 같았다. 집이 이렇게 넓을 수가. 티아라와 다이아나가 사는 다가구 주택 전체보다 훨씬 큰, 부드러운 생크림 같은 느낌의 2층 건물이다. 영국식 정원에는 이 계절의 꽃이 《비밀의 화원》만큼이나 흐드러지게 피어 있었다. 언뜻 보기에는 무질서한 듯하지만 반듯반듯한 학교와 공원의 화단보다 한결 세련되었다.

"우리 엄마 늙었지?"

아야코는 조금도 창피해하는 기색 없이 키들거리며 속삭였다. 교실이 아닌 곳에서 아야코와 지내는 행복함에 눈앞이 어질어질했다. 모두가 선망하는 그녀를 독차지할 수 있다니. 썩은 이의 미카게가 문득 떠올랐다. 나 일요일에 아야코네 집에 간다! 들으라고 일부러 큰 소리로 말했을 때 약 올라 하던 그녀의 표정. 좀 심했나 싶어 반성했지만 그래도 속은 후련했다.

"아빠는 훨씬 더 늙었어. 산책하러 나갔는데 금방 돌아올 거야. 아마 깜짝 놀랄 걸. 난 되게 늦둥이거든."

엄마 뒤를 따라 널찍한 거실로 향하면서 아야코는 발치에 맴도는 강아지를 안아 올렸다.

"얘는 댄이야, 셰틀랜드 쉽독이고. 안아볼래?"

새까만 눈망울이 촉촉하게 젖어 있고 짙은 갈색 털은 마치 캐러멜처럼 매끈거렸다. 안아보고 싶은데 개를 만지는 것은 처음이라 선뜻 손이 나가지 않았다. 전에 술에 취한 티아라가 그러지 말라는데도 남의 마당에 들어갔다가 그 집 개에게 물리는 광경을 본 후로 개가 무서워졌다. 하지만 댄과는 시간이 흐르면 사이좋게 지낼 수 있을 것 같았다. 눈이 아주 선하게 생겼으니까.

그건 그렇고 정말 멋진 집이다. 티아라가 간혹 우유를 듬뿍 넣어 마시는 카페오레 같은 색으로 가구와 벽지가 통일되어 있어서인지 푸근하고 차분하다. 휑할 만큼 물건이 적어서 깔끔하고 시원하다. 맨 처음 눈길을 끈 것은 벽 한 면을 고스란히 차지하고 있는 책장이었다. 게다가 천장까지 닿는 높이다. 두툼하고 어려워 보이는 책, 영어로 된 책, 요리책, 사진책, 문고본……. 어른 책도 아이들 책도 빈틈없이 꽂혀 있다.

"집이 거의 서점 같다……."

그렇게 중얼거리자 녹차와 과자를 들고 나오던 아야코의 엄마가 웃었다.

"우리 집에는 책이 많아서 가족 모두의 책을 여기다 한꺼번에 모아뒀어. 다이아나는 책을 정말 많이 읽는다면서. 읽고 싶은 책 있으면 마음껏 빌려가도 돼. 그런데 왜 그렇게 책을 좋아하니?"

불쑥 그렇게 물어 다이아나는 생각에 잠겼다. 그녀가 재촉하지 않아 천천히 생각한 후에 대답할 수 있었다.

"어렸을 때 자기 전에 엄마가 이야기 들려주는 걸 좋아했거든요. 왠지 다른 세계로 가는 것 같아서. 그래서 자꾸 더 해달라고 졸랐는데 엄마는 이야기를 많이 알지 못하고 바쁘기도 하니까 얼른 글자 익혀서 혼자 책을 읽으라고 했어요. 그래서……."

"다이아나 엄마는 멋진 분이시네. 그렇게 훌륭한 방법을 쓰시다니. 다이아나도 독립적인 멋진 여자가 되겠어."

아야코 엄마의 그 말에 다이아나는 정말 놀랐다. 그 눈빛이 따스한 것을 보면 거짓말이 아니었다. 누가 티아라를 칭찬한 것은 처음이라 숨 쉬기가 편해진 듯한 기분이 들었다.

아야코가 권해서 푸근한 느낌의 나무 의자에 앉았다. 커다란 테이블 너머로 정원이 한눈에 내다보였다.

"자, 젤리랑 홍차야."

다이아나는 눈을 깜박거리면서 아야코 엄마가 내민 머그컵과 절반으로 자른 그레이프프루트에 담긴 젤리를 내려다보았다. 머그컵에서 김이 모락모락 올라왔다. 다이아나에게 젤리란 편의점에서 파는 투명한 컵에 든 짙은 색감의 것이다. 그런데 아야코네 집에서는 생과일의 속을 파내서 그릇으로 사용하고 있었다. 아야코를 따라 한 숟가락 떠서 입으로 가져갔다. 상큼하고 향기롭고 달콤새콤한 맛이 입 안에서 탱글탱글하게 터졌다. 너무 맛있어서 잠시 황홀했다. 두툼한 머그컵을 두 손으로 감싸자 왠지 모르게 안심이 되었다. 다른 사람이 끓여준 따뜻한 차는 정말 좋은 거네. 다이아나는 스며들 듯 퍼지는 안도감에 잠겼다.

"새로운 반은 어떠니, 아야코?"

"응. 진짜 재밌어. 활달한 애도 많고. 그리고 이와타 선생님도 참 좋으셔. 며칠 전에도 다이아나를 놀린 남자아이를 따끔하게 혼내셨거든. 그리고 아야짱은……."

자신을 '아야짱'이라고 부르다니. 놀라는 다이아나의 시선을 눈치 채지 못한 채 아야코는 이번 주에 학교에서 생긴 일을 열심히 조잘거렸다. 학교에서는 야무지게 구는데 엄마 앞에서는 마치 다른 사람처럼 응석을 부리고 조잘대는 모습이 정말 부러웠다. 다이아나도 이 너그러운 여자의 품에 모든 것을 내맡기고 어리광을 피우고 싶었다.

"다케다가 다이아나에게 얼마나 못되게 구는지 몰라. 이름이 이상하다느니, 머리가 괴상하다느니. 가만히 둘 수 없어. 다음에 또 그러면 우리 선생님 부르자."

"보나 마나 다케다가 다이아나를 좋아해서 그러는 거겠지."

아야코 엄마가 놀리듯 한 말에 다이아나와 아야코는 얼굴을 마주 보았다.

"길버트가 앤의 머리색을 가지고 놀린 거 왜였더라?"

자기도 모르게 엣 하고 항의의 소리를 지르자 아야코 엄마는 미안 미안 하며 웃고는 그 이상은 아무 말도 하지 않았다. 처음 만나는 어른과 이렇게 쾌활하게 얘기를 나눌 수 있다는 게 믿기지 않았다. 다이아나는 아야코 엄마에게 잘 보이고 싶은 마음에 자신도 모르게 이런 말을 꺼내고 말았다.

"제 꿈은 서점에서 일하는 거예요. 제가 좋아하는 책만 골라서 조그맣고 귀엽고 예쁜 책방을 차릴 거예요."

"어머, 훌륭한 꿈이네. 좋은 책방이 될 거야."

칭찬을 받은 것이 기뻐서 다이아나는 하늘에라도 오를 것 같은 기분이었다.

그때 현관문이 열리는 소리가 나더니 잠시 후 머리가 희끗희끗한 남자가 나타났다. 깃 있는 셔츠와 납작한 모자 차림이 상큼했다. 스튜디오 지브리의 영화에 나오는 아빠처럼 차분하고 품위도 있었다.

"아빠, 오셨어요."

"이제야 만나는구나, 얘기 많이 들었어. 새 학기 시작되고부터 두 주일 동안 아야코가 네 얘기밖에 하지 않았단다. 만나서 반갑구나. 아야코의 아빠야."

아야코 말이 맞았다. 아빠라기보다 할아버지라고 하는 편이 좋을지도 모르겠다. 남자치고는 몸집이 작고 등도 구부정하다. 게다가 머리칼이 산타클로스처럼 새하얗다. 그런데도 웃으면 주름이 자글자글해지는 눈매가 젊고 선해 보였다. 《빨간 머리 앤》의 매튜 아저씨가 이런 분위기일지도 모르겠다. 왠지 모르게 정겹다. 다이아나가 빤히 쳐다보아도 아야코의 아빠는 왜 그러느냐는 표정을 짓는 대신 너그럽게 웃어주었다. 가슴에 책을 껴안고 있던 아야코가 끼어들었다.

"아빠, 아빠. 아야짱, 다이아나에게 《비밀 숲의 다이아나》를 빌려 줬는데 진짜 진짜 재미있었대. 5권까지 순식간에 다 읽었대."

아야코는 아빠와도 무척 사이가 좋은 것 같다. 안심하고 몸을 내맡기고 있는 그녀를 다이아나는 무슨 숭고한 것이라도 보는 기분으로 바라보았다. 엄마를 대할 때와는 또 다른 달짝지근한 공기가 흘렀다. 좋겠다. 만약 아빠가 있다면 다이아나도 이 두 사람처럼 사이좋게 지낼 수 있을까. 티아라도 클럽에 나가 일하지 않고 다른 엄마들처럼 집에서 간식으로 먹을 과자를 손수 만들어주게 될까. 다이아나는 과감하게 입을 열었다. 용기를 쥐어짜면서까지 이 집에 온 이유는 사실 이 질문을 하고 싶어서였다.

“이 책의 작가 ‘하토리 게이치’ 씨는 어떤 사람이에요? 아저씨는 아시죠?”

“오, 그렇긴 한데. 그건 왜 묻지?”

“이 작가 책을 더 많이 읽고 싶어서요.”

아홉 살치고는 다양한 책을 읽었다고 생각한다. 하지만 《비밀 숲의 다이아나》는 지금까지 읽은 어떤 책보다 감동이 깊었다. 스토리에 푹 빠졌다기보다는 숲에서 혼자 사는 고독한 공주님의 모습이나 성격이 아야코가 지적한 대로 자신과 흡사하다는 기분이 들었다. 잠시 후에 아야코의 아빠가 나직한 목소리로 말했다.

“그런데 말이야, 그 사람은 이 시리즈를 쓴 후에 작가 활동을 그만뒀어. 그래서 《비밀 숲의 다이아나》 말고는 책이 없단다.”

“헉…… 그래요?”

꽤나 충격을 받은 표정이었나 보다. 아야코의 아빠가 그 자리를 수습하듯이 웃으면서 말했다.

“어떤 부분이 그렇게 마음에 들었는지 아저씨에게 가르쳐줄 수 있을까?”

어엿한 어른을 상대하는 것처럼 점잖은 그 말투가 신기해서 아쉬운 심정이 금방 사라지고 말았다.

“음, 다이아나가 숲을 찾아온 켄싱턴 공작부인에게 자신의 생활에 대해 얘기하는 부분…….”

좋아하는 페이지를 펼치고 소리 내어 읽었다.

"동정하지 말아요. 공작부인."

다이아나는 명랑하게 말했다.

"이 숲에는 모든 게 다 있는 걸요. 나는 풍족하게 살고 있어요."

"이렇게 허름한 오두막에 살면서 예쁜 드레스 하나 없잖아. 친구도 없을 텐데."

공작부인이 말했다.

"새와 다람쥐들이 얼마나 좋은 말동무인데요. 드레스는 한 벌밖에 없지만 계절 따라 다른 나뭇잎과 나무 열매로 꾸밀 수 있어요. 그리고 내게는 남다른 지혜와 손재주가 있거든요. 그럼요. 원하는 것은 무엇이든 내 힘으로 만들 수 있는 걸요."

다이아나는 행복함에 젖어 자기도 모르게 한숨을 내쉬었다. 마치 자신을 위해 있는 말인 듯한 기분이 들었다. 그럼, 지금의 너 자신으로 충분해. 그렇게 격려해 주는 느낌이다. '하토리 게이치'라는 작가는 다이아나의 심정을 틀림없이 이해해줄 것이다. 이렇게 공감이 가는 묘사와 표현을 만날 수 있으니 책을 읽는 것이다. 아야코의 아빠는 싱긋 웃으며 고개를 끄덕였다.

"아저씨도 다이아나의 그 대사를 좋아하는데. 기운이 샘솟고 의욕이 끓어오르니까 말이다. 그렇게 말할 수 있는 다이아나는 정말 대단하구나. 책을 만들면서도 그런 생각은 못 했는데. 하토리 씨도 이 부분을 좋아했지 아마."

"정말이요? 와!"

불현듯 눈물이 쏟아질 것 같았다. 물론 아야코의 엄마도 멋지지만 아빠라는 존재의 크기와 따뜻함은 각별했다. 옆에만 있는데도 자신을 있는 그대로 받아들여주고 이제 두려운 일은 없을 거라며 꼭 안아주는 듯한 느낌이었다. 나도 아빠가 있었으면……. 다이아나는 간절하게 생각했다. 이런 성숙한 남자가 지켜주었으면. 열다섯 살이 될 때까지 기다릴 수 없다. 하루 빨리 아빠를 찾아내야겠다고 결심했다.

"서재에 하토리 씨의 일러스트가 있을 텐데. 좀 보고 와야겠구나."

아야코의 아빠가 2층으로 올라가자 엄마도 자리에서 일어났다.

"그럼 둘은 설거지하는 거 좀 도와 줘. 그리고 다 같이 카스텔라 만들자. 간단하니까 금방 만들 수 있어."

"카스텔라를 집에서 만들어요?"

깜짝 놀라 되묻자 아야코의 엄마는 장난스럽게 고개를 끄덕였다.

"《구리와 구라》도 그랬잖아?"

그리운 그 제목에 다이아나의 마음에 따스한 불꽃이 지펴졌다.

"다이아나, 앞으로는 언제든 놀러 와. 아줌마가 한가하면 만들기 쉬운 요리 몇 가지 가르쳐줄게. 엄마 없을 때 혼자 먹고 있지? 사서 먹는 것도 나쁘지 않지만 직접 만들어서 먹으면 재미도 있고 맛도 좋아."

집에 가고 싶지 않다.

밖은 아직도 밝은데 불쑥 그런 생각이 들었다. 지금까지는 수업이 끝나면 편의점에서 도시락을 사 들고 집에 돌아가 싸늘하고 어두운 방에서 늘 혼자 먹곤 했는데, 지금 다이아나의 마음은 분명 그것을 거부하고 있었다. 싫어, 혼자 있기 싫어. 이 따뜻한 방에서 좋아하는 사람들과 함께 있고 싶어. 이 가정의 친절하고 온화한 분위기를 조금이라도 더 느끼고 싶어. 줄곧 혼자가 편하다고 생각해 왔는데 그건 착각이었다. 사실 자신은 사람을 좋아하고 외로움을 잘 타는 응석받이였다.

결국 저녁 7시까지 아야코의 집에서 지냈다. 아야코의 엄마는 갓 구워낸 카스텔라뿐 아니라 저녁 반찬으로 나왔던 우엉조림과 톳나물, 그리고 주먹밥까지 플라스틱 그릇에 따로 담아 주었다. 아야코의 아빠가 아야코와 함께 차로 집까지 데려다줘서 돌아가는 길도 신이 나 조금도 외롭지 않았다.

집으로 돌아온 아야코는 마당에서 딴 마거리트와 허브를 컵에 꽂아 장식했다. 원색뿐이라 스산하던 방이 조금은 포근해진 느낌이었다.

"좋았어, 이제 저녁 준비도 다 됐고. 아야코, 빨리 가자!"

다이아나는 전기밥솥의 스위치를 꾹 누르고 만족스러운 표정을 지으며 손뼉을 짝 쳤다. 아야코의 엄마가 가르쳐준 새우 필라프 만드는 법은 옆에서 보기에도 참 간단했다. 씻은 쌀에 다진 채소와 새우, 콘소메 큐브와 분말 파프리카, 버터를 넣고

분량에 맞춰 물을 붓고 밥을 지으면 끝. 불을 사용하는 요리도 빨리 배우고 싶은데 하며 다이아나는 답답하다는 듯 중얼거렸다.

"아야코네 엄마가 이것저것 가르쳐준 덕분에 어른이 된 기분이야. 아아, 아야코는 좋겠다. 엄마가 뭐든 다 아는 멋진 사람이라서."

엄마가 다이아나에게 도움을 주고 있다고 생각하면 자랑스럽지만 지금은 그런 건 뒷전이다. 아야코의 두 눈은 조그만 화면만 뚫어져라 쳐다보고 있었다. '댄싱 스테파니'가 드디어 세컨드 스테이지에 돌입했다. 스텝 마크가 붙어 있는 비닐 시트 위에서 아야코는 스테파니의 움직임에 맞춰 정신없이 손발을 움직였다. 다이아나가 다가와 따분하다는 듯이 팔을 잡아당겼다.

"아, 정말. 아까부터 게임만 계속하고 있잖아. 빨리 너희 집에 가자. 저녁 준비도 다 했고 내일 학교 갈 준비도 다 했단 말이야."

"응, 조금만, 조금만 더 하고."

아야코는 그렇게 중얼거리면서도 화면 앞을 떠날 줄 몰랐다.

다이아나는 아야코네 집에만 놀러가려 하지만, 솔직히 아야코는 이 집에서 계속 지내고 싶었다. 물론 아빠 엄마가 다이아나와 사이가 좋아 기쁘고 행복하지만, 요즘 들어서는 살짝 질투가 나기도 한다. 아빠 엄마는 다이아나의 똑똑함과 풍부한 감성에 늘 놀랍다는 반응을 보인다. 아야코가 좋다는 것에는 번번이 난색을 표하는 엄마도 다이아나가 좋아하는 음식과 책과 색깔에는 흐뭇하다는 표정을 짓는다. 아야코는 모르는 '진품'을 다이아나는 알고 있기 때문일까.

무엇보다 아야코는 다이아나가 살고 있는 이 집의 반짝거리는 마력에 푹 빠져 있다. 조그만 방은 마치 소꿉놀이하는 인형의 집 같다. 여기저기에 알록달록한 병이 조르륵 놓여 있고 온 벽에는 공주님 드레스 같은 옷이 걸려 있다. 보물처럼 쌓여 있는 액세서리와 가발, 커튼 대신 걸려 있는 반투명한 캔디 같은 비즈 발도 귀엽다. 다이아나가 말한 대로 텔레비전에서 에어컨, 냉장고, 전기밥솥에 이르기까지 반짝거리는 스티커와 비즈로 장식되어 있어 한없이 바라보고 싶어진다.

그뿐이 아니다. 다이아나가 차려주는 밥과 반찬이 믿기지 않을 만큼 맛있다. 순식간에 휘리릭 만들어준 인스턴트 야키소바의 맛은 잊을 수가 없다. 혀가 얼얼할 정도로 강렬한 소스의 맛. 부드러우면서도 쫄깃하게 씹히는 면발의 식감도 그렇다. 포키에 감자 칩에 자가비. 모두 꿈같은 맛이었다.

"난 다이아나네 집이 진짜 좋은데. 얼마나 재밌어. 이 집에 살고 싶다."

"에이, 거짓말? 아야코네 집이 훨씬 좋잖아."

"그러니?"

"그럼, 그렇지. 나도 아야코네처럼 집도 넓고 부자고…… 아빠도 있으면 좋겠는데."

다이아나가 그렇게 말하고는 얼굴을 붉히며 몸을 움츠리자 아야코는 놀라서 그 옆에 쪼그리고 앉았다.

"열다섯 살 될 때까지 못 기다리겠어. 나, 지금 당장 아빠를 만나고 싶어. 그리고 다시 결혼하라고 하고 싶어. 그럼 엄마는 일 안 해도 되니까 집에 있을 수 있잖아."

아야코는 다이아나의 자유로운 생활을 부러워했던 자신이 부끄러웠다. 그녀의 외로운 처지에 대해서 줄곧 무심했다.

"다이아나, 나 다이아나가 아빠 찾는 거 도울게. 둘이서 찾으면 금방 찾을 수 있을 거야. 낸시 드류처럼 우리 소녀 탐정 하자."

"그런데 실마리가 하나도 없어. 경마를 좋아했다는 정도밖에 모르는 걸."

"사진 없어? 편지라든지?"

다이아나는 노란 머리를 흔들며 고개를 저었다. 아아, 무슨 좋은 방법이 없을까. 둘이 골똘히 생각에 잠겨 있는데 현관문이 콰당 요란스럽게 열리더니 트레이닝복을 위아래로 입은 날씬한 여자가 뛰어 들어왔다. 샌들을 휙 벗어던지고 성큼성큼 방으로 들어오자마자 열쇠를 바닥에 냅다 던졌다. 담배 냄새가 훅 풍겼다.

"다녀왔어. 어, 친구니?"

"아이 참, 왜 벌써 들어오는 거야. 미노루 아저씨하고 파친코 데이트 천천히 하고 오라고 그랬잖아! 우리 지금 비밀 얘기 하고 있단 말이야!"

다이아나가 열을 올리면서 그렇게 고함을 지르는데도 그녀는 별일 아니라는 듯이 이쪽을 보며 싱긋 웃었다.

"아아, 네가 다이아나의 친구? 아야코라고 했나. 티아라입니다."

티아라라면 다이아나의 엄마인가. 눈앞에 있는 여자는 어느 모로 보나 언니로밖에 보이지 않는데. 그런데 정말 예쁘게 생겼다. 구불구불하게 웨이브 진 금발에 파란 눈. 프랑스 인형이 말하는 것 같다. 그야말로 티아라를 머리에 쓰기 위해 태어난 듯한 미녀였다. 위아래로 호피무늬 보라색 트레이닝복을 입고 있는 것도 신선하고 멋지다.

"마침 잘 됐네. '긴다코'에서 다코야키 사 왔는데 같이 먹지 않을래? 파친코 하다가 크게 하나 걸렸거든. 기분 좋아서, 선물!"

"티아라, 시끄러워 좀!"

"왜? 네가 좋아하는 치즈 명란인데. 봐. 안 먹어?"

"됐어! 아야코 앞에서 그런 이상한 거 꺼내놓지 마!"

다이아나가 거의 울상을 짓고 있어 아야코는 약간 놀랐다. 그런데도 티아라는 조금도 신경 쓰지 않았다.

"그럼, 너라도 먹어. 다코야키 좋아하지?"

그렇게 권하는 그녀의 말에 조그만 앉은뱅이 밥상에 아무렇게나 던져놓은 그 따끈한 꾸러미를 풀어보았다. 바삭하게 구워진 동그란 다코야키와 분홍색 소스. 식욕을 자극하는 고소한 냄새에 침이 꿀꺽 넘어갔다. 한 개를 입에 넣고는 자신도 모르게 와! 하고 소리를 질렀다. 겉은 바삭한데 안에서는 부드러운 반죽이 터져 나왔다. 명란과 치즈가 믿을 수 없을 만큼 부드럽게 잘 어울렸다.

"다이아나, 네 엄마 공주님 같다. 그리고 이렇게 맛있는 거 나 처음 먹어 봐."

그 순간 티아라가 눈을 동그랗게 뜨고는 목을 뒤로 젖히며 깔깔 웃었다.

"어머나, 얘 진짜 웃긴다! 너 정말 재미있다!"

티아라가 등을 찰싹 때려서 하마터면 다코야키가 목에 걸릴 뻔했다. 다이아나는 기가 막힌다는 표정을 짓고는 한숨을 쉬었다. 하지만 그녀는 엄마를 꼭 닮은 그 반짝임으로 세상을 사로잡는 아름다운 여자가 되리라. 어른이 된 다이아나 옆에 있어도 잘 어울리는 자신이 되고 싶다고, 아야코는 따끈따끈한 다코야키를 오물오물 먹으면서 훈훈한 기분으로 생각했다.

오후의 교실에 아야코의 낭랑한 목소리가 울려 퍼진다. 친구로서 가장 자랑스러운 순간이다.

"지난 주 일요일에 다이아나와 그녀의 엄마가 우리 집에 놀러 왔습니다."

미카게가 일부러 뒤돌아 분하다는 듯이 이쪽을 노려보았다.

"정원의 딸기는 지금 새빨갛게 익어 마치 루비 같습니다. 만지면 차갑고 보고만 있어도 입 안이 살짝 새콤해집니다. 설탕이나 연유를 뿌리지 않아도 충분히 맛있을 테죠. 딸기 바구니가 마치 보석 상자 같았습니다."

아야코는 글을 참 잘 짓는다. 정경이 눈앞에 생생하게 떠오르고 표현도 소름 끼치도록 적절하다. 선생님이 그녀를 지목해 혼자만 낭독을 시키는 것도 그럴 만하다 싶다. 찰랑거리는 단발머리 모습으로 원고를 읽어 내려가는 그녀에게 마음속으로 있는 힘껏 박수를 쳤다.

그에 비하면……, 다이아나는 한숨을 쉬면서 자신의 원고지를 내려다보았다. 이와타 선생님이 힘주어 쓴 빨간 글자.

'잘 쓰지 않아도 괜찮아요. 즐거운 마음으로 쓰세요.'

다이아나는 글짓기를 잘 못한다. 책을 읽는 것은 그렇게 좋아하는데 글로 무언가를 표현하는 건 왠지 모르게 부끄러웠다. 거짓말이 섞이는 것 같아 거부감이 느껴지기 때문이다. 자신의 감정을 과장하고 부추기는 것이 두려웠다. 독서 감상문은 특히 싫다. 열심히 쓰고 나서도 늘 좋아하는 책을 자신의 언어로 더럽힌 것만 같아 후회스러웠다. 그래서 글짓기를 잘하는 아야코가 누구보다 자랑스럽다.

"다이아나의 엄마는 진짜 재미있고 예쁜, 공주님 같은 사람입니다."

저 칭찬은 지나치다. 아야코가 우리를 배려한 것이다. 그날 티아라의 무례한 행동을 생각하면 창피해서 견딜 수가 없다.

— 대단하네, 다이아나. 친구가 생긴 거잖아. 아야코처럼 얌전한 애와 친해지다니 엄마도 이제 안심이다. 다음에 인사하러 가야겠어.

티아라 입에서 그런 말이 나오다니 상상도 못했다. 열심히 말렸는데도 아야코네 집에 잼을 만들러 가는데 따라오고 말았다.

– 안녕하세요. 와, 집이 엄청나네. 성 같다.

차분한 색감의 아야코네 집에 있으니 티아라의 천박스러움이 평소보다 유난히 눈에 띄었다. 담배와 술에 전 목소리로 구관조처럼 꽥꽥거리는데 창피해서 혼났다. 게다가 조심성이 없어서 부엌을 온통 더럽혔다. 그런데도 아야코의 부모는 싫어하는 기색 하나 없이 친절하게 대해 주었다. 돌아가는 길에도 티아라는 흥분해서 호들갑을 떨었다.

– 아야코네 엄마 진짜 멋지더라. 다음에는 요리 수업 있는 날 오라고 했어.

– 안 돼. 티아라가 가면 너무 튄단 말이야. 보나마나 웃음거리만 될 텐데.

– 에, 그런가. 그래도 요리 수업 때 가보고 싶은데. 미노루도 가정적인 여자가 좋다고 했다고.

티아라의 얘기에 등장하는 남자는 수도 없이 바뀌지만 다이아나는 한 번도 그들의 얼굴을 본 적이 없다. 툭하면 다이아나를 혼자 내버려둔 채 밖에서 자고 들어오기는 해도 둘이 사는 곳에 누군가를 불러들이지는 않기 때문이다. 혹시 딸이 있다는 것을 숨기고 그들과 사귀는 것은 아닐까. 티아라에게는 물론 악의가 없지만 자신은 역시 '비밀 숲'에 숨겨진 존재인지도 모른다. 왠지 모르게 심통이 나서 티아라의 트레이닝복 소매를 휙 잡아당겼다.

– 티아라는 싫지 않아? 기분 나쁘지 않으냐고? 내가 아야

코네 집에 자꾸 가는 거. 번번이 아야코네 집이랑 비교하는 게 좋아?

두근거리는 가슴으로 기다렸는데 티아라의 대답에 그저 어이가 없어지고 말았다.

— 음, 아니. 아야코네 엄마나 아빠나 나이가 아주 많잖아. 그리고 돈도 많고. 그러니까 그렇게 반듯하게 사는 게 당연하지 않나. 나는 바보지만 그게 나의 개성인데 뭐. 다이아나랑 둘이서 남에게 신세 안 지고 살려고 나 얼마나 열심인데. 나는 나잖아. 온리 원.

조금도 꺼려하지 않는 얼굴을 보고서 다이아나는 혼자서 괜한 애를 태웠다고 실망했다. 이 사람에게는 보통 사람들의 평범한 감정이 없다는 것을 잊고 있었다. 티아라가 아야코네 식구 세 명과 완전히 터놓고 지내는 것이 다행스러운 한편 왠지 슬프기도 한 게 기분이 묘했다. 다이아나는 자신이 아야코 부모의 마음에 들어 우쭐했는데 결국 누구에게나 친절한 가족이 아닐까 생각하니 서글퍼졌다.

"아야코의 글 무척 좋죠. 여러분도 아야코를 본받아 사소한 일이라도 마음에 잘 담아두었다가 언어로 표현하는 습관을 갖도록 하세요."

이와타 선생님이 그렇게 칭찬하자 아야코는 수줍게 얼굴을 붉히면서 자리에 앉았다.

선생님의 지명으로 낭독이 계속 이어졌지만 다른 아이들의 낭독 따위에는 관심 없는 다이아나는 창밖의 수영장을 쳐다보고 있었다. 그러다 정신이 버쩍 드는 단어에 수업으로 돌아왔다.

– 경마.

분명히 그렇게 들렸다. 둘러보니 아야코 옆 자리의 다케다가 한창 낭독하는 중이었다.

"일요일, 나는 아빠와 경마장에 갔습니다. 우리 아빠는 내기를 좋아합니다. 엄마에게는 비밀입니다."

교실 여기저기에서 키들거리는 웃음소리가 일었다.

"'다이아나'라고 여겼는데 빗나가서 돌아오는 길에 화를 버럭버럭 냈습니다. 기뻐하거나 화를 내는 아빠 모습을 옆에서 보면 아주 재미납니다. 커다란 말도 볼 수 있어서 정말 좋았습니다. 아이들이 놀 수 있는 조그만 놀이공원도 있었습니다. 또 경마를 보러 가고 싶습니다. 다음 토요일은 '아오바상'이라는 대회가 있기 때문에 또 따라갈 수 있을 것 같습니다."

다이아나는 하마터면 큰 소리를 지를 뻔했다. 그래, 경마장. 왜 지금까지 그 생각을 못했을까. 경마장에 가면 아빠를 찾을 수 있을지도 모르는데. 목덜미가 뜨끈해지고 목이 카랑카랑 말랐다.

쉬는 시간 벨이 울리자마자 다이아나는 자리를 박차고 일어나 다케다 자리로 뛰어갔다. 그의 심술을 무서워할 때가 아니었다. 이 기회를 놓쳐서는 안 된다. 아야코도 다이아나를 보고는 벌떡 일어섰다.

"다음에 아빠랑 '아오바상'에 가게 되면 나도 데리고 가. 어렸을 때 집을 나가버린 우리 아빠가 거기 있을지도 몰라. 아빠 찾는 거 도와줘."

온몸에 힘을 딱 주고 다케다를 똑바로 올려다보았다. 티아라가 입버릇처럼 늘 하던 말이 떠올랐다.

– 알겠니, 다이아나? 똑바로 쳐다보고 절대 눈을 피해서는 안 돼. 먼저 눈을 피하는 쪽이 지는 거니까. 무슨 요구를 할 때는 그렇게 하는 거야.

아닌 게 아니라 다케다가 움찔하는 게 느껴졌다.

당황해 하는 다케다를 향해 다이아나는 필사적으로 설명했다.

"우리 아빠 분명히 경마장에 있을 거야. 엄마가 그랬거든. 매주 경마장에 다녔다고. 늘 일등인 다이아나에 돈을 걸었다고. 아오바상을 하는 날 경마장에 있으면 틀림없이 아빠를 찾을 수 있을 거야. 다케다, 다음 토요일에 나도 경마장에 데려가 줘."

"부탁할게. 다이아나의 아빠를 찾을 수 있을지도 모른다고. 나도 부탁할게."

"싫어! 무슨 소리를 하는 건지 모르겠다. 여자아이 데려갔다가 아빠가 놀라면 어쩌려고."

다케다가 무슨 이유인지 겁먹은 표정으로 교실을 돌아보았다. 다이아나는 몇 번이나 머리를 숙였다.

"경마장에는 어린아이 혼자 못 가잖아. 부탁할게, 평생에 한 번 하는 부탁이야."

반 아이들의 눈초리가 조금도 신경 쓰이지 않았다. 어떻게든 아빠를 만나고 싶었다. 어렴풋하던 아빠 이미지에 자상하게 웃는 아야코 아빠의 얼굴이 겹쳐졌다.

코스에 그려진 짙은 초록색이 눈을 찌르는 것 같다.

어른이 함께이기는 하지만 목적을 숨기고 이런 먼 곳까지 온 적은 없었다. 넓어도 이렇게 넓은 곳일 줄은 몰랐다. 눈에 보이는 온 사방이 사람, 사람, 사람들의 물결이다. 아빠가 있다 해도 이렇게 많은 사람들 중에서 어떻게 찾지. 다이아나는 불안해졌다. 지나가는 아저씨가 내뿜는 담배 연기에 아야코가 기침을 콩콩 했다. 경마장이라고 들었을 때 아야코와 다이아나는 학교 운동장만 한 장소를 상상했다.

– 다케다네 아빠를 따라 경마장에 간다는 거니? 다이아나랑 같이? 음. 그래, 생각 좀 해 봐야겠다.

엄마에게 의논했을 때 금방은 허락해 주지 않았다.

– 아야코도 다이아나도 세상 공부가 되겠지. 게다가 다이아나가……. 아빠를…….

한밤중에 화장실에 다녀오다가 언뜻 들은 엄마의 전화 소리. 상대는 티아라였을까. 걱정했는데 엄마는 허락해 주었고, 오늘 아침에는 용돈까지 손에 쥐여 주었다.

다케다와 그의 아빠와 함께 전철을 타고 후추 경마장에 도착한 시간은 10시. 다케다의 아빠는 정육점을 하는 사람답게 투실투실 살이 찌고 피부가 하얀 아저씨였다. 그런데 전철에서는 정신이 어디 다른 곳에 가 있는 사람처럼 열심히 수첩을 들여다보거나 접은 신문에 빨간 펜으로 메모를 하다가 한숨을 쉬는가 하면 혼자 뭐라고 중얼거리기도 했다. 그러더니 경마장에 도착하자마자 아이들은 나 몰라라 하고는 관객석 쪽으로 가버렸다. 주위를 두리번거리며 어쩔 줄 몰라 하는 다이아나에게 큰 소리로 울리는 장내 방송에 질세라 더 큰 소리로 아야코가 물었다.

"아빠 같은 사람 있어?"

"모르겠어. 사람이 너무 많아서. 그래도 아이들끼리 어정거리고 있으면 눈에 띄니까 아빠 쪽에서 알아보지 않을까. 난 아빠 얼굴은 모르지만 티아라를 쏙 빼닮았으니까."

말은 그렇게 다부지게 하면서도 다이아나는 지금까지 한 번도 본 적 없는 불안한 표정이었다. 경주마를 비춰 주고 있는 거대한 모니터를 올려다보던 다케다가 주춤거리며 끼어들었다.

"여기에 아빠가 올 거라는 보장이 없잖아."

"올 거야. 우리 아빠는 해마다 아오바상에는 꼭 갔다고 했어. 내 이름도 아오바라고 짓고 싶어 할 정도였다니까."

"호오, 아오바라고. 다이아나보다는 훨씬 낫네."

셋은 경마장 안을 다리가 뻐근해질 때까지 돌아다녔다. 다이아나는 지나치는 남자마다 그 얼굴을 꼼꼼히 챙겨 보았다. 관객석을 몇 번이나 오가고 장내에 있는 음식점은 물론 부설 정원까지 구석구석 다 찾아보았지만 다이아나에게 말을 건네는 어른은 누구 하나 없었다. 그러느라 몇 시간이 지나 폐장을 알리는 방송이 들리자, 결국 포기한 듯이 다이아나는 걸음을 멈췄다.

"미안해. 다케다, 아야코. 힘들게 데려와 줬는데 아빠가 여기 없는 것 같아."

"사과할 거 없어, 다이아나. 이렇게 사람이 많을 줄은 몰랐잖아. 못 찾는 게 당연하지. 어쩔 수 없지 뭐."

"아니. 그런 뜻이 아니라."

다이아나의 눈에서 눈물이 한 줄기 흘러내려 아야코는 숨을 삼켰다. 다케다도 몸을 움츠렸다.

"나, 우리 아빠가 아야코 아빠처럼 친절한 사람이면 좋겠다고 생각했어. 그런데 여기 있는 아저씨들 다 담배 피우면서 돈 얘기만 하고, 소리 꽥꽥 지르고, 내가 생각한 이미지랑 전혀 달라. 그래서 우리 아빠가 아야코 아빠랑은 다른 사람이겠다고 생각하니까 왠지……."

그녀가 그렇게 느끼고 있는 줄은 꿈에도 몰랐다. 다이아나의 기분을 헤아리지 못하고 그녀가 보는 앞에서 아빠에게 어리광을 피운 것이 몹시 후회스러웠다. 아빠의 얼굴조차 기억하지 못하는 그녀의 절박함을 생각하자 아야코까지 코끝이 찡해졌다.

"내년에 또 오자."

다케다가 불쑥 말했다. 놀라는 아야코를 힐금 보고는 다이아나 쪽으로 눈길을 돌리더니 쑥스러워하면서 말을 이었다.

"너, 몸도 조그맣고 말라깽이잖아. 그러니까 아직 엄마를 닮은 것처럼 안 보여. 좀 더 크면 아빠도 금방 알아볼 거야, 멀리서도. 그러니까 친구들 많이 만들어서 신나게 놀고 급식도 싹싹 다 먹어."

다이아나가 고개를 까딱 숙였다. 어라. 다케다의 볼이 발그레해진 것은 해가 기울기 시작한 탓만은 아닌 것 같다.

역시 엄마 말이 맞는지도 모르겠다. 아야코의 가슴에 지금까지 느껴본 적 없는 감정이 번졌다. 다케다가 불쌍하다는 기분이 든 것이다. 다이아나를 좋아하는 것은 다케다도 마찬가지다. 그런데 여자끼리는 금방 친해질 수 있어도 남자와 여자는 그게 쉽지 않다. 반 아이들의 시선도 있다. 그러니까 지금 당장은 놀리거나 심술부리는 정도밖에 그녀와 이어질 방법이 없다.

"걱정 마, 다이아나. 언젠가는 꼭 아빠를 만날 수 있는 날이 올 거야."

해가 다 기울어서 그런지 다이아나의 노란머리가 갈색으로 물들어 무척이나 어른스러워 보였다. 벌써 오후 5시였다. 다케다의 아빠가 멀리서 헉헉거리며 달려왔다.

"너희들끼리 대체 어딜 갔던 거야. 걱정했다고. 문 닫을 시간인데 얼른 가자."

"아빠, 우리 배고파 죽겠어. 뭐 좀 먹고 싶다."

폐장이 가까운 시간이라 매점 대부분이 문을 닫은 가운데, 열려 있는 가게가 있어 뛰어 들어갔다. 아야코는 이 날 아메리칸 핫도그라는 것을 처음 먹었다. 부드러운 옷에 둘러싸인 소시지는 전체적으로 야들야들했다. 밖에서 먹어서 그런지 케첩으로 범벅이 되어 있는데도 황홀하리만큼 맛나게 느껴졌다. 다케다는 그렇게 나쁜 아이가 아니다. 가끔 같이 어울려 노는 것도 좋을지 모르겠다. 따뜻한 바람이 불어와 짙푸른 잔디 냄새가 여기까지 풍겼다. 이제 곧 여름이 시작된다. 올해는 아빠와 엄마를 졸라 다이아나와 티아라를 하야마 별장으로 데리고 가자.

파란 해변에 모녀의 찰랑거리는 금발 머리가 잘 어울리겠지 하고 아야코는 생각했다.

2

오후 수업 시간은 위험하다.

점심 때 우유를 마시면서 몰래 진통제를 먹었더니 약효가 도는지 몸이 따끈하고 나른했다. 깜박 정신을 놓으면 잠이 쏟아진다. 허리가 묵직해서 견딜 수가 없었다. 11월도 거의 끝나 가는데 창문으로 비치는 햇살은 책상의 나뭇결이 다 보일 정도로 강렬했다. 셔츠 속에 땀이 살짝 배어 있다. 옷 밖으로 브래지어가 비쳐 보이면 어쩌지 하면서 아야코는 안절부절못하고 있었다. 엄마가 떠준 보라색 카디건은 교실 뒤에 있는 사물함에 들어 있다. 바로 뒤에 앉아 있는 야마자키는 여학생 몸의 변화를 금방 눈치챈다. 뒤에서 쑥덕거리며 이상한 별명을 붙이거나, 신체검사 할 때 훔쳐보고는 발육 상태에 순위를 매기기도 하고, 지나칠 때 일부러 몸을 툭 치곤 해 여자아이들이 영 꺼리는 아이다. 조심한 덕분에 직접적인 피해는 아직 없었지만 그것도 시간문제일 것이다. 야마자키에게 무슨 짓을 당하기 전에 무사히 졸업할 수 있기를 기도하는 마음으로 바란다. 그의 느물거리는 시선이 자신의 등에 집중되어 있는 것 같아 겁이 나서 뒤를 돌아볼 수조차 없다.

6학년이 되면서 아야코는 갑작스럽게 성장했다. 키도 반에서 두 번째로 컸고 가슴도 스포츠 브래지어로는 커버할 수 없을 정도로 자랐다. 엄마는 성인용 브래지어를 권했지만 그것만은 도무지 부끄러워서 꺼리고 있다. 체육 시간에 남자아이들이 자신의 몸을 훑듯이 쳐다볼 때마다 어디론가 사라지고 싶은 심정이다.

5학년 2학기부터 시작된 생리도 1년이 지난 지금까지 어색하기만 하다. 두 다리 사이가 늘 뜨끈하게 젖어 있는 것 같아 불안하고 생리대가 피부에 들러붙었다가 떨어지는 감촉도 거북하다. 자신이 불결해진 듯한 감각을 떨쳐버릴 수가 없다. 이유도 없이 슬프고 짜증스러워 참다못해 엄마에게 괜한 화풀이를 하는데, 그것도 얼마 전까지는 상상도 못할 일이었다. 오늘 막 시작했는데 대개 일주일은 가니까 앞으로 계속될 엿새를 생각하면 우울해서 견딜 수가 없다.

수업 내용이 너무 간단하게 느껴지는 것은 어쩌면 잠이 오는 탓인지도 모르겠다. 입시 공부는 거의 막바지 단계다. 학교가 끝나면 학원이다 과외다 일정이 꽉 잡혀 있다. 솔직히 학교에 오가는 시간도 공부에 충당하고 싶을 정도다. 하지만 학교에 오면 친구를 만날 수 있다. 왼쪽 앞에 앉아 있는 다이아나를 슬쩍 훔쳐보았다. 다행히 거의 4년을 한 반에서 지냈다. 검은 머리들 사이에서 가장 친한 친구의 푸석푸석한 노란 머리가 유난히 눈에 띈다. 다이아나는 어떻게든 눈에 띄지 않게 하려고 염색약을 사다가 자기 집 욕실에서 몇 번이나 염색에 도전했지만 어렸을 때부터 탈색을 반복한 탓인지 색이 금방 바랬다. 다이아나는 반에서 제일 체구가 작다. 처음 만났을 때와 거의 변함이 없는 가녀린 손발과 뾰족한 턱, 굴곡이 없는 밋밋한 몸이다.

요즘 들어 다이아나와 느긋하게 얘기를 나누지 못했다. 오늘도 학교가 끝나면 바로 집으로 돌아가 책가방만 두고는 학원에 가야 한다. 지난번 모의고사 성적이 그리 좋지 않았다. 이유는 알고 있다. 예전에는 바닷물에 들어가 숨도 안 쉬고 버틸 때처럼 집중력이 좋았는데, 최근에는 그 능력이 점점 떨어지고 있다. 공부를 하다 보면 완전히 자신을 잊어버리곤 했는데 요즘은 그렇지 못했다. 멍하니 있다 정신을 차리고 보면 시계바늘만 힐금거리고 있다. 특히 생리 중에는 허리를 꼿꼿하게 펴고 장시간 앉아 있는 것조차 고통스러웠다.

이 교실에 생리를 하는 아이가 과연 몇 명이나 있을까. 덩치가 큰 가와구치와 사야마는 벌써부터 하고 있을 것이다. 그러나 여자아이들 사이에서는 분명하게 확인할 수 없는 분위기가 흐른다. 벨이 울리자 담임인 하야시 선생님이 교과서를 덮었다.

"그럼, 수업을 마치도록 하죠. 다음 수업은 과학실로 이동합니다. 당번은 프린트 수거하도록."

당번의 구령에 맞춰 자리에서 일어나 인사를 했다. 문득 위화감이 느껴져 윗몸을 비틀어 엉덩이 언저리를 내려다보았다.

몸속에서 피가 주르륵 흘러내리는 것을 알 수 있었다.

"아, 어떡해……."

치마에 피 얼룩이 번져 있었다. 조그맣지만 감색과 하늘색 체크무늬 치마에 칙칙한 빨간 색이 배어 있다. 눈앞이 아찔해지면서 교실 안의 시끌시끌함이 멀어졌다. 후회와 두려움에 쫓기면서 얼른 자리에 앉았다. 조심조심 뒤를 확인하니 다행히 야마자키는 친구들과 떠드느라 정신이 없어 이쪽을 보지 못하고 있다. 이런 실수를 하다니. 울고 싶을 정도로 창피하고 비참했다. 아이들 눈을 피해 손지갑을 들고 화장실에 가기가 귀찮아서 생리대를 자주 갈지 않은 탓이었다. 다음 시간은 하필이면 과학실 수업이다. 이동하려면 피 묻은 치마를 모두에게 보이지 않을 수 없다.

"아야코, 왜 그러고 있니? 같이 과학실 가자."

움찔 놀라 고개를 들었다. 과학 교과서를 가슴에 껴안은 다이아나가 이쪽을 내려다보고 있었다. 짙은 갈색의 커다란 눈망울이 이상하다는 듯이 흔들린다.

"나 어떡해. 치마에 묻은 것 같아."

기어들어가는 목소리로 겨우 그렇게 말했다. 다이아나가 눈을 부릅떴다. 그녀는 아직 생리를 하지 않으니까 좀 더 분명한 설명이 필요할까?

"괜찮아. 진정하고 내게 맡겨."

다이아나가 침착하게 그렇게 말해 아야코는 놀랐다. 순간적으로 모든 것을 이해한 표정을 한 친구는 고개를 크게 끄덕거렸다. 그리고 주위를 휙 돌아보고는 아야코의 귀에 입술을 갖다 댔다.

"다음 수업 빠지고 얼룩 씻어내자. 공작실에는 니스 말리는 드라이어도 있고 세제와 수세미도 있을 거야. 씻는 동안에는 체육복 입고 있으면 되고. 그리고 내가 너 등 뒤에 딱 붙어서 걸어갈게. 그럼 절대 모를 거야."

아야코는 자신도 모르게 코끝이 찡해졌다. 이렇게 듬직한 친구가 있다니. 잔뜩 긴장했던 마음이 풀어져 꼭 껴안고 모든 것을 내맡기고 싶어졌다. 아야코는 책상 옆에 걸려 있는 체육복 주머니를 집어 들었다. 의자에서 일어서자마자 다이아나가 뒤에 바짝 붙어 섰다. 앞뒤로 이인삼각을 하듯이 걸어 교실 앞쪽 문을 향했다. 제일 앞줄에 앉아 있는 미카게에게 다이아나가 얼른 말을 건넸다.

"미카게, 아야코가 열이 좀 있는 것 같대. 내가 양호실에 데리고 갈 테니까 선생님에게 좀 전해 줘."

"괜찮니? 나도 같이 갈게."

두꺼운 안경 속 눈이 심히 의심스럽다는 듯이 빛났다. 조숙하고 말이 많았던 미카게는 중학교 입시가 다가오면서 공부벌레가 되었다. 생활기록부를 의식한 탓인지 학급 임원까지 맡았다. 그런데 시력이 떨어지도록 공부를 하고 스물네 시간 문제집을 손에서 놓지 않는 것치고는 성적이 그리 오르지 않았다. 그녀의 제1지망은 아야코와 같은 야마노우에 여학원이다. 무슨 일이든 아야코를 쫓아 하고 싶은 그녀 엄마의 방침이었다. 물론 미카게의 노력이 결실을 맺으면 더없이 좋겠지만, 그렇게 친하지도 않은데 자신의 초등학교 시절을 잘 아는 아이와 같은 중학교를 다니려면 참 귀찮겠다 싶은 느낌도 든다.

"다이아나에게 부탁할게. 미안."

자신도 모르게 거절의 말이 입에서 튀어나오고 말았다. 같은 학교와 학원을 다니고 엄마들끼리도 친하게 지내는 사이다 보니 무슨 말을 해도 괜찮을 것 같은 기분이 들어서였다. 미카게는 속상한 표정으로 입술을 깨물고는 포기했다. 그런 표정을 보고서 아야코는 순간적으로 반성했다. 복도로 나가는데 옆반의 다케다가 스쳐 지나가면서 말을 걸었다.

"야, 너희들 어디 가는 거야? 수업 시작되는데."

"웬 잔소리? 그냥 내버려둬."

다이아나는 다케다의 얼굴을 쳐다보지도 않고서 매정하게 대답했다. 4학년 때까지는 셋이 어울려 논 적도 많았는데, 언제부터인가 마주쳐도 말조차 걸지 않게 되었다. 키가 쑥쑥 자란 데다 목울대까지 튀어나온 다케다는 아이가 아니라 어른 남자에 가까웠다. 학교가 끝난 후에는 불량한 중학생들과 몰려다닌다는 소문이 자자했다. 그를 좋아하는 여자아이들이 많다고 들었지만, 아야코는 그와 마주치면 무뚝뚝한 태도와 우람한 체구 때문인지 이내 긴장하고 만다. 아야코는 평소에는 소심하게 굴다가도 다케다처럼 거친 아이와 대등하게 말하는 다이아나가 놀라웠다.

1층 동쪽에 있는 공작실에 도착하자 다이아나는 살며시 문을 열고 안도의 한숨을 쉬었다.

"휴, 다행이다. 아무도 없어."

물감 냄새가 풍겼다. 이제야 안심한 둘은 얼굴을 마주 보았다. 아야코는 교단 뒤에 숨어 짧은 바지를 입었다. 치마를 싱크대로 들고 가 당장 물에 씻으려 하자 다이아나가 가로막았다.

"이런 건 비비지 말고 두드리는 게 좋아."

다이아나가 주머니에서 타월 손수건을 꺼내 물을 적시더니 세제를 한 방울 떨어뜨렸다. 그러고는 작업대 위에 치마를 펼쳐 놓고 손수건으로 얼룩을 톡톡 두드렸다. 아야코는 작업대에 걸터앉아 창피한 것도 잊고서 그 익숙한 손길을 쳐다보았다.

"티아라가 툭하면 옷에다 뭘 묻혀 오거든. 그런데 우리 둘이서 이렇게 여유 부리는 거 오랜만이다."

얼룩이 다 빠지자 다이아나는 드라이어를 콘센트에 꽂고 따뜻한 바람으로 치마를 말렸다. 아야코가 드라이어의 바람 소리보다 크게 소리를 질렀다.

"미안해. 내가 시간이 별로 없어서. 아, 이제 공부하는 것도 지겹다."

"조금만 더 참으면 되는데 뭐. 세 달만 지나면 입시 끝나니까 둘이 여유롭게 놀 수 있잖아."

"붙을 수 있을지 걱정이야……."

"너는 문제없지. 공부 잘 하잖아. 그러지 말고 그 학교 얘기나 좀 해 봐."

다이아나는 야마노우에 여학원 얘기를 좋아한다. 아야코가 학교 건물과 커리큘럼, 교복이 어떻게 생겼는지를 설명하자 마치 꿈이라도 꾸는 것처럼 아련하게 눈을 찡그렸다.

"아, 좋겠다, 여학교. 에니드 블라이튼의 《세인트 클레어St. Clare's》 시리즈나 《말괄량이 엘리자베스Naughtiest Girl》 시리즈, 《맬로리 타워 기숙사Malory Towers》 시리즈 같은 세계잖아. 얼마나 멋질까!"

다이아나가 야마노우에 여학원을 칭찬하면 왠지 안심이 된다. 왜냐하면 자신이 왜 야마노우에 여학원을 지망하는지 최근 들어 애매해졌기 때문이다. 엄마의 모교이며, 교복이 귀엽고, 작년에 처음 갔던 문화제도 정말 즐거웠다. 그런 분명한 이유가 있어서 스스로 결정했을 텐데 입시 공부가 힘든 탓인지 누가 강제로 시킨 듯한 기분이 들었다. 무엇보다 다이아나와 헤어져 다른 학교에 다닐 생각을 하면 무리를 하면서까지 붙어야 하나 싶어진다.

"다이아나랑 같이 다닐 수 있다면 공부할 의욕도 생길 텐데. 다이아나, 시험 봐서 중학교 들어갈 생각 없니? 지금부터라도 열심히 하면 합격할지도 모르잖아."

다이아나로서는 오래 전부터 생각하던 일이다. 야마노우에 여학원은 국어 교육에 힘을 쏟기로 유명하다. 수험 과목은 두 과목에 국어 성적을 중시하는데다 만에 하나 시험 성적이 좋지 않아도 면접이나 작문에서 만회할 수 있다. 책을 좋아하는 자신에게 딱 맞는 학교가 아닌가.

"에이, 내가 어떻게. 책을 읽는 건 좋아하지만 글을 쓰는 건

영 꽝인데 뭐."

그런가 하고 아야코는 잘게 고개를 끄덕였다. 실제로 다이아나는 문장으로 자신의 생각을 표현하는 것은 서툴다. 즐겁고 신나는 일은 가슴 깊이 묻어 두는 내성적인 성격이다. 지금의 아야코 눈에는 그런 그녀가 무척이나 여유로워 보인다. 요즘은 책을 읽는 것이 공부의 일부가 돼버렸다. 순수한 독서로부터 멀어진 것이 안타깝다.

"아빠가 또 놀러 오라고 했어. 다이아나와 책 얘기 하는 게 즐거우신가 봐."

아빠는 원래 다이아나의 독서 취미에 관심이 컸는데 그녀가 성장하면서부터는 마치 친구처럼 동등하게 대하며 대화하고 있다. 그렇다. 언제부터인지 다이아나는 어른들의 작품을 좋아하게 되었다. 그녀가 요즘은 샐린저의 《호밀밭의 파수꾼》을 탐독하고 있다기에 빌려서 읽어봤는데 몇 페이지를 읽어도 아야코는 의미를 알 수 없었다. 그래서 솔직하게 말했더니 다이아나는 그렇구나 하고 별 아쉬운 표정 없이 중얼거렸다. 그래도 그 다음으로 그녀가 추천해 준 주디 블룸이란 작가는 재미있게 읽었다.

"《카렌의 일기It's not the end of the world》랑 《왕따쟁이Blubber》도 좋았지만 난 《안녕하세요, 하느님? 저 마거릿이에요Are You There God? It's Me, Margaret》가 진짜 재밌더라. 여차하면 하느님에게 매달려서 기도하는 부분이 정말 귀여웠어."

"미국의 초등학생들은 조숙한가 봐. 파자마 파티도 재밌겠지. 어른이 되는 걸 그렇게 무서워하지 않나 봐."

아야코는 천진난만하게 브래지어와 첫 생리를 기다리는 주인공 마거릿이 부러웠다. 자신도 그렇게 아무 거리낌 없이 좋아하는 남자 얘기도 하고 몸의 변화에 대해서도 얘기할 수 있는 명랑한 여자아이가 될 수 있다면 좋을 텐데. 오랜만에 다이아나와 책 얘기를 하다 보니 아야코는 마음이 따끈해졌다.

다이아나는 어른스러운 감성과는 반대로 어린애처럼 가슴이 납작하고 손발이 가늘어서 청결하고 상큼하게 느껴진다. 자신의 몸은 벌써 어른이 되었지만 마음이 조금도 그에 따르지 못하고 있다.

"아아, 앞으로 3년이면 열다섯 살. 그럼 이 괴상한 이름과도 바이바이! 성장한다는 건 행복한 일이네."

다이아나는 정말 기쁘다는 듯이 말하고는 콘센트에서 드라이어를 뽑았다. 얼룩이 흔적도 없이 사라진 치마가 보송보송하게 말라 있다. 아야코는 몇 번이나 고맙다고 말하고는 치마를 입었다. 공작실에서 나와 복도를 걸으면서 아야코는 감사하는 마음으로 다이아나의 팔에 팔짱을 꼈다.

"중학교 들어가면 용돈도 늘어나고 행동 범위도 넓어질 테니까 다이아나 아빠 찾는 거 다시 시작하자. 그리고 다이아나, 약속해 줘. 다른 학교 다니게 돼도 우리 우정은 변하지 않는다고."

"물론이지. 우리는 언제까지나 친구야. 어디에 있든 사이좋은 친구. 그렇게 생각하면 나 다른 중학교에 가더라도 기죽지 않고 잘 지낼 수 있을 거야."

'우정'이라는 말을 입으로 하자니 부끄럽고 허풍스러운 것 같아 아야코는 당황했다. 다이아나도 마찬가지인지 머쓱하게 코를 비볐다. 그런 말에 매달리지 않으면 안 될 정도로 피차 헤어지는 것이 겁났는지도 모르겠다. 떨어져 지내는 모습이 조금도 상상되지 않았다.

키득키득 웃으면서 한데 엉켜 교실로 돌아오는데 반 아이들도 마침 과학실에서 돌아오는 길이었다. 다이아나와 아야코의 모습을 보자마자 몇 명이 주위로 모여들었다. 미카제가 날 선 목소리로 다이아나를 몰아세웠다.

"몸이 안 좋은 아야코는 그렇다 치고 왜 너까지 수업을 빠진 거니?"

아야코가 입을 열려는 순간 야마자키가 앞으로 쑥 나왔다. 벌겋게 달아오른 둥그런 얼굴에 히죽히죽 야비한 웃음을 머금고 있다. 그러고는 아야코의 귓가에 입을 슬쩍 갖다 댔다. 뜨끈한 숨이 느껴졌다.

"야, 너 몸이 안 좋다면서. 혹시 오늘 그거 아니냐?"

등골이 서늘해졌다. 이런 때는 자신이 너무 싫어서 사라지고 싶어진다. 자신이 미처 모를 뿐 늘 빈틈이 있는 것이리라. 그러니 이렇게 얕잡아 보는 것이다. 목이 칼칼해지면서 도무지 말이 나오지 않았다. 그때 다이아나가 천천히 앞으로 나가더니 야마자키의 실내화를 힘껏 짓밟았다.

"아얏! 왜 그래. 너 얘기 한 거 아니잖아!"

얼굴을 찡그리고 한쪽 다리로 껑충거리면서 야마자키가 고함을 질러댔다. 반 아이들은 흥미롭게 그 광경을 지켜보았다. 다이아나는 입을 꼭 다물고 그를 노려볼 뿐이다. 그 압박감에 겁이 났는지 야마자키가 찡그린 얼굴을 한 채 다이아나를 옆에서 걷어찼다. 바닥에 무릎을 꿇고 아픈 듯이 얼굴을 찡그리는 그녀를 아야코가 얼른 일으켜 세웠다. 야마자키가 침까지 튀어가며 소리를 질러댔다.

"이 선머슴 같은 계집애가. 너, 중학교에 가면 두고 봐. 난중에는 우리 형도 있다고. 아주 묵사발을 만들어줄 테니까!"

아야코는 소름이 쫙 끼쳤다. 반 아이들 대부분이 진학하는 난중, 즉 난다이 중학교는 교풍이 엉망인 것으로 유명하다.

"야, 왜들 이래! 선생님 부른다."

미카게가 그렇게 외치자 아이들이 순식간에 와르르 흩어졌다.

아야코는 조심조심 다이아나를 살펴보았다. 두 볼은 붉게 물들었고 숨을 씩씩거려 어깨가 오르내리고 있다. 이런 아이를 혼자 난중에 가게 해도 괜찮을까. 자신을 위해 싸워준 친구가 고마운 한편 아무것도 하지 못한 자신에게 실망이 앞섰다. 언제부터 이렇게 맥없는 여자가 되었을까. 하지만 남자의 시선 앞에서는 손발이 오그라들고 만다. 창밖으로 펼쳐지는 우윳빛 하늘에 너도밤나무의 그림자가 삐쭉빼쭉한 선을 그리고 있었다.

티아라가 한 손에 캔 맥주를 들고 개그 프로그램을 보고 있다. 무릎까지 찰싹찰싹 쳐가면서 까르르까르르 요란스럽게 웃는다.

다이아나는 이부자리에 엎드려 《비밀 숲의 다이아나》의 두 번째 권을 읽고 있다. 보석 상자처럼 예쁜 디자인 박스에 든 다섯 권짜리 시리즈는 다이아나의 열한 번째 생일에 아야코와 그녀의 부모가 선물해 준 보물이다. 조용히 책을 덮고 무릎을 껴안았다. 야마자키가 걷어찼을 때 피멍이 든 곳에는 벌써 갈색 딱지가 앉아 있다. 아야코가 흘린 피와 자신이 흘린 피는 역시 다른 것일까. 아야코의 치마에 동그랗게 배었던 빨간 얼룩을 떠올리자 몸이 파르르 떨렸다. 생리는 대체 어떤 것일까. 그런 곳에서 피가 나온다고 하니 역시 아플까? 책을 통해서 성에 관한 지식은 나름 알고 있다고 생각하지만 막상 자신의 몸에 그런 일이 생기리라는 실감은 없다.

야마자키를 두둔할 생각은 조금도 없다. 하지만 남자아이들이 하나같이 아야코를 좋아하는 것은 잘 알고 있다. 어른이 되어 가는 여자아이는 모두 눈부시지만 아야코의 미모는 정말 누구도 따라갈 수가 없다. 봉긋한 가슴과 잘록한 허리의 선은 부드럽고, 긴 머리와 하얀 피부는 뭐라 말할 수 없이 싱그러워 그만 손을 내밀어 만져보고 싶어진다. 중학교에 가면 아야코는 점점 더 예뻐질 것이다. 그 모습을 옆에서 지켜볼 수 있다면 얼마나 좋을까.

– 야마노우에 여학원에 다니는 거, 그렇게 돈이 많이 들까.

주제넘은 생각이라는 것은 알지만 중학교도 아야코와 같이 다니고 싶었다. 아니, 괜히 착한 척하지 말기로 하자. 야마노우에 여학원이야말로 자신이 있을 곳이라는 예감이 강하게 들었다. 기독교계이고 기부 활동도 활발하게 하고 문화인을 많이 배출했으며 국어 교육에 힘을 쏟고 있는 학교다. 게다가 영국의 요크셔에 있는 자매교는 전교생이 기숙사에서 생활한다. 요크셔는 자신이 그렇게 좋아하는 《비밀의 화원》의 무대가 아닌가. 학교 안에는 사립 여학교 가운데 최고 규모를 자랑하는 도서관이 있다고 한다. 다이아나는 몸을 벌떡 일으켰다. 용기를 내어 말을 꺼내야 하나 망설이다가 모 아니면 도라는 생각으로 티아라 앞에 가서 무릎을 꿇고 앉았다.

"티아라, 이건 그냥 만약에 그렇다면 하고 하는 말인데, 내가 만약 아야코와 같은 중학교에 가고 싶다고 하면 어쩔 거야?"

티아라가 웃음을 멈췄다. 리모컨으로 텔레비전을 끄고 이쪽으로 돌아앉았다. 집에 어울리지 않는 무거운 분위기에 다이아나는 당황했다.

"뭐라고? 그러니까 야마노우에 여학원 말이야?"

고유명사에 약한 티아라 입에서 학교 이름이 매끄럽게 나와서 다이아나는 놀랐다. 고개를 끄덕이자 티아라는 정좌를 하고서 음 하며 천장을 노려보았다.

"있지, 그게 중학교 입시도 장난이 아니라고. 아야코는 일찍부터 학원에 다니면서 준비를 했잖아. 지금 그런 생각해봤자 늦었어."

어라, 티아라가 입시제도를 이해하고 있다니. 스스로도 걱정하던 말이 나왔지만, 다이아나는 질세라 등을 좍 폈다.

"그래도……, 면접이랑 작문을 아주 꼼꼼하게 본대. 붙을 거라는 기대는 안 하지만 지금부터라도 아야코와 함께 열심히 해서 시험이라도 보면 안 돼?"

이렇게 자신이 먼저 티아라에게 뭔가를 부탁하기는 처음인지도 모른다. 외부모 가정의 힘겨움은 잘 알고 있기 때문에 억지를 부리지 않으려고 애써왔다. 하지만 티아라는 툭하면 자신이 "가부키초 '헤라클레스' 넘버원"이라고 자랑하는 데다 언젠가는 자신의 가게를 차리고 싶다고 공언하기도 했다. 야마노우에 여학원에서 중학교와 고등학교 6년을 다닐 학비 정도는 어떻게든 마련할 수 있지 않을까 하는 기분이 든다.

"돈만 문제인 건 아니지. 그 학교에서 과연 다이아나가 자유롭게 공부할 수 있을지, 그게 걱정인 거지."

"뭐……?"

"그 학교에 다니는 여자아이들 다 고생 모르고 자란 좋은 집안 애들이잖아. 너처럼 조금이라도 색다른 애가 들어왔다 싶으면 왕따야 왕따. 부모들도 그렇고, 선생도 그렇고. 사람의 속은 보지 않고 겉모습과 부모의 직업으로 판단하는 사람들뿐이라고. 자기들은 당연히 옳다고 믿으면서 좁은 세계에서 나오려 하지 않는 겁쟁이들의 집단이라니까."

평소와 다르게 냉담한 표정으로 담담하게 말하는 티아라를 본 다이아나의 눈이 휘둥그레졌다. 이렇게 이지적인 표정의 티아라는 처음 본다. 티아라는 다이아나의 시선을 느끼고는 그 상황을 얼버무리려는 듯이 일어나 바지 주머니에서 말보로 라이트를 꺼내 불을 붙였다. 그리고 환기구 앞에 가서 연기와 함께 이쪽을 돌아보았다. 그 웃는 얼굴은 다시 평소의 태평하고 아무 생각 없는 티아라였다.

"그리고 야마노우에는 교복이 그게 뭐니? 아유, 촌스러워. 난중이 훨씬 귀여워. 세련됐고. 남녀공학이니까 남자 친구도 금방 생길 테고."

어이가 없어서 다이아나는 어깨에서 힘이 쭉 빠졌다. 역시 티아라에게는 심각한 얘기를 해봐야 통하지 않는다. 이 화제에 벌써 흥미를 잃었는지 휴대전화를 꺼내고 있다. 긴 손톱으로 타닥타닥 문자를 찍으면서 코로는 담배 연기를 뿜어내는 티아라를 쳐다보려니 울컥 화가 치밀었다.

"교복이 촌스러우면 어때서! 그리고 남자는 관심 없다고! 티아라처럼 놀 생각밖에 안 하는 사람이랑 똑같이 취급하지 말란 말이야!"

티아라가 얼굴을 들고 놀랐다는 듯이 이쪽을 보았다. 다이아나는 마음을 정했다. 지금까지 티아라와 정면 대립하는 건 피해왔는데, 말을 똑바로 하지 않으면 이 사람에게는 아무것도 전해지지 않는다. 갖고 싶은 걸 갖고 싶다고 말하는 게 뭐가 나쁜가. 제인 에어처럼 정숙한 여자도 이때다 싶은 상황에서는 격렬하게 자신을 주장했다. 이 괴상한 이름이 지어졌을 때 다이아나는 갓난아기라서 NO라고 말할 수 없었다. 하지만 지금은 열두 살, 수많은 말을 알고 있다. 요구를 관철할 때가 온 것이다.

"난 열심히 공부해서 서점을 열 수 있는 훌륭한 사람이 되고 싶단 말이야! 그러기 위해서 제대로 된 학교에 가고 싶다고. 그리고 아야코랑 같이……."

"아야코네는 아야코네고, 우리는 우리야."

딱 잘라 거절하는 말에 다이아나는 입을 다물었다. 빈 맥주 캔에 담배를 쑤셔 넣고서 티아라가 씩 웃었다. 그리고 단호하게 말했다.

"알았니? 이제 이 이야기는 끝났어! '성에서 열리는 파티보다 숲에서 밤이슬을 밟으며 춤추는 쪽이 훨씬 빛나고 눈부시다.' 그런 정신으로 살자, 응?"

뭐라는 거야, 이 사람. 하고 싶은 말은 태산처럼 많았지만 다이아나는 가타부타 아무 말도 할 수 없었다. 이렇게까지 분명하게 거절하는 티아라는 본 적이 없으니 더 이상 얘기해 봤자 소용없겠다는 기분이 든 것이다. 코를 훌쩍거리며 우는 흉내를 내보았지만 티아라는 텔레비전을 다시 켠 것 같다. 개그맨의 자지러지게 껄껄 넘어가는 웃음소리가 모녀의 조그만 방을 뒤덮었다.

다이아나, 다이아나, 어디 있는 거야.

공작실, 음악실, 2층 복도. 6학년 4반의 청소 구역을 차례로 돌아다니는 동안 불과 몇십 초 전 교실에서 벌어진 광경이 되살아나 아야코는 귓밥이 뜨거워졌다.

– 야, 너희들 좀 조용히 해. 청소해야지.

남자아이들이 빗자루로 전쟁놀이를 하고 있어 화가 난 아야코가 주의를 주자 야마자키가 갑자기 어깨를 잡았다.

– 너 같은 거 하나도 안 무서워. 나, 다 알고 있다고. 벌써 브래지어 한 주제에. 히히. 우리 반에서 가슴이 제일 크잖아.

머리가 뜨거워지면서 온몸의 피가 콸콸 돌았다. 여자아이들은 난감한 듯이 고개를 숙였고 남자아이들은 호기심을 드러내며 아야코의 몸을 빤히 쳐다보았다. 울음이 터질 것 같은데 억지로 참으며 뒤돌아 교실을 뛰쳐나왔다. 어금니를 꽉 깨물고 복도를 우당탕탕 뛰었다.

이건 정말 이상하다. 부끄러워해야 할 말을 한 사람은 야마자키인데 왜 내가 창피를 당해야 하나. 한시라도 빨리 친구의 손에 매달려 이 치욕감에서 헤어나고 싶다. 아야코는 아무 잘못 없어 하는 말을 듣고 싶다. 뛰어다니다 겨우 깨달았다. 그렇지, 다이아나는 토끼장 청소 당번이다. 계단을 뛰어 1층으로 내려가 실내화를 신은 채 밖으로 나갔다. 교정 한 구석에 있는 토끼장까지 똑바로 달려갔다. 모래 먼지 너머로, 토끼장 앞에 있는 벤치에 동그마니 앉아 있는 다이아나가 보였다. 그 옆에는 덩치 큰 다케다가 다이아나의 조그만 몸을 덮어버릴 듯이 우뚝 서 있었다. 청소를 하다 말았는지 벤치 뒤에 빗자루가 세워져 있고 열린 문으로 나온 토끼 몇 마리가 주위에 어정거리고 있다.

아야코가 다가가는 줄도 모르는 채 둘은 뭐라고 서로에게 소리를 지르고 있었다.

"저리 가! 아무 일 아니라니까!"

"아무 일 아니긴 뭐가 아니야! 이런 데서 멍하니 있는데 걱정하는 게 당연하지! 1층 교실에서 네가 보여서 당장 뛰어나왔다고!"

다케다의 말에 움찔 놀랐다. 아닌 게 아니라 다이아나의 눈이 멀리서 보기에도 빨갛다. 토끼장 옆까지 온 아야코가 순간적으로 울타리 뒤에 몸을 숨겼다. 토끼 똥이 여기저기 떨어져 있어 밟지 않도록 조심했다.

"말해 보라니까. 아무에게도 얘기 안 할 테니까."

집요한 추궁에 졌는지 다이아나가 투덜투덜 입을 열었다.

"티아라……, 우리 엄마가 아야코랑 같은 학교 가는 거 반대해서……. 내가 자유롭게 공부할 수 있는 학교가 아니라고 해서……. 그래서 싸웠어. 난 난중에 가고 싶지 않다고. 도서실도 코딱지만 하고 다들 불량 학생이잖아. 아야코 없이 학교 다닐 자신 없어……. 다른 친구도 없는데."

아야코는 요즘 야마노우에 여학원 얘기만 했던 생각이 나 미안한 마음이 들었다. 모녀 가정인 다이아나네가 생활 형편이 어려운 것 정도는 충분히 알 수 있는 나이가 되었는데.

다이아나가 무릎을 껴안고 고개를 푹 숙였다. 그 모습을 안타까운 표정으로 지켜보던 다케다가 불쑥 이렇게 말했다.

"괜찮아, 걱정 마. 어떤 놈이든 널 어떻게 하면 내가 가만히 안 있을 거니까. 너 하나 정도는 내가 어떻게든 할 수 있어."

아야코는 몸이 화끈해지는 것을 느꼈다. 눈앞이 어찔한 것은 생리통 때문만은 아니었다. 다케다는 아주 어렸을 때와 똑같이, 아니 훨씬 더 뜨거운 시선으로 다이아나를 똑바로 내려다보고 있었다. 좋아하는 사람이 매일 바뀌는 여자아이들만 보다가 줄곧 한 사람을 마음에 품고 있는 사람을 보고 있자니 믿기지 않았다. 마치 동화 속 이야기 같다. 두근거림이 좀 잦아들자 이번에는 불현듯 가슴이 서늘해졌다.

다케다의 사랑을 한 몸에 받고 있는 다이아나가 갑자기 멀게 느껴졌다. 몸만 어른처럼 커진 아야코는 이성에게 기껏 야유나 받을 뿐이다. 게다가 외톨이가 된 외로움까지 감수하고 있다. 입시 공부 때문에 전전긍긍하는 일도 없고 무엇이든 하고 싶은 일을 자유롭게 하는 다이아나. 그런데도 자연스럽게 주위 사람들의 마음을 사로잡는다. 아빠와 엄마의 마음까지.

그러나 다케다의 진지하고 직접적인 말도 별 효과가 없는지 다이아나는 도통 고개를 들지 않았다. 아야코는 간신히 마음을 가다듬고 억지로 웃음을 지었다.

"와, 나 다 봤다!"

일부러 장난스럽게 말하면서 두 사람 앞으로 깡총 튀어나가자 다케다가 놀라서 뒤로 물러났다. 내 차례야, 너는 그만 꺼져. 그런 기분을 담아 다케다를 툭 밀치자 다이아나의 빨간 눈이 안도의 빛을 띠고 올려다보았다.

"아야코."

마치 아침 이슬 속에서 조그만 꽃망울이 벌어지는 듯한 미소였다. 역시, 어떤 남자도 우리 둘의 친밀함에는 끼어들 수 없다. 아야코는 자랑스러운 기분으로 다이아나의 어깨를 껴안았다. 힐금 다케다를 돌아보니 거북한 표정으로 머리를 긁적이고 있다.

"다이아나, 다행이다. 다 들었어. 이제 중학교 가서도 안심이네. 아, 다행이다. 다케다, 다이아나 잘 부탁할게."

조롱하듯 말하면서 등을 찰싹 때리자 다케다가 퉁명스럽게 말을 내뱉었다.

"거 참 시끄럽게 구네. 그런 게 아니라고. 잘난 척 끼어들기는."

뒤돌아 쏜살같이 교실 쪽으로 달려가는 다케다. 다이아나는 두 볼을 빵빵하게 부풀리고 교정 저 쪽으로 조그맣게 멀어지는 다케다의 뒷모습을 노려보고 있다.

"무슨 소리니, 아야코? 저런 아이의 거짓말을 믿는 거야? 그런 말로 나를 방심하게 해놓고 틈을 봐서 단숨에 공격하려는 심보일 텐데."

쑥스러워서가 아니라 정말 치를 떠는 것 같다. 어른 소설을 그렇게 많이 읽으면서 현실에는 조금도 살리지 못한다 싶어 아야코는 깜짝 놀랐다. 하지만 그 묘한 불균형에 매력을 느끼는 남자아이들이 앞으로도 몇 명이나 나타날 것이다. 그리고 그런 때 자신은 다른 곳에 있을 것이라 생각하니 한없이 허전했다.

"있지, 다이아나. 이번 주 토요일에 같이 야마노우에 여학원에 가지 않을래? 문화제가 있는데."

지금 막 생각났다.

"뭐, 문화제? 가고는 싶지만, 난 시험 볼 것도 아닌데……."

다이아나는 아쉽다는 듯이 눈을 내리깔았지만 아야코는 그 눈을 똑바로 쳐다보면서 손을 잡았다. 그리고 티아라 아줌마는 여배우처럼 예쁘고 자기네 부모보다 훨씬 부지런히 일하니까 학교에 붙기만 하면 학비 정도는 마련할 수 있겠지 하고 제멋대로 생각했다. 가족끼리 다 알고 지내니까 어쩌면 아빠와 엄마에게 조금은 빌려도 괜찮지 않을까. 티아라 아줌마가 입시에 반대하는 이유는 무엇보다 야마노우에 여학원에 대한 잘못된 인식 때문이다.

"우선은 다이아나가 자기 눈으로 그 학교를 보는 게 좋을 거야. 그리고 야마노우에가 어떤 곳인지 티아라 아줌마에게 제대로 설명하고 다시 한 번 부탁해 봐."

"그럴까……."

역시 다이아나가 난중에 가는 건 싫다. 아야코는 그녀의 금발 머리를 부드럽게 쓰다듬으면서 절실하게 생각했다.

그녀 옆에 있는 사람은 언제나 자신이어야 한다. 다케다 같은 아이에게 쉽게 그 자리를 내줄 수는 없다. 아야코가 다이아나를 아끼는 마음은 순수하고 강하지만, 남자아이들의 마음에는 보나마나 징그러운 목적이 포함되어 있을 테니까. 다이아나와 다케다가 그런 관계가 된다는 상상만 해도 가슴이 울렁거린다. 다이아나의 엄마 티아라는 열여섯 살에 다이아나를 낳았다고 한다. 우리 나이로 따지면 앞으로 4년 후가 아닌가. 아직은 까칠하게 굴지만 어느 날 갑자기 엄마에게 물려받은 피가 눈을 떠서 남자의 욕망에 자진해서 응하지 말란 법도 없다. 안 그래도 사람들의 눈길을 끄는 미소녀인데.

다이아나는 발치에 있는 통통하고 하얀 토끼를 안아 올리고는 생각에 잠긴 표정으로 코를 그 몸에 묻었다.

간을 사용한 반찬과 팥, 볶은 단호박은 아야코가 생리를 할 때면 늘 식탁에 오르는 메뉴다. 엄마는 몸이 차가워지지 않도록 이건 꼭 먹어야 한다고 입버릇처럼 말하지만 식욕이 없다. 몸이 화끈거리는 느낌이라 오히려 식히고 싶을 정도다. 초콜릿 아이스크림 같은 거나 먹고 싶었지만 결국 남기지 않고 다 먹었다.

젓가락을 내려놓자마자 아야코는 다이아나더러 내일 문화제에 같이 가자고 했다고 엄마에게 보고했다. 그러니까 아침 10시에 우리 집에 오면 나갈 거라고. 식사를 다 하고 호지차를 마시고 있던 엄마는 눈썹을 찡긋거리며 손길을 멈췄다.

"같이 가도 되는 거니? 다이아나는 그 학교 시험 안 볼 거잖아."

아니나 다를까 예상했던 대로 시큰둥해 하는 표정이다. 아야코는 자세를 반듯이 하고 준비해둔 말로 엄마를 설득하기 시작했다.

"그래도 다이아나가 야마노우에를 얼마나 좋아한다고. 한번 제대로 본다고 해서 나쁠 건 없잖아. 아야짱은 다이아나에게 커다란 도서관을 보여주고 싶어."

"하긴."

"티아라 아줌마는 야마노우에 여학원에 대해서 잘 모르고 있을 뿐이야. 다이아나가 자기 눈으로 보고서 잘 전달하면 생각이 바뀌지 않을까?"

그제야 포기했다는 표정으로 엄마는 동글동글한 홍옥 사과에 손을 뻗었다.

"알겠어. 하지만 절대 억지 강요는 하면 안 돼. 다이아나에게는 다이아나 나름의 사정이 있을 테니까."

아야코는 남자아이들이 하는 것처럼 두 주먹을 불끈 쥐고 승리를 외치고 싶은 충동을 느꼈다. 조그만 칼로 사과 껍질을 깎아내는 엄마의 손을 쳐다보았더니 투지가 활활 타올랐다.

"아무튼 아야짱은 다이아나 혼자 난중에 가게 할 수 없어. 남자아이들이 얼마나 거친데, 징그럽기도 하고. 오늘도……. 어쨌든 다 없어져버렸으면 좋겠다니까!"

흥분한 마음에 티아라 아줌마의 말투를 흉내 냈더니 엄마가 대놓고 얼굴을 찡그렸다.

"얘는 말투가 그게 뭐니. 게다가 그 아이가 못 되게 구는 건 너를 좋아하기 때문이야. 남자아이들은 철이 없어서 그런 방법으로밖에 관심을 끌 줄 모르는 거라고. 그러니까 용서해 줘."

아야코는 이상하다는 표정을 지으며 엄마를 올려다보았다. 현명한 엄마의 입에서 나올 말이 아닌 것 같았다.

남자아이들은 철이 없다. 참 편리한 말이다. 사람에게 상처를 주고도 아이니까 용서받을 수 있다는 건가. 이렇게 마음이 상했는데 남자라는 이유만으로 다 용서되는 것은 어째서일까. 게다가 야마자키가 자신을 좋아할 리가 없다. 그 징그러운 시선과 무례함에서 이쪽에 대한 배려와 경의를 어떻게 느낄 수 있다는 말인가.

"그리고 아야코, 6학년이나 됐는데 자기를 아야짱이라고 부르는 거 이제 그만해."

"집에서만 그러는데 뭐."

"집에서도 안 돼. 면접시험 보다가 자기도 모르게 입에서 나오면 어쩌려고. 너는 이제 생리도 하는 숙녀야 숙녀."

생리를 한다고 해서 어른이 된 건 아닌데.

이렇게 대담하게 구는 건 자신이 지금 생리 중이기 때문이야 하고 아야코는 속으로 중얼거리면서 토끼 모양 사과로 손을 뻗었다.

상상했던 대로, 아니 그 이상으로 멋진 건물이었다.

세타가야선을 타고 가다가 조그만 역에서 내려 걸어서 15분. 주택들 사이에서 갑자기 영국 소설에나 등장할 법한 벽돌 건물이 나타나 다이아나는 숨을 삼켰다. '제53회 야마노우에 여학원 문화제'라고 쓰인 현수막이 넝쿨에 뒤덮인 벽에 걸려 있었다.

교문을 들어서는데 모스그린색 재킷과 플리츠스커트 교복을 입은 언니들이 손으로 만든 팸플릿을 건네주었다. 어디에선가 브라스밴드의 연주 소리가 들리고 단팥죽과 야키소바 냄새가 났다. 많은 사람들이 북적이고 있는데도 학생들과 학부모들이 스스럼없이 행동하기 때문인지 조금도 불쾌하지 않았다.

가이드 담당 언니를 따라서 다이아나와 아야코는 학내를 견학했다. 넓은 학교 건물과 예배당도 멋졌지만 입구에서 살짝 안을 들여다본 도서관에 마음을 홀딱 빼앗기고 말았다. 지금껏 본 적 없을 만큼 널찍하고 약간 어두컴컴한 공간의 저 끝까지 책장이 이어졌다. 이 꿈 같은 장소에서 아야코는 중학교 고등학교 합해서 6년을 지낸다.

아야코와 그녀의 엄마처럼 입시를 앞둔 듯한 모녀와 몇 번이나 마주쳤다. 티아라나 다이아나처럼 머리를 노랗게 물들인 사람은 아무도 없었다. 엄마들은 대부분 차분하고 기품 있는 옷차림에 엷은 화장, 여자아이는 단정한 원피스나 셔츠 위에 따뜻해 보이는 카디건을 걸치고 있다.

입시는 무리겠군. 다이아나는 확실하게 절망했다. 돈과 학력의 문제만은 아니었다. 태어나고 자란 배경, 자신은 그 점에서 떨려날 것이다. '다이아나'라는 이름을 갖게 된 시점에 이미 희망이 없었다. 티아라가 이 학교를 나쁘게 평한 이유를 이제야 이해할 것 같다.

그런데도 어쩔 수 없이 끌리고 만다. 수많은 소녀들에게 당연히 주어진 권리가 왜 자신에게는 주어지지 않는 것일까. 질척질

척한 늪 속을 기는 듯한 처음 느끼는 암울한 기분에 다이아나는 당황했다. 왠지 자신을 잃어버릴 것만 같은 예감이 들었다. 아야코의 엄마 말에 퍼뜩 정신을 차렸다.

"아야코, 모의고사 잘 봐야 돼. 요즘에 영 의욕이 없어졌잖아."

"응, 직접 와보니까 알겠어. 아야짱, 이 학교가 마음에 들어. 여자들만 있어서 마음이 편하네. 오늘부터 다시 열심히 할게."

아야코는 얼마 전까지와는 달리 후련한 표정이었다.

"이 학교에 합격하면 나, 선물로 노트북 사 줘. 알았지?"

엄마에게 어리광을 부리며 다가가는 아야코를 보면서 다이아나는 약간 놀랐다. 입시를 치르면서 선물까지 요구하다니 아무리 그래도 그렇지 이건 지나친 사치가 아닐까. 게다가 6학년이나 되어서도 자신을 짱이라고 부르다니. 다이아나보다 훨씬 큰 어른의 몸을 하고 있는데.

"다이아나도 티아라 아줌마에게 잘 말해 봐. 야마노우에가 얼마나 좋은 학교인지 그 장점을 제대로 알게 되면 아줌마도 틀림없이 허락할 거야!"

환하게 웃으면서 말하는 아야코가 처음으로 서먹하게 느껴졌다. 다이아나는 어떻게 반응하면 좋을지 몰라 줄곧 입을 다물고 있었다.

아야코와 그녀의 엄마가 입시생이 무료로 받을 수 있는 집단 모의 면접에 참가하게 되어 다이아나 혼자 도서관에서 기다리기로 했다.

창문으로 비치는 햇살 속에 먼지가 날아다니고, 엄청난 양의 빼곡한 종이가 주는 중량감이 문화제의 시끌시끌한 소리를 빨아들이는 듯했다. 사서 선생님도 보이지 않아 다이아나는 한낮의 도서관을 독차지할 수 있었다. 그런데 마음이 조금도 설레지 않았다. 답답한 기분으로 '해외 소설' 책장 앞에 쪼그리고 앉아 두 무릎을 껴안았을 때 낮은 목소리가 들렸다.

"야지마…… 혹시, 야지마 유카코?"

고개를 드니 조끼 차림의 호리호리한 남자가 마치 유령이라도 본 표정으로 다이아나를 내려다보고 있었다. 다이아나는 주춤거리며 작은 소리로 대답했다.

"야지마 유카코는 우리 엄마인데요."

"딸이라고? ……야, 이거 완전히 붕어빵이로군."

그는 이럴 수가 하고 혼자 중얼거리더니 간신히 마음을 가라앉힌 듯 몸을 구부렸다. 나이는 서른에서 마흔 살 사이 정도, 아니면 담임인 하야시 선생님보다 윗세대일까. 나이를 종잡을 수 없는 타입의 어른이었다. 옆으로 가르마를 낸 희끗희끗한 머리만 봐서는 아저씨라는 말이 어울릴 것 같은데, 소심하고 선해 보이는 눈길은 또래 남자아이들 같아서 왠지 모르게 아야코네서 키우는 강아지 댄이 떠올랐다.

"네 이름은?"

"야지마 다이아나요. ……우리 엄마를, 아시나요?"

상황이 파악되지 않아 의심스러운 기분으로 물었다. 야마노우에 여학원에서 티아라의 본명을 듣게 될 줄은 꿈에도 몰랐다.

"야지마 유카코, 그러니까 네 엄마는 내 옛 제자예요."

다이아나는 자신의 귀를 의심하면서 남자를 멀뚱멀뚱 쳐다보았다.

"나는 이 학교 선생, 다카야나기 슈타로라고 해. 지금은 중등부를 맡고 있지만 예전에는 초등부, 그러니까 여기 초등학교에서 가르쳤지. 그때 네 엄마의 담임이었어."

불쑥 책장이 금방이라도 쓰러질 듯한 착각에 사로잡혔다. 남자, 아니 다카야나기 선생님의 목소리가 제대로 들리지 않았다. 학생? 티아라가 야마노우에 여학원의 학생이었다고? 딸에게 '다이아나'라는 이름을 지어준 그 천박하고 거친 호스티스가 야마노우에 출신이었다고?

"여기 있는 걸 보니 오늘 엄마와 같이 온 게로구나."

"아니에요……."

목구멍으로 뜨거운 덩어리가 끓어올랐다. 다카야나기 선생님이 다이아나의 어깨를 톡톡 치고는 얼굴을 들여다보았다. 그의 눈을 보고 있으려니 마음이 조금씩 가라앉았다. 그가 다이아나를 열람실로 데리고 갔다. 둘은 테이블 너머로 마주 앉았다. 다이아나는 아주 천천히 설명했다. 지금 초등학교 6학년생이라는 것, 친구인 아야코 모녀를 따라 이 학교에 왔다는 것, 티아라는 여자 혼자 몸으로 물장사를 하면서 자신을 키우고 있다는 것. 다카야나기 선생님은 절대 말을 재촉하거나 끼어들지 않았다. 그냥 차분하게 들어만 주었다. 하야시 선생님과는 전혀 달랐다. 엄친딸들의 학교에서 발탁했으니 아주 우수한 선생님이겠지 하고 다이아나는 멍하니 생각했다.

"야지마 유카코. 아니지, 네 엄마는 초등학생 때부터 야마노우에 여학원을 다녔어. 학교를 떠난 후로 그녀가 어떻게 되었는지 늘 걱정스러웠다. 지금까지도 마음에 걸리고 말이야. 얌전하고 어른스럽고 똑똑한 아이였으니까."

얌전? 어른스럽고 똑똑? 티아라와는 전혀 어울리지 않는 그 말들을 머릿속으로 곱씹어보았다. 아무리 생각해도 같은 이름의 다른 사람 얘기인 것만 같았다.

"초등학교 6학년 후반부터였지, 학교에 나오지 않은 게. 그러다 중등부 입학식에 불쑥 나타났는데. 그게…… 뭐라고 하면 좋을지."

이런 말을 해도 괜찮을지 모르겠군 하고 또 혼자 중얼거린 후에야 다카야나기 선생님은 다이아나의 절실한 눈길을 알아차린 듯했다. 그리고 한숨을 쉬더니 조심스럽게 말을 이어나갔다.

"갑자기 머리에 노란 물을 들이고 나타나서 정학 처분을 당했어. 그 후에 그녀 스스로 이 학교를 그만두고 공립 중학교로 전학했단다. 그 다음 일은 나도 모르고."

다이아나는 확신했다. 틀림없었다. 그 아이가 바로 티아라다.

"저……, 우리 엄마의 초등학교 때 사진을 볼 수 있을까요?"

다카야나기 선생님은 잠시 망설이다가 일어나 유리로 막혀 있는 사서실 안으로 사라졌다. 그러고는 이내 커다란 초록색 책을 껴안고 돌아왔다. '야마노우에 여학원 초등부 졸업 기념

앨범'이라고 찍혀 있었다.

"졸업 앨범은 다 도서관에 보관돼 있거든. 개인 정보가 실려 있기 때문에 반출할 수 없는데."

선생님이 페이지를 넘기면서 뚫어지게 쳐다보았다. 줄줄이 늘어선 교복 차림의 여자아이들 사진을 보던 다이아나는 조그만 비명을 질렀다. 자신과 꼭 닮은 여자아이가 이쪽을 쳐다보면서 얌전하게 웃고 있다. 찰랑거리는 검고 긴 머리에 하얀 피부가 정말 청초한 인상을 주는 소녀였다.

그녀 밑에는 '야지마 유카코'라고 적혀 있었다.

출근하기 전, 늘 그러던 대로 하마사키 아유미의 노래를 흥얼거리면서 꼼꼼하게 화장하는 티아라의 모습을 다이아나는 낯선 여자를 보는 눈으로 쳐다보았다. 그날 문화제에서 어떻게 돌아왔는지 잘 기억하지 못한다. 안절부절못하는 다이아나를 보면서 아야코도 아야코의 엄마도 걱정스러운 표정을 지었다.

어쩌지, 어쩌면 좋아.

입시를 앞두고 있는 아야코에게 이런 얘기를 할 수는 없다. 티아라가 야마노우에 여학원에 다녔다니. 그러나 그게 사실이라면 모든 것이 앞뒤가 맞는다. 어쩐지 입시와 학교 상황을 잘 알고 있다 싶었다. 아야코에게 무언가를 숨기기는 처음이라 명치가 묵직해졌다.

아무튼 마음을 가라앉혀야지. 책장에 꽂힌 《비밀 숲의 다이아나》로 손을 뻗었다. 어떤 상황이라도 이 책을 펼치면 누군가의 품에 안겨 있는 것처럼 안심이 된다.

웬일로 5권을 읽고 싶은 기분이 들었다. 1권부터 4권까지는 달달 외우도록 여러 번 읽었는데 5권은 그렇게까지 열심히 읽지 않았다. 주로 어른이 된 다이아나와 앤드류 왕자의 연애 얘기인 탓에 크게 관심이 가지 않았다. 특히 용기 있고 현명한 다이아나가 갑자기 의기소침해지는 점이 영 마음에 들지 않았다. 하지만 지금이라면 미지의 환경에 당황하고 자신감을 잃어가는 그녀의 심정을 이해할 수 있을 것 같다.

앤드류 왕자를 무척 좋아하지만, 다이아나는 성에서 살 자신이 없었습니다. 성에 사는 여자는 드레스도 여러 벌 갖고 있고, 화사한 웃음소리를 내며 웃고, 노래와 연극에 대해서도 잘 아는 천하의 미인이에요. 그런 역할을 해낼 수 있을 것 같지 않았죠.

하지만 독자는 알고 있다. 다이아나가 원래는 성에서 태어난 여자라는 것을. 그래, 어쩌면 자신도 야마노우에에 어울리는 장소에서 태어났는지도 모르지.

앤드류 왕자는 다이아나에게 이렇게 말했습니다.
"성의 생활에 그대 자신을 맞출 필요는 없어요. 둘이서 숲에다 집을 짓기로 해요."
"네? 성의 생활을 버리겠다는 건가요? 그렇게 빛나는 생활을 버릴 거예요?"

"무슨 소리. 성에서 열리는 파티보다 숲에서 밤이슬을 밟으며 춤추는 쪽이 훨씬 빛나고 눈부실 텐데?"

심장이 쿵쿵 울려 자신도 모르게 책에서 얼굴을 들었다.

이 대사를 바로 얼마 전에 이 방에서 들었다. 크림을 바르고 눈썹을 정리하느라 분주한 티아라에게 아무 일 없는 척 시치미를 떼고 말을 건넸다.

"티아라, 나 없을 때 이 책 읽었어?"

티아라가 가짜 속눈썹에 풀을 바르면서 이렇게 대답했다.

"뭐? 책? 내가 책 읽으면 잔다는 거 네가 제일 잘 알 텐데."

"성에서 열리는 파티보다 숲에서 밤이슬을 밟으며 춤추는 쪽이 훨씬 빛나고 눈부시다. 얼마 전에 티아라가 내게 그런 말 했잖아. 그거 《비밀 숲의 다이아나》에 나오는 대사야."

"호오, 내가 그런 말을 했다고? 잘못 들은 거 아니니?"

티아라는 콧방귀를 뀌었지만, 눈을 한결 깜박이고 있는 것은 분명했다. 속눈썹이 제대로 붙지 않는 것이 그 증거다. 다이아나는 주의 깊게 관찰했다. 이상해, 정말 이상해. 이 여자는 대체 누구일까. 사실은 똑똑한 사람이 아닐까. 티아라가 자신의 부모와 집 얘기를 한 적은 지금까지 단 한 번도 없었다.

티아라에게는 딸인 자신에게 알리고 싶지 않은 과거가 있는 것이다. 틀림없다. 한 번만이라도 꼭 만나고 싶은 아빠에 대한 중요한 실마리가 거기에 숨겨져 있을 것 같았다. 그 장소에 가면 모든 것을 알 수 있지 않을까. 졸업 앨범의 마지막 페이지에는 졸업생 전원의 주소가 실려 있다. 그 자리에서 메모하자니 다카야나기 선생님에게 눈치도 보이고 껄끄러워 그냥 도서관에서 나와 아야코와 합류했던 다이아나는 깜박 잊은 것이 있다고 거짓말을 하고 다시 도서관으로 돌아갔다. 사서가 마침 자리를 비운 틈에 사서실로 뛰어 들어가 졸업 앨범을 찾았다. 그리고 손바닥에 휘갈겨 쓴 주소를 집에 돌아오자마자 노트에 옮겨 적어 놓았다.

학교 도서실에 있는 지도에서 그 주소를 찾아보니 바다 근처였다. 눈을 감으면 모래해변에 서 있는 또 다른 자신의 모습이 떠올랐다.

이번 생리는 유난히 길다.

오늘로 9일째 계속되고 있는데 몸 어딘가에 이상이 있는 것은 아닐까. 한 달의 삼분의 일을 생리와 씨름하고 있는 셈이다. 어느 틈에 1월도 벌써 하순이다. 여기저기 다 떨어져도 괜찮으니까 하루 빨리 입시가 끝나면 좋겠다 생각하며 아야코는 거의 포기한 기분으로 문제지에서 얼굴을 들었다. 거실 유리창 너머로 회색 하늘에서 보슬보슬 떨어지는 가루눈을 보고 있는데 건너편에 앉은 엄마가 손뼉을 짝 쳤다.

"아야코, 이제 목표하는 야마노우에까지 일주일도 남지 않았어. 그렇게 멍하게 있지 말고 지난번에 제대로 풀지 못한 수학 문제 다시 풀어 봐. 제2지망 학교를 떨어지다니 말이 되니."

아야코 탓이 아니다. 생리 이틀째 날이라 조금이라도 정신줄을 놓으면 눈꺼풀이 달라붙을 것만 같다. 벌써 일주일이나 지났는데 두 다리 사이에 생리대가 거북하게 끼여 있는 것이 너무 짜증스러웠다.

"……또 그 소리."

눈앞에 펼쳐져 있는 문제지를 탁 덮었다. 엄마의 얼굴이 파르르 떨렸다.

"어쩌라고. 다 떨어지면 다이아나랑 같이 난중에 가면 그만이잖아."

"얘는 무슨 소리를 하는 거니!"

"엄마, 다 싫어. 아야짱, 지쳤다고. 입시 공부 때려치우고 싶어."

"아야짱이라고 하지 말라고 했지."

목소리가 뜻밖에 커서 엄마도 놀란 듯했다.

요즘 들어 엄마는 주름이 한층 눈에 띈다. 본인이 시험을 치르는 것도 아닌데 늘 피곤해 하고 신경이 곤두 선 엄마를 보면 화가 절로 난다.

"좀 진정하고 엄마 얘기 들어 봐. 응, 아야코?"

필사적인 표정으로 아야코의 볼을 두 손으로 감싼다.

"엄마는 아야코가 어른이 돼서 사회로 나갈 때 다양한 선택의 가능성이 있었으면 좋겠어. 야마노우에 여학원의 교육 방침이 너에게 잘 맞잖아. 야마노우에에서 배운 것들이 네가 세상을 헤쳐 나갈 때 반드시 큰 힘이 될 거야. 지금이 가장 힘든 시기라는 건 알아. 이제 조금만 더 참으면 되잖아. 우리 힘내자."

"엄마, 그거 차별 아닌가? 학력이 부족한 사람은 선택할 수 있는 가능성이 없어도 된다는 말이야? 다이아나네 같은 가정을 우습게 보는 거냐고?"

다이아나를 야마노우에 여학원의 문화제에 데리고 갔었지만 별다른 도움은 되지 않은 것 같다. 다이아나는 돌아오는 길에 오히려 표정이 좋지 않았다. 그 후에 티아라 아줌마를 설득한 눈치도 아니었다. 제1지망인 학교에 친구가 관심을 보이지 않으니 아야코도 의욕을 잃고 말았다. 합격하면 헤어지게 된다. 그렇게 되면…….

"아야코, 알겠어. 그럼 너 스스로 어떻게 하고 싶은지 잘 생각해 봐. 너 스스로 내린 결론에 엄마도 따를 테니까."

떠밀어내는 듯한 말투에 아야코는 울컥 화가 치밀었다. 한껏 몰아세우더니 마지막에 내동댕이치다니. 솔직히 불량한 남학생들이 우글거리는 난중에는 가고 싶지 않다. 하지만 더 이상은 한 톨도 힘을 낼 수 없다. 학력 지상주의자인 엄마 뜻에 따르기도 이제 지겹다. 자신이 어떻게 하고 싶은지 모르겠다. 이런 상황은 처음 경험하는 것이다. 엄마에게 등을 돌리고 거실에서 뛰쳐나갔다. 현관 옷걸이에서 코트를 낚아채듯 벗겨내 들고 로퍼를 신자마자 그대로 밖으로 뛰어나갔다. 등 뒤에서 엄마가 부르는 소리가 들렸다.

다이아나를 만나고 싶다. 얼굴을 본 지 무척 오래됐다. 입시

기간에 들어간 후로는 학교에도 가지 못하고 있다. 어금니가 시릴 정도로 차가운 공기를 헤치면서 쏜살같이 다이아나네 집으로 향했다. 오늘은 토요일이니까 틀림없이 집에 있을 거다. 다이아나네 집 인터폰을 누르자 안쪽에서 문이 열렸다.

"어머나, 아야코? 오랜만이네. 다이아나는 지금 밖에 나가고 없는데."

티아라의 노란 머리와 파란 눈동자가 공부하느라 뻑뻑해진 눈에 부셨다.

"어디 갔는데요?"

"글쎄. 며칠 있으면 밸런타인데이이니까 데이트하러 나갔나?"

크크크 웃으면서 그녀가 아야코를 따뜻한 방으로 안내했다.

"오늘, 가게 쉬는 날이라서 종일 뒹굴거리고 있었어. 마침 시간 있으니까 놀다 가."

다이아나네 집에 오기는 정말 오랜만이다. 원색의 복작복작한 인테리어가 여전히 정겨웠다. 티아라 아줌마가 편하게 앉아 흥미롭다는 듯이 아야코를 보았다. 그러더니 갑자기 그녀가 몸을 앞으로 쑥 내밀었다.

"너 혹시 지금 생리하니? 다리 편하게 뻗어."

"……어떻게?"

혹시나 또 피 얼룩이 어디 묻었나 싶어서 하얗게 질렸지만 티아라 아줌마는 한없이 느긋한 표정이었다.

"우리 가게는 온통 여자뿐이잖아. 그래서 생리하는 여자는 대충 분위기로 다 알아. 생리 중인데 남자 상대하는 것도 스트레스니까 손님 접대를 소홀히 하게 되거든. 그래서 서로 털어놓고 돕고 있어. 시험 보기 전에 끝나면 좋겠다. 생리하는데 내내 의자에 앉아 있는 거 정말 힘들잖아."

아야코는 거의 감동 받았다. 좋겠다, 다이아나는. 이 엄마는 어쩌면 이렇게 눈치가 빠르고 이해심도 많을까.

"아, 마일로 마실래?"

티아라 아줌마는 이쪽의 대답을 기다리지 않고 일어나 부엌으로 갔다. 머그컵에 우유를 따라 전자레인지에 데워서 초록색 병에 든 분말을 섞더니 탁 소리 나게 테이블에 내려놓았다. 짙은 갈색의 걸쭉한 음료는 달콤하고 깊은 맛이 나 정말 맛있었다. 역시 이 집에서 먹는 것들은 모두 아야코의 입맛에 맞는다.

다 마시고 나니 입시 준비에서 오는 불만과 학교에서 있었던 모욕적인 경험 등의 기억이 싹 달아나버렸다.

"여자는 정말 손해예요. ……생리만 안 했어도 2차 지망에 붙었을지 모르는데. 학교에서 남자아이들이 몸을 가지고 놀리는 일도 없을 테고……."

"그렇지. 아야코처럼 예쁘고 귀여운 여자아이는 앞으로도 여자라는 이유 때문에 수도 없이 불쾌한 일을 당할 거야. 야마노우에 합격하면 전철 타고 통학할 거지? 멍청하게 굴다가는 치한의 먹잇감이 되기 십상이지."

딱 부러지는 거침없는 말투에 아야코는 자기도 모르게 등을 쭉 펴고 침대에 걸터앉았다. 티아라 아줌마라면 진실을 가르쳐

줄 것이라는 예감에 한 마디도 흘려듣지 않으려 몸을 앞으로 내밀었다.

“나도 그랬으니까 잘 알아. 초등학교 6학년 때 학교에서 돌아오는 길에 이상한 남자에게 몹쓸 짓을 당했어. 한 번이 아니라 몇 번이나. 그런데 그런 얘기를 아무에게도 할 수가 없어서 그때는 정말 고민도 많이 하고 힘들었어. 학교에 갈 수도 없을 정도로.”

“어른에게 털어놓고 의논하면 좋았을 텐데…….”

어린 티아라 아줌마가 감수했을 공포와 슬픔을 생각하자 가슴이 메어 울음이 터져 나올 것 같았다.

“그때는 그런 생각을 못했지. 우리 부모나 형제는 무슨 일만 있었다 하면 네가 나쁘다고 윽박지르는 사람들이었으니까. 학교 선생님이나 친구들에게 말하기도 어렵고, 속상하고 분해서 밥도 안 넘어갔어. 그래도 난 바보가 아니니까 스스로 생각했지. 그래서 서핑하는 껄렁껄렁한 중딩에게 부탁해서 머리를 금발로 한 거야. 그랬더니 뚝 끊기더라고.”

금발? 아아, 염색. 아야코는 잠시 후에야 이해했다.

“가게에도 그런 여자들이 제법 있어. 장난질을 당하거나 변태들 눈에 드는 바람에 갸루가 되었다는 여자들. 아, 치한이나 변태들은 화려한 여자를 싫어하거든.”

지금 아주 중요한 얘기를 들었는지도 모르겠다. 메모라도 적고 싶은 충동이 일었다.

“아야코를 놀렸다는 그 멍청한 남자아이, 어떤 가정에서 자랐는지 알 만하다. 보나마나 아빠가 엄마를 엄청 깔보는 가정일 거야. 그걸 아이가 알게 모르게 배워서 흉내를 내는 악순환인 거지. 아내를 아끼지 않는 남자는 클럽에서도 아주 거만하게 굴거든."

야마자키의 마음속에서 무슨 일이 벌어지고 있는지는 생각해 본 적도 없다. 맞다, 적어도 아야코의 아빠처럼 선량한 아빠 밑에서 자라지 않은 것만은 분명할 것이다.

"다이아나도 나 어렸을 때랑 너무 똑같아서 머리라도 어떻게 하지 않으면 정말 위험하겠다고 생각했어. 우리는 편모 가정인 데다 일 때문에 나는 밤에 없잖아. 변태에게 찍혔다가는 인생 막장이니까."

아야코가 눈을 번쩍 떴다. 티아라 아줌마가 그런 이유로 다이아나의 머리를 노랗게 물들였다는 말인가. 잘못된 방법인 듯한 기분도 들지만, 어쩌면 엄마가 아야코에게 학력을 갖추게 하려는 것과 비슷한 발상이지 않을까 하는 생각도 들었다. 세상을 헤쳐 나가는 무기를 딸에게 전하고 싶은 점은 같다. 아닌 게 아니라 다이아나는 말수가 적고 소심하면서도 남자아이들 앞에서는 절대 기죽지 않는다. 남자아이들 역시 다이아나를 두려워하면서 가까이 하지 않는 경향이 있다. 이 모녀에게 의연한 아우라와 어떤 유의 용맹함이 있는 것은 분명했다.

"착하고 우아한 것은 아야코의 장점이지만 남자에게 빈틈을 보이면 안 돼. 금방 우습게 보니까. 그러다 무슨 일이 생기면 맞붙어서 싸울 각오로 살아야 돼."

"내가 그럴 수 있을지……."

"당연히 할 수 있지. 여자는 원래가 남자보다 훨씬 강하다고. 여자가 뭐 때문에 생리를 하겠어. 엄마가 될 힘이 있다는 거잖아! 엄마가 안 되더라도 여자라는 것만으로도 우주 최강이야. 남자들보다 훨씬 더 고통에 강하다고. 그러니까 자신감을 가져. 제1지망도 그런 기백으로 딱 합격하는 거야. 아야코는 할 수 있어."

막혔던 가슴이 툭 터지면서 숨 쉬기가 편해진 것 같은 느낌이 들었다. 눈앞이 환해져서 그런지 생리통도 싹 사라진 기분이다.

"물론 네 옆에는 다이아나도 있잖아. 최악의 사태가 생기면 나도 나설게. 뭐하면 면접장에서 가서 '떨어뜨리면 가만 안 둘 거야! 가부키초 헤라클레스의 넘버원인 티아라가 뒤에 버티고 있다고!' 그렇게 외쳐줄게."

아야코는 자기도 모르게 웃음을 터뜨리고 말았다. 티아라 아줌마 같은 엄마가 있다면 남자의 시선과 세상의 룰에서 벗어나 강하고 느긋하게 살 수 있을텐데. 아야코의 시선이 무척이나 뜨거웠는지 티아라는 머쓱하게 웃었다.

천천히 놀다 가라는데도 아야코는 다이아나네 아파트를 나섰다. 걱정하는 엄마 품으로 어서 돌아가 고분고분 공부해야겠다는 생각이 들어서였다. 불과 1시간 사이에 동글동글 무게를 더한 눈송이가 설탕을 얇게 뿌려놓은 것처럼 아스팔트 위에 화장을 하고 있었다. 모퉁이를 돌던 아야코는 하마터면 앞으로 고꾸라질 뻔했다.

저 앞에서 다이아나와 다케다가 걸어오고 있지 않은가. 그쪽도 이런 곳에서 아야코와 마주칠 줄은 꿈에도 몰랐는지 어리둥절한 표정으로 걸음을 멈췄다.

"무슨 일이야? 둘이서 어딜 갔다 오는 거니?"

설마설마했는데. 머리가 쿵쿵 울렸다. 티아라 아줌마 말대로 정말 데이트였을까. 그렇구나, 그랬구나. 다이아나가 얼굴을 붉히고 횡설수설하고 있는 걸 보면 분명했다.

"아, 그게……. 아직은 말할 수 없어."

"내게 말할 수 없다니 그거 무슨 뜻이니?"

"지금은 아직 그럴 시기가 아니라서. 하지만 좀 더 지나면 말할게."

우물쭈물하는 다이아나를 참을 수 없어 자기도 모르게 어깨를 잡고 흔들었다. 다케다가 화가 난 목소리로 끼어들었다.

"너 말이야, 이 녀석 기분도 조금은 생각해 줘야지. 친구라면서."

네가 뭘 안다고 그딴 소리야. 아야코는 있는 힘껏 분노를 담아 다케다를 노려보았다.

몸이 와르르 무너질 것 같았다. 조금 전까지 긍정적이었던 기분이 순식간에 달아나버렸다. 분노가 활활 타올랐다. 친구가 입시 준비로 힘겨워하는 이런 중요한 때에 이렇게 태평할 수 있다니. 아아, 그렇구나. 다이아나는 남자와 노는 걸 좋아하는 아이였구나. 다케다의 이 뜨거운 시선 속에 머무는 쪽을 선택한 거야. 중학교에 올라가면 껄렁껄렁한 남자아이들에게 애교를 떨다가 금방 불량소녀가 되겠지. 남자아이들은 또 그런 그녀를 뭐라도 된 것처럼 떠받들 테고. 그런 생각을 하자, 난처한 표정으로 고개 숙이고 있는 다이아나가 더없이 불결하게 여겨졌다.

"다이아나, 어떻게 그럴 수가 있니! 진짜 싫다! 이제 절교야, 절교!"

상처 입은 얼굴을 보지 않으려 이내 몸을 돌리고 뛰었다.

무슨 일이 있어도 야마노우에에 합격해야겠어.

안 그러면 저 아이들과 같은 장소에서 같은 청춘을 보내야 한다. 마일로 덕분에 따뜻해졌던 손가락이 딱딱하게 굳어 있었다.

내쉬는 숨이 저녁에서 밤으로 바뀌는 파란 공기 속에 솜사탕처럼 떠오른다.

손 주머니 속에 든 머리띠는 감기로 꼼짝달싹 못하는 다이아나를 대신해서 티아라가 시부야 109 백화점에서 골라 사온 것이다. 반짝반짝 빛나는 라인스톤이 촘촘히 박혀 있다.

– 아야코는 보수적인 집안의 아이라서 이런 거 없잖아. 틀림없이 좋아할 거야!

다이아나는 똑바로 아야코네 집으로 향했다. 지난 닷새 동안 충전 기간을 가진 덕분에 온몸에 기력이 충만했다. 이렇게 용감한 자신과는 처음 마주한다. 어젯밤, 아야코의 엄마로부터 아야코가 야마노우에 여학원에 합격했다는 전화가 왔다. 그리고 오늘 그녀 집에서 열리는 학원 아이들끼리의 합격 축하 파티에 몰래 초대해 주었다. 가슴에 맺힌 것이 확 풀린 것처럼 힘찬 목소리였다. 지난번에 아야코를 화나게 했다는 얘기를 하자 아야코의 엄마는 자상하게 위로해 주었다.

– 그날은 아야코도 신경이 예민해져서 그랬을 거야. 내가 화를 좀 많이 냈거든. 미안하다. 그래도 다이아나가 축하해 주면 기뻐할 거야. 이참에 화해도 하고 그래.

이제 아야코의 마음을 어지럽게 할 염려는 없다. 그 눈 내리던 날, 다케다와 함께 티아라의 고향 집을 보러 갔다 왔다고 솔직하게 얘기하자. 사실은 좀 더 빨리 가려고 했다. 두 달 가까이 고민하다가 간신히 결심을 굳힌 것은 아야코의 입시가 코앞에 닥쳐 혼자 지내는 시간이 많아지면서 생각할 여유가 많았던 영향이 크다.

티아라가 태어나고 자랐던 집.

에노시마 전철 시치리가하마 역에서 내려 바다를 등지고 걸어서 5분. 단층이지만 꽤 큰 목조주택이었다. 물에 젖은 것처럼 거뭇거뭇하게 빛나는 나무 색깔이 역사를 느끼게 했다. 양쪽으로 울타리를 낀 문 위에는 '야지마 보습 학원'이라는 간판이 걸려 있었다. 이 집에 사는 누군가가 학생들을 가르치는 걸까. 이렇게 번듯한 장소에서 티아라는 어떻게 그런 철딱서니 없는 여자로 자랄 수 있었는지 이해가 안 갔다.

– 야, 어떻게 할 거야? 들어갈 거야 말 거야?

다케다는 답답하다는 듯이 몇 번이나 그렇게 말했지만, 한 걸음도 발을 내딛지 못한 채 몇 시간이 흘렀다. 사실 무서웠다. 그 집에 발을 들여놓는 순간 티아라와의 관계가, 아니 자신의 인생이 결정적으로 변화하리란 예감이 들었다. 결국 그대로 발길을 돌려 집으로 돌아오는 길에 아야코와 마주쳤던 것이다. 왜 다케다에게 같이 가자고 했는지 그 이유는 자신도 잘 모른다. 혼자 가기는 겁이 났다. 다케다는 3학년 때 아빠 찾는 걸 도와달라고 부탁했던 적이 있으니까 말귀를 금방 알아들을 것이라고 생각했다. 또 그가 아니면 부탁할 친구도 없었다. 이유가 있다면 그 정도였다. 그녀가 오해할 만한 일은 전혀 없었다.

눈 내리는 날 장시간 밖에 있었던 탓인지 아야코에게 혹독한 말을 들은 탓인지는 모르겠지만, 그날 다이아나는 집에 들어오자마자 열이 펄펄 끓었다. 38도를 가리키는 체온계를 보면서 티아라는 허억 하고 소리를 질렀다.

– 어머나, 너 감기 걸린 거 어린이집 다니던 때 이후로 처음이네. 좋아, 다 나을 때까지 일 나가지 않을게.

감기를 앓는 내내 누가 옆에 있으면서 돌봐 주기는 참 오랜만이었다. 티아라는 마치 다른 사람이 된 것처럼 살갑게 굴면서 맛있고 영양가 있는 먹을거리를 준비해 주었다. 계란을 톡 떨어뜨린 냄비우동과 포카리스웨트, 밀감젤리, 모두 편의점에서 사 왔다는 걸 알지만, 티아라가 한 입 한 입 떠먹여 준 그것들은 부드럽고 행복한 맛이 났다.

열은 이틀 만에 내렸는데도 어영부영 닷새나 학교를 쉬고 말았다. 오늘이야말로 꼭 일어나야지 하면서도 손가락 끝부터 온몸으로 녹아드는 듯한 안도감에 몸이 꿈쩍하지 않았다. '엄마'에게 어리광을 부리는 행복을 깨우쳤기 때문이라고 생각한다.

아야코네 집 현관 앞에서 벨을 누르고 기다렸다. 모든 것은 오해였으니 이제 다 제자리로 돌아갈 것이다. 다이아나는 마음속으로 주문을 외듯 중얼거렸다. 그런데 얼굴을 내민 사람은 아야코가 아니었다. 원피스를 차려 입은 미카게가 쌀쌀맞은 표정을 하고서 절대 들어오게 할 수 없다는 듯이 앞을 막고 섰다. 그러고 보니 아야코 엄마가 대기 번호를 받았던 미카게도 결국 야마노우에 여학원에 합격했다는 소리를 했던가.

"그냥 가. 아야코가 네 얼굴 보고 싶지 않대. 친구 입시가 끝났는데 연락도 하지 않는 아이는 친구도 아니라고."

다이아나는 울컥했다. 자신은 감기 때문에 닷새나 꼼짝 못했다. 바로 연락하지 못한 것은 미안한 일이지만, 티아라에게 어리광을 부리며 느긋하게 쉰 것이 무슨 잘못이라는 말인가. 하지만 그런 정도의 일로 친구가 싫어지지는 않는다.

"아무튼 축하 선물을 전하고 싶어. 만나게 해 줘."

"안 돼. 다른 학교 아이들이 널 보면 뭐라고 하겠니? 다이아나라는 이름도 이상한데다 머리는 노랑머리인 그런 꼴을 하고서."

분하고 슬퍼서 눈물이 왈칵 솟는데 억지로 참았다. 이런 여자아이의 심술에는 절대 지지 않는다. 아야코와는 그 누구보다 단단한 친구 사이이다. 그런데도 미카게는 공격의 고삐를 늦

추지 않았다.

"야마노우에 여학원에 다니는 여자들이랑 너하고는 애당초 차원이 다르다고. 너, 앞으로도 아야코와 사이좋게 지낼 수 있을 것 같니? 정말 그렇게 생각해?"

약이 올랐지만 그건 늘 두려워하던 일이었다. 그 증오에 찬 눈초리에 다이아나는 지금까지 자신이 미카게를 얼마나 무시해 왔는지를 겨우 깨달았다. 누군가와 사이좋게 지낸다는 것은 한편으로 누군가에게 심한 상처를 주는 일이다.

"아야코에게 다 들었어. 난중에 가서 다케다와 사이좋게 잘 지내면 되겠네."

거실 쪽에서 여자 목소리가 들렸다.

"미카게, 뭐 하니? 손님이야?"

틀림없는 아야코 엄마의 목소리였다. 도망치듯이 문을 밀었다. 살을 에는 찬바람을 거스르며 정신없이 뛰었다. 눈물이 배어나왔다. 아야코가 쫓아와 주겠지 하는 기대감에 몇 번이나 뒤를 돌아봤지만, 거기에는 아무도 없었다.

졸업식 날까지 시간은 무겁고 천천히 흘러갔다.

아야코는 마치 이쪽이 눈에 들어오지 않는 것처럼 행동했다. 다이아나는 말을 걸어 오해를 풀어 보려고 했지만, 그러기 직전에 마음이 꺾이거나 미카게가 방해를 하는 통에 결국 한 번도 말을 걸지 못했다. 아야코와 사이가 틀어진 것이 처음이라 어떻게 화해하면 좋을지 암담했다.

졸업식 날, 다이아나는 졸업생 대표로 답사를 읽는 아야코의 모습을 반 친구의 한 명으로 올려다보았다. 까맣고 찰랑거리는 머리를 어깨 위로 늘어뜨리고, 한 마디 한 마디 차분히 읽어 내려가는 아야코의 모습은 마치 총명함의 화신처럼 다른 세상 사람 같아 보였다. 처음 만났던 그날도 그랬듯이 저 아이처럼 되고 싶다고 허한 기분으로 생각했다. 저 아이의 인생과 자신의 인생을 바꿔치기할 수 있다면 얼마나 좋을까. 그런 상상을 하자 몸이 떨렸다. 아야코를 둘러싸고 있는 온화한 분위기와 환경을 이 두 눈으로 본 탓에 자신은 앞으로도 있는 힘을 다해 발돋움을 할 수밖에 없으리란 예감이 들자 눈앞이 어질어질했다. 그것은 행복한 일일까, 아니면…….

옆줄을 돌아보니 야마자키가 금방이라도 울 듯한 희한한 표정으로 아야코를 올려다보고 있었다.

다이아나도 아야코도 그때는 그 다음 말을 나누는 날이 10년 후가 될 거라고는 생각지도 못했다.

3

'1. 이상한 이름이다.'

이건 절대적으로 해당되지.

'2. 이름이 어려워서 정확하게 읽을 수 없다.'

한자로 '大穴'이라고 쓰고 '다이아나'라고 읽게 하다니, 평범한 감각을 지닌 사람은 그런 발상을 할 수 없을 테니까 이것도 해당된다고 봐야겠지.

'5. 외국인으로 혼동하기 쉽다.'

이건 100퍼센트 맞다.

종이가 찢어질 정도로 힘주어 동그라미를 그렸다.

가정 재판소 홈페이지에서 다운받은 '개명 허가 신청서'의 '신청 이유' 항목에 줄줄이 동그라미를 치면서 야지마 다이아나는 지난 15년 동안의 인생을 돌아보았다. 어렸을 때부터 이름만 말했다 하면 웃음거리가 되고, 묘한 눈초리를 받고, 결국은 따돌림을 당해 늘 외톨이였다. 모욕적인 별명이 붙여진 적도 한두 번이 아니었다.

감자튀김의 니글니글한 기름 냄새가 더는 몸 안에 배게 하고 싫지 않아 코로 한껏 숨을 내쉬었다. 늦은 오후, 맥도날드의 시끌시끌함이 조금은 멀어졌다. 역 앞에 있는 이 가게는 언제나 비슷비슷한 중학생들로 북적거린다. 거의 제2의 집으로 여기고 있는 구립 도서관의 학습실에 빈자리가 있었다면 절대 오지 않았을 것이다. 마음 편히 있을 수 있는 곳은 아니지만 백 엔짜리 동전 하나로 오래 머물 수 있는 장소래야 여기밖에 없었다. 집에서는 새벽에 들어온 티아라가 화장도 지우지 않은 채 술 냄새를 풀풀 풍기면서 드르렁드르렁 자고 있을 것이다. 깨어나 뭘 쓰고 있느냐고 묻기라도 하면 큰일이다. 모든 절차가 무사히 다 끝난 후에 털어놓을 생각이다.

"걔네들, 거의 짐승 수준이래. 장애인용 화장실이나 스티커 사진기 안에서도 그냥 막 하나 봐."

"우와, 멋지네. 진짜 걸레잖아."

옆 테이블에 모여 앉은 아이들이 유난히 시끄럽다. 토요일인데 같은 학교 교복을 입고 가게가 떠나가라 큰소리로 떠들어대는 그들이 뭐라 말할 수 없이 짜증스러웠다. 아는 얼굴도 더러 있다. 중학생이라는 게, 어울려 놀 수 있는 친구가 있다는 게 그렇게 자랑거리인가? 다들 책을 읽는 습관은 없고, 머릿속에는 뒷담화나 연애 얘기밖에 없는 유치한 족속들이다. 다이아나는 미간을 찡그리고 관자놀이를 눌렀다. 때로 주위에 화를 내느라 피곤해지지만, 미의식만큼은 잃고 싶지 않았다. 그렇게 되면 이 열악한 환경에서 자신을 지킬 수 없을 것이다.

중학생쯤 되면 아이들의 태도가 조금은 어른스럽고 조신해질 줄 알았는데 턱도 없는 착각이었다. 다이아나가 다니는 난중, 즉 난다이 중학교는 분위기가 거칠기로 유명하다. 소위 껄렁껄렁한 불량 학생이 많다. 최대한 눈에 띄지 않으려고 얌전히 웅크렸는데 이름 탓에 입학하는 날부터 불량한 여학생들 눈에 찍히고 말았다. 엄마가 직접 물들이는 것은 간신히 거부하게 되었지만, 원래 머리색에 갈색기가 많기 때문에 복도에서 스쳐 지날 때마다 노려보거나 시비를 거는 일이 다반사였다. 그럴 때마다 다이아나는 보통 입을 꾹 다문 채 상대가 꼬리를 내리고 사라지기를 그냥 기다렸다. 다행히 폭력 행사는 아직까지 없었지만, 그것도 잘못 나돈 소문 덕이라는 것을 아는 터라 무턱대고 좋아할 수도 없었다.

정신 차리자. 한없이 터져 나올 듯한 불만을 끊어내고 다이아나는 눈앞에 있는 용지에 집중했다.

'개명을 필요로 하는 구체적인 사유', 가장 중요한 부분이다. 이름을 바꿀 수 있을지가 이 항목에 걸려 있다. 평생을 좌우할 작업이라 시험 삼아 쓰는 것인데도 샤프펜슬을 쥔 손이 떨렸다.

이 작업만큼은 훗날 아름다운 추억으로 남을 수 있도록 멋진 장소에서 하고 싶었다. 그러나……. 다이아나는 살며시 눈을 감았다. 상상력만 내 편으로 끌어들이면 잡음을 차단하고 자신이 원하는 환경에 잠길 수 있다. 최근에 읽은 글 중에서 가장 마음에 든 모리 마리의 에세이 〈내 아름다움의 세계〉가 가르쳐준 것이다. 아버지인 모리 오가이를 '아빠'라고 부르며 평생의 연인으로 사모하고, 만년을 보낸 시모키타자와의 허름한 아파트까지 뛰어난 감성으로 아름답게 재구성한 영원한 소녀. 그래, 이곳을 장미 정원이 내다보이고 마호가니 가구로 통일된, 약간 어슴푸레한 서재라고 생각하자. 이곳은 물을 뿌린 것처럼 고요하고 종이가 촉촉하게 시간을 빨아들인다.

그 이미지가 전에 딱 한 번 구경한 '야마노우에 여학원'의 도서관 풍경이라는 것을 깨달은 다이아나는 얼른 눈을 뜨고 두 볼을 탁탁 쳤다.

야마노우에 여학원. 떠올리기만 해도 마음이 혼란스러울 정도로 짧은 시간에 너무 많은 일들이 벌어졌던 장소이다. 지금은 당장 해야 할 일만 생각하자. 다이아나는 다시 등을 쭉 펴고 샤프펜슬을 고쳐 잡았다.

'신청인은 열다섯 살 소녀입니다. 호적상 이름이 다이아나로 되어 있어서 어렸을 때부터 이름 때문에 놀림을 당하기 일쑤였고 수도 없이 불쾌한 일을 당했습니다. 이 경험이 인격 형성에 큰 영향을 미친 탓에 극도로 낯을 가리고 친구도 만들지 못해 늘 외톨이였습니다. 중학생이 된 지금도 속을 털어놓을 수 있는 친구는 한 명도 없습니다. 또한 신청인은 아버지의 얼굴을 본 적이 없고, 어머니 외에는 친족이 없습니다. 어머니는 열여섯 나이에 신청인을 출산하였고, 현재는 클럽에 다니며 생계를 꾸리고 있습니다. 때문에 진학이나 취직 면에서 부정적인 요인을 짊어지고 살고 있습니다. 사회생활을 하는 데 있어 더 이상

의 지장을 초래하지 않기 위해 본 건을 신청합니다.'

우와, 진짜 불쌍한 여자아이네. 그렇게 써놓고 보니 자신이 너무도 불쌍하게 여겨져 온몸이 살짝 간지러워졌다. 유치한 감상에 젖어서는 안 되지 하면서 다시 마음을 다잡았다. 드디어 새 이름을 적는 란. 다이아나는 얼음이 다 녹아 엷어진 콜라를 한 모금 마시고서 샤프펜슬을 다시 고쳐 쥐었다. 용지가 구겨지지 않도록 왼손으로 누르면서 괄호 안에 한 글자 한 글자 또박또박 기입했다.

'신청인은 현재의 이름 다이아나大穴를 아야코文子로 개명할 수 있도록 허가를 요청합니다.'

文子라고 쓰고 아야코라고 읽는다. 다이아나는 이 두 글자를 황홀한 기분으로 바라보았다. 단순하면서도 품위 있고 지성의 향기가 풍기는 이름이다. 조심스럽고 의연한 분위기도 있다. 고다 아야幸田文(수필가, 소설가. 메이지 시대의 작가 고다 로항幸田露伴의 둘째딸)를 좋아하는 탓도 있었지만, 어찌 됐든 책과 언어에 얽힌 이름을 짓고 싶었다.

자신에게 스스로 이름을 지어준다. 거의 대부분의 사람들은 이런 경험을 하지 못한 채 인생을 마감할 것이다. 두고두고 생각한 덕분에 앞으로 어떻게 살아가고 싶은지, 앞날의 목표와도 마주할 수 있었다. 그렇다! 이름이란 인생의 길잡이 역할을 한다.

엄마인 티아라가 얼마나 생각이 없었는지 새삼 깨우치자 어이가 없어졌다. '이 세상 최고의 행운아'가 되기를 바란다면서

'大穴'이라는 한자를 '다이아나'로 읽게 하다니. 머릿속에 뭐가 들어 있기에 이렇게 엉뚱한 발상을 할 수 있었을까. 열여섯 살이었다고 하지만, 냉정하게 생각해 봤다면 소중한 딸이 놀림을 당하거나 손가락질을 당할지도 모른다는 예상 정도는 충분히 할 수 있었을 텐데. 엄마는 자신보다 지적 수준이 한층 높은 환경에서 태어나고 자랐다. 하지만 티아라는 부모에게 최고의 교육을 받았으면서 그것을 스스로 내던졌다. 예전에 딱 한 번 발을 들여놓았던 야마노우에 여학원의 도서관에서 소녀 시절의 엄마 사진을 본 후로 다이아나는 한시도 그 일을 잊지 않았다. 그 꿈같은 학교에 다닐 기회를 준 유복한 가정을 버리면서까지 엄마는 뭐가 하고 싶었던 것일까. 그래봐야 시시껄렁한 남자아이들과 정신없이 놀았을 게 뻔하다. 모든 가능성을 버리고 한때의 쾌락에 몸을 실은 티아라는 바보다. 어느 모로 보나 훨씬 나은 인생을 선택할 수 있었는데. 올해 서른한 살이 된 티아라는 신주쿠 가부키초에 있는 카바레 클럽 '헤라클레스'에서 월급 마담으로 일하고 있다. 매일 거의 새벽까지 일하고, 휴일이면 죽은 사람처럼 잠만 잔다. 가게는 2004년 '가부키초 정화 작전'이라 불리는 사업이 공표된 후로 손님이 줄어 경영이 어려운 것 같다. 요즘은 남자들과 어울려 놀러 나다니는 일도 줄어들었다. 대신 늘 명랑하게 굴다가도 간혹 심각한 표정을 하고서 생각에 잠기는 일이 많아졌다.

가능한 한 빨리 집을 나갈 생각이다. 고등학교를 졸업하면 바로 취직하고 싶다. 전국에 매장이 있는 대형 서점에서 일하면서 손님 대하는 법과 판매의 노하우를 터득한 다음 열심히 저축한 돈으로 언젠가는 서점을 차릴 계획이다. 자그마해도 괜찮다. 깔끔하게 칠한 간판, 전면이 유리인 밝은 실내. 독서에 관심이 없는 사람도 은연중에 문을 열고 들어가고 싶어지는, 화려하지는 않아도 활기찬 책방 분위기면 된다. 벽 한 면을 꽉 메운 책꽂이에는 장르에 관계없이 책을 가득 꽂아 둘 것이다. 처음 시작할 때는 주로 자신이 좋아하는 책 중심으로 준비해 문을 열고, 직접 선별한 책에 공감한 손님이 한 사람, 두 사람 찾아오게 되면 그들과 즐겨 읽는 책 얘기도 나누고, 대화를 통해 의견을 수렴하면서 라인업을 넓혀갈 생각이다. 지속적으로 변화하는 살아 있는 책방, 그것이 다이아나가 꿈꾸는 서점이다. 가능하면 서점 2층에 살고 싶다. 최소한의 생활용품과 침대와 애플 컴퓨터. 혼자만의 조용한 성에서 몸 아래로 수많은 책을 느끼면서 독서와 공상에 잠길 수 있는 곳. 거기에서는 아무도 자신을 방해하지 못한다. '아야코'라는 이름이 그 꿈을 이뤄줄 것 같은 기분이 들었다.

아야코.

옛 친구와 같은 이름으로 자신의 이름을 짓는 날이 오다니. 초등학교 졸업을 앞두고 느닷없이 절교 선언을 당한 후 3년. 앞으로도 둘이 말을 나누는 일은 없을 테고, 둘의 인생이 겹쳐지는 일도 없을 것이다. 근처에서 간혹 야마노우에 여학원 교복을 입은 아야코를 보곤 한다. 그럴 때마다 오던 길을 허둥지둥 되돌아가거나, 못 본 척하면서 피해 왔다. 그녀에 대한 마음의 앙금은 오래 전에 사라졌지만 어색해서 말을 걸 수가 없었다. 만에 하나 용기를 쥐어짜 말을 걸었다 해도 그 다음에 무슨 얘기를 하면 좋을지 모르겠다. 그 눈 내리던 날의 오해를 풀었다 한들 새삼스럽게 뭐가 달라질까. 아야코 쪽은 다이아나 따위 벌써 잊었을 텐데.

그렇게 접점이 없어졌으니 이름이 같아도 아무 상관없을 것이다. 아홉 살 무렵 '아야코'라고 처음 발음했을 때부터 향기 그윽한 봉봉을 입 안에서 굴리고 있는 듯 감미로운 감각을 좋아했다. 신학기, 반 아이들 모두가 다이아나를 놀렸는데, 오직 그녀만 "다이아나는 《빨간 머리 앤》에 나오는 친구의 이름이고, 《비밀 숲의 다이아나》의 주인공 이름"이라고 주장하며 감싸 주었던 일이 어제 일처럼 떠올랐다. 아야코와 함께일 때는 즐겁게 웃을 수 있었고 무슨 얘기든 할 수 있었다. 아야코네 집안의 문화적인 분위기도 무척 좋아했다. 만약 지금도 아야코와 친하게 지내고 있다면 이렇게 우울한 나날은 보내고 있지 않을 것이다. 서로의 책을 빌려주거나 빌리고, 그녀의 집에서 케이크를 만들고, 용돈을 모아 같이 옷을 사러 가고, 또 영화를 보러 갔을지도 모른다. 주말을 아무 예정 없이 혼자 보내는 일은 절대 없었을 것이다.

그때 용지 위에 그림자가 어렸다.

"다이아나 아냐, 뭐 하냐?"

불길한 예감에 고개를 들어보니 다케다가 커다란 몸을 구부리고 반갑다는 듯 웃는 얼굴로 이쪽을 들여다보고 있었다. 유난히 시끌시끌한 테이블의 일원이었던 모양이다. 저쪽 자리에서 대여섯 명의 동급생이 갑자기 목소리를 죽이고 이쪽을 힐금거렸다. 다케다는 친구들의 시선 따위는 전혀 신경 쓰지 않는 눈치였다. 각진 턱에 날카로운 눈과 코, 실하고 탄탄한 몸이 내뿜는 에너지에 압도되어 눈을 맞출 수가 없었다.

"왜 이런 데서 혼자 있냐. 우리 노래방에 갈 건데 같이 갈래?"

"됐어……."

짧게 대답하고서 용지로 눈길을 떨어뜨렸다. 초등학교 시절부터 껄렁거리던 다케다는 중학생이 되자마자 불량 문화에 적응했다. 옛날에는 어눌하고 무뚝뚝했는데, 선배들과 상하관계에 시달리다 보니 커뮤니케이션 능력을 터득한 모양이다. 노랗게 물들인 머리에 교복 옷깃도 제대로 여미지 않은 모습으로 불량 학생들과 어울려 다니는데도 이상하게 조악한 인상은 없다. 게다가 야구부나 축구부의 시합 때도 요청이 있으면 용병으로 참가하기도 하고, 선생들과도 곧잘 대화를 나눈다. 집에서 하는 정육점 일을 돕고 있는 것도 몇 번이나 보았다. 초등학생 때는 같이 놀기도 했지만, 지금의 다이아나는 사람에게 벽을 쌓지 않는 그의 명랑함과 단순함에 오히려 화가 난다.

"쌀쌀맞기는. 뭐 쓰고 있는데? 어디 좀 보자."

다케다가 손을 뻗었다. 순간적으로 용지를 가리려다가 다이아나의 팔꿈치가 종이컵에 부딪쳤다. 컵이 쓰러지면서 갈색 물결이 이내 퍼져나갔다. 반사적으로 소리를 지를 뻔했는데 간신히 두 손으로 입을 막았다.

"앗, 미안."

잔뜩 긴장하고 용지의 공백을 메웠던 시간이 그 한순간에 물거품이 되고 말았다. 다이아나는 머쓱한 표정으로 우뚝 서 있는 다케다를 노려보았다.

"뭐하고 있는 거야, 다케짱. 빨리 가자."

다케다가 있던 테이블에서 코맹맹이 소리로 말한 사람은 같은 반의 니시무라 마리안이었다. 요즘 다케다와 사귀기 시작했다는 소문이 파다한 아이다. 꼼꼼하게 컬한 밝은 갈색 머리, 가짜 속눈썹과 컬러 콘택트렌즈로 안 그래도 동그란 눈을 더 크게 강조했다. 티아라와 비슷한 갸루 분위기지만, 티아라를 도베르만에 비유한다면 마리안은 애완견이라 할 수 있을 것이다. 불량한 척하고 있지만 살기 위한 투쟁이 필요치 않은 타입으로 보인다. 그녀의 이름도 '다이아나' 못지않게 이상한데 마리안 자신은 꽤나 마음에 드는 모양이다. 아니 이름뿐만이 아니라 마리안은 자신의 모든 것이 사랑스럽고 좋아서 어쩔 줄 모르는 것 같다.

"아이 참, 다케짱은. 빨리 가자니까."

귀여운 목소리 속에는 짜증이 섞여 있고, 다이아나를 보는 눈에도 삐죽하게 날이 서 있다. 인기남인 다케다가 거리낌 없이 말을 걸 때마다 저런 여자아이들의 강렬한 시선을 느낀다. 시답잖은 쟁탈전에 휘말리는 것은 딱 질색이다. 다이아나는 젖은 용지를 돌돌 말아 종이컵과 함께 쓰레기통에 던지고는 후다닥 계단을 뛰어 내려갔다. 뒤따라오는 다케다의 목소리를 무시하고 가게 밖으로 나갔다. 물기를 머금은 바람이 볼을 스쳤다. 비가 내리기 직전의 달큰하고 텁텁한 먼지 냄새가 느껴졌다. 다이아나는 성큼성큼 상점 거리를 걸어갔다. 빨래를 거둬들이고, 티아라가 깨기 전에 용지를 다시 다운받아야 한다.

서점 앞에서 다이아나가 갑자기 걸음을 멈췄다. 신간 코너에서 그 제목을 봤기 때문이다. 《비밀 숲의 다이아나》의 무크지였다. 표지는 주인공 다이아나의 옆얼굴이다. 인터넷에서 화제 몰이를 하고 있다는 것은 알고 있었는데, 정말 출판되었나 보다. 아동서의 명작인 《비밀 숲의 다이아나》는 마지막 권이 출판된 지 16년이 지난 지금도 스테디셀러로 인기를 모으고 있다. 어렸을 때부터 가장 즐겨 읽었던 책이다. 같은 이름의 소녀 주인공에게 얼마나 큰 위로를 받았는지 모른다.

빨려 들어가듯 서점 안으로 들어가 무크지의 페이지를 팔락팔락 넘겨보았다. 이천 엔이나 하니 금방은 살 수 없겠지만, 꼭 사고 싶은 책이다.

여러 작가와 문화계 인사가 《비밀 숲의 다이아나》의 매력과 책에 얽힌 추억을 에세이로 풀어냈다. 옆에 세워져 있는 광고판에는 '16년 만의 전작 단편 ~ 엄마가 된 다이아나와 딸 릴리의 이야기!'라고 쓰여 있다. 하토리 게이치가 다시 집필을 시작한 것인가. 그 다이아나가 엄마가 되다니! 손바닥에 땀이 흥건히 배었다. 직원의 시선에 신경이 쓰였지만 페이지를 넘기지 않을 수 없었다.

이야기의 끝에서 10년 후. 다이아나는 왕비가 되었지만, 남편 앤드류가 전쟁에 나가자 혼자 나라를 지키기 위해 분투한다. 사랑하는 외동딸 릴리에게는 자신이 누리지 못한 최고의 환경과 의식주, 교육을 베풀기 위해 애쓴다. 그러나 릴리는 그런 것들을 귀찮아하는 듯하다.

"이런 세상은 진짜가 아니야. 엄마는 숲에서 동물들과 자유롭게 살았는데 왜 나는 매일 답답한 드레스를 입고 공부만 해야 하는 거야."

다이아나의 변함없는 활약상을 기대했는데 어째 좀 아닌 것 같다. 참 제멋대로네. 릴리, 마음에 안 들어. 다이아나는 씁쓸한 기분으로 그렇게 생각했다. 풍족한 환경과 양식 있는 엄마에게 조금도 감사하지 않는 그녀의 모습이 엄마 티아라와 겹쳐졌다. 왕가의 가보인 월광석 펜던트를 엄마가 그녀에게 맡겼는데도,

"색이 왜 이렇게 어두워. 이건 그냥 돌이잖아."

하며 함부로 다룬다. 다이아나와 대판 싸우고 성을 뛰쳐나와 숲으로 간 릴리. 세상 물정 모르는 릴리가 늪에 빠지고 벌에게 쫓기는 등 험한 꼴을 당하는 장면에서 다이아나는 고것 보라니까 하며 고소해 했다. 릴리가 숲에서 생활하면서 성장해 어머

니의 위대함을 깨닫는 식으로 이야기가 전개된다면 팬으로서 그나마 납득이 갈 것 같다.

"너, 옛날부터 책 좋아하더니, 여전하구나."

돌아보니 다케다가 미소를 머금은 얼굴로 서 있었다. 다이아나는 화들짝 놀라 책을 제자리에 꽂아놓고 후다닥 서점에서 튀어나갔다.

"야, 기다려."

아랑곳 않고 쫓아오는 다케다가 성가셨다. 다케다의 집인 정육점 앞을 지날 때 가게 앞에 서 있던 그의 아버지가 놀리듯이 휘파람을 불었다. 할 수 없이 꾸벅 머리를 숙였다. 다케다가 옳다구나 하듯이 한 손을 들었다.

"괜찮니? 걔들 두고 와도?"

"상관없어. 무슨 일이 있어서 만난 것도 아닌데 뭐. 그냥 심심해서 거기 모여 있을 뿐이야. 그런데 너, 오늘 생일 아니냐? 6월 16일, 오늘 맞지?"

황당해 하는 이쪽의 기척을 눈치 챘는지 다케다가 재빨리 말을 덧붙였다.

"아니, 여기 써 있어서."

그가 콜라로 얼룩진 '개명 허가 신청서'를 쑥 내밀었다. 생년월일이 거의 알아볼 수 없게 번져 있었다. 그것을 낚아챈 다이아나의 손이 끈끈해졌다.

"너랑은 관계없는 일이잖아."

다케다가 몸을 요란스럽게 흔들었다.

"우와, 진짜 무섭다. 그 눈초리를 보면 다들 졸겠어. 그러니까 네가 사실은 싸움을 진짜 잘한다느니, 뒤로 논다느니 하는 소문을 다들 믿지."

진저리를 치면서 다이아나는 한숨을 쉬었다. 자신은 그저 혼자 조용히 지내고 싶을 뿐인데, 사람들과 어울리지 않고 책만 읽는다는 이유로 이상한 소문이 난다. 어렸을 때부터 입을 다물고 있으면 '무섭다', '화가 난 것 같다'는 오해를 받았다. 그래서 상처를 받은 적도 많았지만, 지금은 주위 아이들의 지적 수준과 낮은 정신 연령에 염증이 날 뿐이다.

"야! 너, 좀 사근사근하게 굴 수 없냐? 무섭게 얼굴 찡그리고 있고 말도 통 안 하니까 다들 오해를 하잖아."

"괜히 아는 척하지 마."

"진짜 쌀쌀맞다. 옛날에는 우리 같이 아빠도 찾으러 갔었잖아. 우리, 그거 다시 하자. 내가 지금은 좀 더 도움이 될 수 있을 거야. 그리고 이건 뭐냐? 이름 바꾸는 서류? 야, 이런 종이 한 장으로 이름을 바꿀 수 있구나."

"이걸 호적등본이랑 같이 가정 재판소에 보내서 인정을 해주면 바꿀 수 있지."

"우리 같은 아이들이 쓴 것도 믿어 준다는 말이야?"

"열다섯 살 되면 대리인 없어도 돼."

다케다는 놀랍다는 듯이 고개를 크게 끄덕거렸다. 본의 아니게 시시콜콜 말하고 만 다이아나는 자신에게 화가 났다.

"그렇구나. 너, 열다섯 살이 되는 날을 쭉 기다리고 있었구

나. 그 이름이 진짜 싫었나 보네. 그런데 누나는 아냐?"

다케다는 티아라를 '누나'라고 부르며 따른다. 작년 어느 늦은 밤, 패밀리 레스토랑에서 엄마와 둘이 밥을 먹는데 중학교 선배들과 같이 들어온 다케다와 우연히 마주치고 말았다. 그때 티아라가 그들에게 거하게 한턱 쏘는 바람에 그렇게 된 것이다. 티아라는 다케다와 연락처를 주고받더니 다이아나와 둘이 외식을 하게 될 때면 마치 동생 부르듯 몇 번이나 불러냈다.

– 다케다, 걔 귀엽더라. 커다란 강아지 같아. 걔, 너 좋아하는 거 아니니?

그렇게 마음에 들면 티아라가 사귀면 될 텐데. 아무리 불량하게 놀아도 다케다는 상점 거리에서 삼 대째 정육점을 하는 집안의 외동아들이다. 이름은 료다이. 주변 사람들이 잘 따르는 인격을 형성했을 좋은 이름이다. 안정된 가정의 도련님이 괜히 불량인 척할 뿐. 티아라와 다이아나 주위를 맴도는 것도 좀 튀는 세계에 대한 어린애 같은 선망 때문일 것이다. 이런저런 걱정을 해주는 것은 고맙지만, 때로는 참을 수 없을 정도로 얄밉다. 어쩌면 자신이 다케다 료다이의 모든 것을 질투하는지도 모르겠다.

"티아라에게는 말 안 했어. 절대 말하지 않을 거야. 개명 절차가 다 끝난 후에 보고할 거야."

다케다가 불쑥 걸음을 멈췄다.

"뭐? 그거 사람이 할 짓이냐? 부모님이 지어준 소중한 이름이잖아. 그야 물론 뜻이 '커다란 구멍'이니 좀 그렇겠지만, 그래도 멋대로 바꾼다는 건 아무리 그래도 그렇지 도리가 아니잖아!"

"초등학생 때 내 이름 가지고 그렇게 놀린 주제에! 짜증나게 굴지 마!"

그렇게 톡 쏘아붙인 후에 다이아나는 조금 후회했다. 순간적이지만 다케다가 분명하게 기분 나쁘다는 표정을 지었기 때문이다.

"네가 따돌림을 당하는 게 이름 때문만이라고 생각하냐?"

평소의 그답지 않은 매몰찬 말투에 다이아나는 움찔 놀라 침을 삼켰다. 이렇게 결점을 딱 집어 지적하거나 마음을 헤집는 발언에는 익숙하지 않다.

어째 조금 전에 읽은 이야기의 릴리가 된 듯한 기분이 들었다. 어머니의 사랑을 미처 깨닫지 못하고 반항만 하는 철부지 딸. 엄마가 물려준 것을 소중히 여기지 않는 딸. 아니다, 자신은 그런 딸보다는 훨씬 마음고생을 많이 했으니까 똑같다 할 수 없다. 다이아나는 어떻게든 자신을 이해시키려 했다.

다케다는 고개를 숙인 채 어깨에 잔뜩 힘을 주고 있었다. 사과를 해야 하겠지만 반발심도 있었다. 입에서 말이 나오지 않았다. 그때 길 저쪽에서 걸어오는 아야코가 시야에 들어왔다. 친구인 듯한 두 여자아이와 함께였다. 모두 야마노우에 여학원의 교복을 입고 있다. 다이아나는 놀라면서도 그 모습을 물끄러미 쳐다보았다.

아야코는 볼 때마다 예뻐져 있다. 고풍스러운 블라우스에 모스그린색 조끼, 그리고 플리츠스커트 교복 차림이 하얀 피부와 검게 빛나는 머리와 날씬한 몸매를 완벽하게 받쳐주고 있다. 예전에는 나이에 걸맞지 않은 우아함이 매력이었는데 이제야 성장이 따라붙은 인상이다. 저렇게 걷고만 있는데도 돌아보는 사람이 몇 명이나 있다. 그녀의 모습은 보는 이에게 소설이나 영화 속 여자들만이 만들어낼 수 있는 아름다운 세계를 선사해준다.

동그랗고 귀여운 눈망울과 도톰한 분홍색 입술은 아직도 어린아이처럼 청순한데 반듯한 이마와 곧게 뻗은 등에서는 강직함과 지성이 느껴져 마치 초원에 꼿꼿하게 핀 붓꽃 같다. 곱게 자란 여자란 바로 저런 아이를 두고 하는 말이리라. 다이아나는 같은 나이라는 것을 잊고서 부모라도 된 것처럼 생각하고 만다. 마치 대단치 않게 보이는데 온갖 기교를 다한 예술품을 보는 것처럼 엄숙한 기분이 들어 어쩔 수 없이 넋을 잃고 보게 된다.

아야코가 넌지시 눈길을 피하는 것을 알 수 있었다. 그뿐이 아니다. 양옆에 있는 여자아이들이 이쪽을 보면서 키득키득 웃고 있다는 것도 알 수 있다. 목덜미가 뜨거워져 아무 생각도 할 수 없었다.

같은 여자인데. 아, 어쩌면 이렇게 다를 수 있을까. 몇 번이나 반복한 질문에 다이아나는 온몸에서 힘이 쭉 빠지고 말았다. 왜 자신은 저 아이들 속에 없는 것일까. 다이아나는 다케다를 휙 밀쳐내고 오른쪽으로 돌아 뛰었다. 다른 중학생들과 자신은 다르다고 생각했다. 반 아이들도 깔보며 지냈다. 하지만 아야코가 보기에는 난중의 학생들 전부와 다를 바가 없을 것이다.

이런 환경에서 하루 빨리 벗어나고 싶다. 그러기 위해서는 어떻게든 이름을 바꿔야 한다. 비가 내리기 직전의 거무칙칙한 하늘이 금방이라도 머리 위로 떨어질 것 같았다.

자신이 속한 환경은 어쩌면 아주 특수한 것이 아닐까.

간자키 아야코는 때로 그렇게 느끼곤 한다. 예를 들어 눈앞에 있는 책꽂이에 놓인 보틀쉽. 조그만 배는 바닷바람을 맞고 있는 것처럼 깃발을 힘차게 펄럭이고 있지만 실제로 그 병 속에서 나와 너른 바다로 노 저어 가는 일은 없다. 이 보틀쉽은 이 학교의 창립자인 스가와라 마치코 선생이 영국의 자매교에서 가지고 온 것이라고 금색 플레이트에 설명이 적혀 있다. 아야코는 누른 제비꽃 책갈피를 꽂고서 《바람과 함께 사라지다》를 살며시 덮었다. 남북 전쟁이나 살인을 경험해 보고 싶은 것은 아니지만, 이 평온하고 밋밋한 하루하루가 앞으로 3년이나 계속될 것이라 생각하면 무슨 짓을 해서든 어디에다 생채기를 내고 싶어진다. 어른이 되어 돌아볼 때 가슴이 아리아리해지고 마음이 애틋해지는 추억이 하나도 없다는 것 역시 슬픈 일이 아닐까 싶다.

인기척이 느껴져 고개를 들었다. 문예부 고문인 다카야나기 슈타로 선생님이 은테 안경 너머 사려 깊은 눈을 찡그리며 이쪽을 들여다보고 있었다. 희끗희끗한 머리가 살랑살랑 부드러워 보인다.

"아야코는 정열적인 여성의 생애를 그린 작품을 좋아하는 모양이구나. 오늘 문예부는 어땠지?"

"아, 선생님……. 음, 원고가 좀처럼 모이지 않아서 이번 달에는 회지를 낼 수 있을지 모르겠어요. 그리고 다들 책을 너무 안 읽어서 부장으로서 고민이 많아요. 여기요, 동아리실 열쇠."

열쇠를 내밀었을 때 손가락이 살짝 스쳤다. 토요일 오후의 도서관은 투명한 햇살로 가득할 뿐 다른 학생은 없다. 아야코는 마치 선생님과 단 둘이 병 속에 갇혀 있는 듯한 기분이 들어 가슴이 두근거렸다.

사십 대 중반의 다카야나기 선생님은 호리호리한 체형과 조용조용한 몸짓 때문에 학생들이 약간 우습게 보기도 하지만 인기는 있다. 어딘가 모르게 아야코네 집에서 키우는 셰틀랜드 쉽독 댄을 닮은 유순한 눈 때문에 이성을 꺼리는 아야코도 이내 친숙해질 수 있었다. 사랑이라고 해도 좋을지는 모르겠지만 다카야나기 선생님과 대화를 나누면 두근두근 설레는 그 느낌이 좋다. 물론 부인도 자식도 있다는 건 알고 있으니까 푹 빠질 생각은 추호도 없다. 하지만 지금 벌떡 일어나 키스를 한다면 어떻게 될까. 몸속이 술렁거리면서 따뜻해진다. 자신이 여자라는 것을 재인식할 수 있어서 기뻤다.

"드라마틱한 경험을 하는 히로인이 부러워요. 저는 그러지 못하니까. 저는 세상 물정도 모르고, 시야도 좁고 하니까."

"그렇다면 여름방학에 요크셔에 있는 세인트헬레나 학교에 가는 게 어떨까? 아야코가 학교 대표로 적임자라고 생각하는데."

뭐라 대답하면 좋을지 몰라 아야코는 고개를 숙였다. 여러 선생에게 여름방학 동안의 교환학생으로 추천을 받았다. 영문학을 좋아하니까 가고 싶지 않은 것은 아니다. 추천을 받은 것은 영예로운 일이지만 엄두가 나지 않는다. 열다섯 살이나 먹었는데 한 달 이상 가족과 떨어져 지내기가 무섭다는 말은 도저히 할 수 없었다. 다카야나기 선생님이 인솔한다는 점도 매력적이지만 과연 자신이 학교 대표 노릇을 할 수 있을지 불안했다.

"여름은 자신의 미래를 심사숙고하기에 좋은 시간이니까 강요는 하지 않겠어. 아무쪼록 유익하게 쓰도록. 그래도 정원이 정해져 있으니 가능한 한 빨리 검토해 보는 게 좋겠다."

다카야나기 선생님은 동아리실 열쇠를 손에 들고 도서관을 나섰다.

야마노우에 여학원에서는 대학 진로 계획서를 중학교 3학년 2학기에 제출하도록 한다. 그에 따라 고등학교에서 선택할 수업의 내용이 바뀌기 때문에 진로 문제는 진지하게 임해야 하는 과제이다. 아야코도 벌써부터 고민하고 있다. 넓은 세계를 보고 싶지만 발길이 떨어지지 않는다. 남녀공학인 초등학교에서 보낸 날들을 떠올리면 즐거운 일도 많았지만 고학년에 올라가 생긴 몇 가지 일은 지금도 아야코의 마음에 어두운 그늘을 드리우고 있다. 남자들의 시선을 감수할 수밖에 없는 전쟁터 같은 환경이 이 세계의 일반적인 모습일까. 그런 생각을 하면 남녀가 같이 다니는 대학에 가기가 두렵다. 역시 부속 여대, 아니면 다른 여대로 진학해야 할까.

도서관 입구에서 친구인 도미타 하루카와 요네모리 에미가 이쪽을 향해 손짓하고 있다. 아야코는 책을 가방에 넣고 둘에게로 뛰어갔다. 하루카가 놀리듯 아야코의 얼굴을 들여다보았다. 땋아 내린 머리가 조그맣고 하얀 얼굴 양쪽에서 흔들린다.

"아야코, 야나 선생님이랑 무슨 얘기했어?"

"음. 여름방학 홈스테이 얘기. 요크셔에 있는 세인트헬레나로 교환학생 가는 거."

"역시 아야코네. 공부 잘하는 아이들만 추천하는 거라면서? 가지 그러니. 영국이라, 좋겠다. 해리 포터의 나라잖아. 영화로밖에 본 적 없지만."

마법사와 요정이 등장하는 만화영화를 좋아하는 에미가 부러운 눈빛을 하자 아야코는 어이가 없어 한숨이 나왔다.

"너희들도 문예부니까 가끔은 소설도 읽어야지. 난 오스틴 얘기도 하고 싶다고."

"치, 내가 문예부 들어간 건 순전히 아야코 때문인걸 뭐. 다른 아이들도 그렇고."

"난 어렵고 딱딱한 건 싫어. 술술 읽히는 그런 책 없니?"

아야코는 할 수 없이 둘을 데리고 책장으로 향했다. 문예부장이 된 후로 선생님들의 수고를 이해할 것 같다. 이렇게 훌륭한 도서관이 있는데도 이용률은 해마다 저조해지고 있는 듯하다. 게임과 인터넷, 만화와 라이트노벨 등 중독성 있는 즐거움에 어떻게 대항해야 할까. 아야코는 늘 골머리를 앓고 있었다.

"어디 보자. 《비밀 숲의 다이아나》는 어때? 우리 아빠가 옛날에 담당했던 책인데."

현대문학 코너에서 어렸을 때부터 즐겨 읽었던 책을 발견한 아야코는 반갑게 뽑아들었다.

"어린이 책이지만 어른이 읽어도 매력적이야. 숲에 사는 다이아나라는 여자아이가 지혜와 선량함으로 인생을 개척해 나가는 이야기. 최근에 무크지도 나왔어. 작가가 펜을 놓고 있었는데 16년 만에 다시 펜을 들었다고 해서 화제야. 새 단편도 굉장히 좋아. 다이아나 팬을 자처하는 유명한 사람들도 글을 많이 기고했어."

"호오, 재밌겠네."

하루카와 에미는 책을 들어 팔락팔락 페이지만 넘기더니 이내 별 관심 없다는 듯이 책장에 돌려놓고 말았다. 그 모습을 보면서 아야코는 맥이 쭉 빠졌다.

하토리 게이치의 신작 단편에 마음을 쏙 빼앗긴 터라 재미나게 설명하지 못한 것이 분했다. 친구들에게도 읽게 해서 감상을 주고받고 싶었는데.

'성 안의 평화로운 생활밖에 모르는 나는 과연 살아 있다고 할 수 있을까. 모두가 나를 보물단지 다루듯 하고 있지만 그럴 만한 아이라는 생각이 조금도 들지 않는다. 그리고 진정한 인생이란 훨씬 더 보람 있는 것이어야 하지 않을까. 숲의 그 막막한 어둠의 무서움도, 장미 가시에 찔렸을 때의 아픔도 나는 이 몸과 마음으로 알고 싶다. 더 큰 어른으로 성장하고 싶다.'

다이아나의 딸 릴리가 안고 있는 우울함과 답답함이 지금의 자기 기분을 그대로 말해주는 것 같아 몇 번이나 숨을 삼켰다. 릴리는 성을 떠나 숲으로 들어가서는 과거에 엄마가 그랬던 것처럼 자급자족하는 생활을 시도한다. 수많은 실패를 이겨내면서 그녀는 인생의 고통과 아픔을 배우고, 다시 성의 생활로 돌아간다. 아야코로서는 숲의 생활이 좀 더 오래 계속되었으면 했는데, 지금의 환경을 받아들이면서 새로운 한 걸음을 내딛는 릴리가 다이아나 못지않게 좋아졌다.

셋이 도서관을 뒤로 하고 밖으로 나왔다. 오늘은 아야코네 집에 모여 숙제를 하기로 되어 있다.

"아야코네 엄마가 지어주는 밥, 생각만 해도 배가 고파서 쓰러질 것 같다. 오늘 메뉴는 뭘까."

거의 몸부림치다시피 에미가 웃었다. 그런데 정문을 나서는 순간 서로의 얼굴을 마주 보았다. 옆에 서 있는 차에서 귀가 떨어져나갈 것처럼 큰 소리로 음악이 흘러나오고 있었다. 마침 옆반의 사와타리 미카게가 그 조수석에 올라타는 참이었다. 운전석에 앉은 남자는 뚱뚱한 데다 수염은 텁수룩하고 머리는 빡빡이였다. 십 대나 이십 대로는 절대 보이지 않았다.

시선을 느꼈는지 미카게가 이쪽을 힐금 쳐다보았다. 컬러 렌즈를 낀 눈은 흰자위가 거의 없어 우주인 같았다. 한동안 보지 못하는 사이에 화장이 한층 짙어졌다. 미카게는 수수하고 다소 촌스런 야마노우에 여학원의 교복을, 치마는 엉덩이가 보일 정도로 짧게, 조끼는 헐렁헐렁, 블라우스는 가슴팍이 좍 벌어지게 입고 있었다. 아야코는 허둥지둥 눈길을 돌렸다. 미카게가 이쪽을 비웃으며 조수석에 앉자 차는 배기가스와 함께 사라졌다. 역으로 가는 길 내내 하루카와 에미는 미카게 험담을 주절주절 늘어놓았다.

"방방, 진짜 시끄럽네. 동네 사람들에게 폐가 된다는 걸 모르나. 저런 애는 하루 빨리 퇴학을 당해야 하는데."

"옆 반의 사와타리 미카게 맞지? 학교에도 잘 나오지 않는 주제에 왔다 하면 저렇게 남자를 불러 사라진다니까, 짜증나게. 채팅하다 알았다지? 아유, 징그러워."

둘 다 노골적으로 얼굴을 찡그렸다. 아야코는 자신도 모르게 고개를 숙였다. 도저히 말할 수 없었다. 미카게와 같은 초등학교를 다녔고, 지금도 부모들끼리 친구처럼 지내고 있다는 말은. 학원도 같이 다녔고, 같이 이 학교를 목표로 공부했고, 합격했을 때는 부둥켜안고 기뻐했다. 마음이 맞는 건 아니었지만 미카게는 언제나 자신을 따라 주었다. 무슨 일이든 아야코를 따라 했고, 여동생처럼 졸졸 따라다녀 귀찮은 적도 있었다. 하지만 2학년의 어느 때를 경계로 그녀와 더는 만나지 않게 되었다. 미카게의 성적은 급격하게 하향곡선을 그렸고, 반대로 하고 다니는 모습은 점점 더 화려해졌다. 요즘은 학교에도 거의 나오지 않았다. 규율이 엄격한 이 학원에서 그녀 같은 문제아는 이단이었다. 아야코는 화제를 바꾸려고 밝은 목소리로 다른 얘기를 꺼냈다.

"진로 계획서 어떻게 할 거니? 어느 대학을 갈지, 벌써부터 어떻게 정해. 진짜 모르겠다."

"뭐, 정말? 난 꼭 다른 대학 갈 건데. 남녀공학 가서 남친 만들 거야! 그리고 내 청춘을 되찾을 거야!"

셋은 세타가야 선을 타고 가다 아야코가 사는 동네에서 내렸다. 주택가로 들어서던 아야코는 화들짝 놀라 걸음을 멈출 뻔했다.

같은 초등학교에 다녔던 다케다와 초등학교 시절의 친구 야지마 다이아나가 나란히 길 저쪽에서 걸어오고 있었다. 다이아나는 이제 머리가 노랗지 않고 약간 갈색이 감도는 정도인데 다케다의 머리는 노랗다. 잔뜩 찡그린 표정을 하고 퉁명스럽게 말을 주고받으면서 나란히 걸어오는 두 사람이 왠지 세상 물정에 훤한 어른처럼 보였다. 둘의 머리칼이 찰랑거리며 뒤섞여 애틋할 정도로 반짝반짝 빛났다.

다이아나는 한결 더 예뻐졌다. 끝자락이 풀어진 짧은 청바지에 어깨에서 흘러 떨어질 듯 헐렁헐렁한 티셔츠. 단순한 차림인데도 나긋나긋한 몸매 탓인지 마치 할리우드의 유명한 배우가 평상복을 입고 있는 것처럼 딱 떨어진다. 턱은 갸름하고 눈은 숨이 삼켜질 만큼 크다. 물론 하루카와 에미도 청초하고 귀여운 분위기를 풍기지만, 다이아나의 아름다움은 차원이 달랐다. 함부로 말을 건넸다가는 날카로운 그 눈으로 노려볼 것 같은 어떤 유의 비정함이 있다. 다이아나의 눈에는 꺄악꺄악 재잘거리는 우리가 그저 철부지 여자아이들로밖에 보이지 않을 것이다. 세상 전부를 증오하는 것 같은 불쾌한 표정을 짓고 있다.

초등학교 졸업을 며칠 앞두고 절교를 선언했던 일이 시간이 흐르면서 뼈에 사무치도록 후회스러웠다. 다이아나에게는 무슨 사정이 있었을 텐데 입시 스트레스 때문에 들어주지 못한 자신이 너무 어렸다. 하지만 지금은 그녀의 소리 없는 박력에 주눅이 들어 도무지 말을 걸 수 없다. 이제 책에는 관심이 없어진 것일까. 그렇게 생각하자 더 아쉬웠다. 그때는 어려서 다이아나가 좋아하는 책의 세계를 충분히 이해하지 못했지만, 지금이라면 그녀에게 썩 괜찮은 대화 상대가 될 수 있을 텐데.

아, 깨달음은 언제나 늦게 온다.

당연히 다케다와 키스 정도는 했겠지 하고 아야코는 상상했다. 아니지, 어쩌면 더 나갔을지도. 잡지를 보면 열다섯 살에 남친이 있는 것은 보통 일인 듯하다. 그때 다이아나가 갑자기 발길을 돌리더니 왔던 길을 되돌아갔다.

다케다는 당황해서 그대로 서 있다가 이쪽을 알아보고는 어 하는 식으로 손을 들었다. 아야코는 황급히 고개를 꾸벅 숙였다. 그가 가버리기를 기다렸는지 하루카와 에미가 다시 재잘거리기 시작했다.

"우와. 아야코, 아는 사람들이니?"

"아…… 응. 초등학교 동창."

"호오, 무슨 드라마 같다 얘. 불량 커플 같은 느낌. 그런데 여자가 진짜 미인이다. 저런 여자가 길거리에서 스카우트도 되고 연예인도 되는 걸까. 아니면 열일곱 살에 아이를 낳는다든지."

비슷하게 불량한 타입인데도 미카게는 경멸하고 업신여기더니 다이아나의 알랑거리지 않는 매력에는 둘 다 순순히 감동하는 투였다. 기쁜 반면 왠지 견딜 수 없는 기분도 들었다.

"야, 사는 세계가 다른 거지! 아야코, 너 정말 대단한 아이들이랑 알고 지내는구나. 좋았겠다, 남녀공학."

"아아, 나는 남자하면 선생님하고 아빠밖에 모르는데."

하루카와 에미는 초등학교 때부터 야마노우에 여학원을 다닌 탓에 남자와 지내는 생활을 전혀 모른다. 생각하는 것은 셋 다 비슷한 듯하다. 바로 그 점이 아야코 자신의 한계인 것처럼 생각되었다. 뭐라 말할 수 없이 짜증스럽고 부끄러웠다. 좋아하는 친구들을 그렇게 느끼는 자신이 또 싫었다.

벌써 한 시간 가까이 아야코네 집 주변을 서성거리고 있다. 말을 건넬 타이밍이 좀처럼 잡히지 않았다. 수국에 은방울꽃. 초여름 꽃들의 눈부심에 다이아나는 더욱 주눅이 들었다. 이제 시간이 없다. 조금 있으면 아야코가 돌아올 무렵이니 얼른 기회를 잡아야 한다. 그녀가 집에 돌아오는 시간은 상점가를 오가는 사람들의 흐름을 완벽하게 파악하고 있는 다케다 아버지가 가르쳐 주었다.

잡초를 다 뽑은 아야코의 엄마가 불쑥 고개를 들었다. 다이아나의 시선을 알아차렸는지 선캡 아래서 웃는 얼굴이 울타리를 지나 이쪽을 포착하고 있다.

"어머나, 이게 누구야, 다이아나잖아! 정말 오랜만이네. 너무 커서 누군지 몰라봤어."

3년 만에 만나는 옛 친구의 엄마는 쉰이 넘은 나이에도 싱그러운 미소를 머금고 있다. 화장기도 없고 차려입은 것도 아닌데 정말 세련되고 깔끔한 인상이다. 그 인상에 어떤 마음의 앙금이나 깔보는 기색이 없어 다이아나는 안도했다.

"아유, 미안하네. 마당 일을 하는 중이어서 꼴이 이 모양이야."

"저……. 제가요, 그게."

다이아나는 잠시 말을 찾으면서 울타리 너머로 아야코의 엄마와 마주 보았다. 마음을 다지고 똑바로 그녀를 쳐다보았다.

"증명서를 써 주실 수 없을까 해서요."

"증명? 무슨 증명?"

다소 의심스럽다는 표정에 몸이 오그라들었다. 하지만 제대로 잘 전달하지 못하면 용기를 내어 여기까지 찾아온 의미가 없다.

"저, 이름을 바꾸고 싶어서요. 다이아나라는 이름 때문에 제가 얼마나 괴로운 일을 많이 당했는지 증명해 줄 제삼자가 필요해요. 사회적으로 인정받는 사람이……. 가정 재판소에서 추가 자료를 제출하라고 하는데……. 부탁드립니다. 아야코의 어머니 말고는 부탁할 사람이 없어서……."

아야코의 엄마는 잠시 다이아나를 쳐다보았다. 이상한 아이라 여겨도 상관없다. 다이아나는 기도하듯이 생각했다. 최소한 동정이라도 해줬으면 한다. 아야코는 평생 경험할 일 없는 굴욕감과 슬픔에 찬 다이아나의 인생을 보고서 가엾게 생각하면 좋겠다.

지금까지 타인의 호의를 매몰차게 거부하며 살아왔지만, 아야코 엄마 앞에서는 비참한 자신의 속내를 드러내고 비굴하게 구는 것도 주저치 않았다.

"그래, 좀 진정하고. 차라도 마시고 갈래?"

마치 지금 자신이 한 질문이 들리지 않은 것처럼 아야코의 엄마는 방긋 웃었다.

다이아나는 이상하게 생각하면서 그녀를 따라 3년 만에 아야코네 집에 발을 들여놓았다.

그 시절과 아무것도 달라지지 않았다. 다이아나는 책장으로 빙 둘러싸인 거실을 돌아보며 울고 싶은 심정이었다. 이 냄새. 햇살의 이 각도. 이 차분한 배색. 여기서 보낸 시간이 지금의 자신에게 얼마나 큰 영향을 미쳤던가. 책장에 꽂힌 책등의 제목을 정신없이 훑었다. 서점에서 본 《비밀 숲의 다이아나》 무크지를 보고서 다이아나는 자기도 모르게 환성을 질렀다.

"어머, 그 무크지 아야코 아빠가 편집한 거야. 그러고 보니 다이아나가 《비밀 숲의 다이아나》를 좋아했었지. 괜찮으면 가져도 돼."

"정말요? 와, 아야코의 아빠가……."

뜻하지 못한 선물을 받고 마음에 밝은 빛이 비쳤다. 조금 전까지의 조급했던 기분이 사르르 녹는 듯했다.

"그런데 좀 요란한 기획이었어. 그 사람답지 않지? 요즘은 출판계도 큰일이야. 책이 통 안 팔리는 시대니 이렇게 눈길을 끄는 연출을 하지 않고는 사람들이 쳐다보지도 않나 봐."

아야코의 아빠가 그런 고생을 하고 있다고 생각하니 안타까웠다. 정말 좋아하는 사람이다. 그 사람이 자신을 이해해 주는 것만으로도 살아갈 자신감이 샘솟았다. 언젠가 책을 파는 전문가가 되어 아야코의 아빠가 만든 책을 사람들에게 많이 권하고 싶었다.

"그마저도 이제 곧 정년이야. 그 사람에게 《비밀 숲의 다이아나》는 정말 특별한 책이지. 작가가 도중에 글을 쓸 수 없게 되었는데, 그 사람은 아직도 그 책임을 느끼나 봐. 그런데 이 책이 평판이 좋은 덕분에 《비밀 숲의 다이아나》까지 다시 팔리고 있다네."

"그렇군요……. 책이 나온 지 벌써 몇 년이나 됐는데, 이렇게 많은 사람들의 가슴에 기억되고 있다는 건 대단한 일이죠."

지금 갖고 싶은 책이 이 책장에 거의 꽂혀 있다. 일일이 소리 내 가며 좋아하고 반가워하는 다이아나의 반응을 아야코의 엄마는 재미있다는 듯이 지켜보고 있었다.

"다이아나는 여전히 책을 좋아하나 보구나. 아야코도 지금은 책벌레야. 그런데 일본 소설은 별로 안 읽어서 아빠가 실망이 크지. 극적인 인생을 산 외국 여자들 얘기를 좋아하나 봐. 《폭풍의 언덕》, 《제인 에어》, 《바람과 함께 사라지다》, 《보바리 부인》. 아 참, 최근에는 제인 오스틴이 마음에 들었나 봐. 학교에서 문예부 부장을 맡았어. 그리고 이번 여름에 《비밀의 화원》의 무대인 요크셔에 교환학생으로 갈 거야."

"헤에, 문예부. 좋겠네요. 우리 학교에는 그런 거 없는데……."

아야코다운 라인업. 다이아나는 천천히 미소가 번지는 것을 막을 수 없었다. 얌전한 소녀로 보이지만, 실은 심지가 강하고 정열을 품고 있는 점이 아야코의 무엇보다 큰 매력이었다. 그녀와 마주 앉아 서로가 좋아하는 책 얘기를 나눌 수 있다면 얼마나 좋을까. 아야코의 엄마가 천천히 말문을 열었다.

"부모가 나설 일이 아닐지도 모르겠는데, 아야코에게 내가 말해볼까? 아야코도 사실은 너를……."

"아니요, 괜찮아요. 아야코가 무슨 잘못을 한 것도 아니고, 지금 마주한다고 해도 막상 무슨 얘기를 하면 좋을지도 모르겠고……."

그리고 무엇보다 서로가 사는 세계가 결정적으로 달라지고 말았다. 두 사람 사이에 그 어떤 말로도 메울 수 없는 간격이 가로지르고 있다.

아야코 엄마는 그렇구나 하면서 고개를 끄덕이고는 부엌으로 사라졌다. 돌아온 그녀가 아이스티와 함께 내민 유리 접시를 보자 다이아나의 눈이 빛났다.

"복숭아 콘포트야. 복숭아를 양주가 든 시럽에 조려서 시원하게 한 거. 입맛에 맞을지 모르겠네."

"저, 이거 알아요! 모리 마리 씨의 책에서 읽었어요!"

참지 못하고 그렇게 외치자 아야코의 엄마는 장난스럽게 미소 지었다.

"그래, 맞아. 모리 오가이는 독일에서 돌아온 의사였기 때문에 딸인 마리 씨에게 생과일을 먹지 못하게 했지."

전에 없이 마음이 들떠 다이아나는 황홀해졌다. 이런 대화에 굶주려 있었다. 이 시간이 영원히 계속되면 좋을 텐데 하고 눈물이 핑 돌 정도로 절실하게 바랐다.

"지금 좋아하고 있는 작가가 고다 아야와 모리 마리로구나. 다이아나는 아버지와 사이가 돈독한 여성 작가를 좋아하는 모양이네."

움찔 놀라 아야코 엄마의 얼굴을 빤히 쳐다보았다. 듣고 보니 과연 그랬다.

고다 로항과 모리 오가이. 고다 아야도 그렇고 모리 마리도 그렇다. 아버지의 영향이 너무 큰 탓인지 결혼 생활이 원만하지 못하고, 살아가기도 힘들어 보이는 부분이 많다. 하지만 그래도 마음속에 늘 절대적인 존재가 있다는 점은 부럽다. 무슨 일이 있어도 지켜 주고 이끌어 준다. 인생의 선배이며 연인이기도 하다. 그 농밀한 관계를 다이아나는 동경하고 있다.

"그럴지도 모르겠네요. 사이좋은 부녀 관계, 정말 부러워요."

"티아라 씨에 대해서 잘은 모르지만, 다이아나의 엄마는 현명하고 마음이 따뜻한 사람이라고 생각해, 난."

갑자기 진지한 표정으로 아야코 엄마가 말했다.

"네 이름, 절대 충동적인 기분으로 짓지 않았을 거야. 지금은 아직 그 이유를 설명할 시기가 아닌 거겠지. 그러니까 난 너의 개명에 협력할 수 없어."

그럴 리가, 절대 그럴 리가 없다. 이쪽의 마음을 꿰뚫어보듯 아야코의 엄마는 강경하게 다시 말했다.

"딸의 이름을 지을 때는 어떤 부모라도 진지한 법이야. 내가 우리 딸에게 아야코彩子라는 이름을 지어준 것은 그 아이가 다양한 세계를 알아주면 해서였어. 편견이 없는 넓은 시각과 따뜻한 마음으로 그냥 있기만 해도 주위에 색감을 더하는, 그래서 세상에는 다양한 색이 있다는 것을 인정하게 되는 그런 여자아이로."

그렇게 멋진 이유가 있었구나. 다이아나는 넋이라도 빠진 듯 얘기를 듣고 있는데 아야코 엄마가 갑자기 말을 끊었다.

"난 그렇게 살지 못했어. 자존심은 세면서 겁은 많아서 자신과 다른 개성을 인정할 수 없었지. 타인을 깔보지 않고는 살아갈 수가 없었어. 그래서 결국 진실한 친구를 한 명도 갖지 못했어."

그러고는 그녀가 고개를 숙였다. 창문으로 비치는 저녁 햇살이 아야코 엄마의 옆얼굴에 아른거렸다. 어쩌면 이 완벽한 여자에게도 다이아나와 아야코처럼 단추를 잘못 끼워 친구 사이가 뒤틀어진 일이 있는 것일까. 다이아나는 이 집에 온 이유를 잊고 자신도 모르게 몸을 앞으로 쑥 내밀었다.

"아야코 어머니. 저, 어머니 이름 가르쳐줄 수 있으세요?"

그녀가 놀란 듯이 눈을 번쩍 떴다. 생각을 말로 표현하는 데는 그리 능숙치 않다. 하지만 지금 다이아나는 열심히 말을 찾는 도리밖에 없다고 생각했다. 그러기 위해 그 많은 책을 읽었는지도 모른다.

"관심이 있어서요. 이름은 그 사람의 인생을 좌우한다고 생각하거든요. 아야코 어머니가 부모의 어떤 뜻을 지니고 세상에 태어났는지 궁금해요."

잠시 후, 아야코 엄마의 눈이 약간 빨개진 듯한 느낌이 들었다.

"내 이름은 다카코야. 고귀할 귀貴자에 아이 자子자를 써. 고맙다. 누군가의 엄마가 되면 때로 자신에게 이름이 있다는 걸 잊어버리거든."

"오늘부터 다카코 씨라고 불러도 될까요?"

웃을 때면 눈이 감기는 점을 아야코가 쏙 닮았다고 생각했다.

아야코는 여름이 시작되기 직전의 이 시기가 조금 두렵다. 미적지근한 바람이 두 볼을 스치고, 풋내 나는 해거름의 어둠에 싸이면 알지 못하는 어딘가로 떠밀려 가는 듯한 기분이 든다. 유혹이란 이렇게 어디선가 슬며시 밀려와 몸을 휘감는 것인지도 모르겠다.

세타가야 선에서 덴엔토시 선으로 갈아타고 나서야 미카게는 황갈색으로 물들인 머리를 흔들면서 이쪽을 향했다.

"뭐니? 어디까지 따라올 건데?"

정말 짜증스럽다는 표정에는 썩은 이를 드러내며 방긋방긋 웃던 어린 시절 친구의 흔적은 어디에도 없었다.

"선생님에게 그런 식으로 말하니까 걱정스러워서……."

차내의 시선이 거슬려 아야코가 목소리를 죽였다. 이렇게 미카게와 대화를 나누는 것도 몇 달 만인지.

아야코는 몇십 분 전 교직원실에서의 광경을 떠올렸다. 동아리방 열쇠를 다카야나기 선생님에게 돌려주러 갔는데 학년 주임인 엔도 요코 선생님을 향해 악다구니를 내지르는 미카게의 모습이 눈에 들어왔다. 머리색을 지적당한 모양이었다.

– 왜 이렇게 귀찮게 구는데! 이런 학교 그만두면 되잖아!

나이도 있는 데다 모두들 무서워하는 엔도 선생님에게 그런 폭언을 하다니. 예의를 몰라도 정도가 있지 하고 어이가 없는 한편, 드라마 같은 광경에 가슴이 두근거리기도 했다. 역시 자신이 자극을 갈망하고 있다는 것을 새삼스럽게 느꼈다. 그 다음 정신을 차리고 보니 교직원실에서 뛰쳐나간 그녀를 쫓아 같이 교문을 나서고 있었다.

"너네 엄마, 요즘 우리 집에 자주 오시더라. 네 걱정 많이 하셔."

그녀의 엄마에게 이런 역할을 부탁받은 것은 아니다. 하지만 그렇게 얘기하면 충동적으로 그녀를 따라 온 자신의 행동이 설명될 것 같았다. 실제로 어제 저녁, 미카게의 엄마는 아야코의 엄마에게 거의 매달리시피 하면서 울었다.

– 그 아이 속을 모르겠어요. 그 고생을 해서 야마노우에 여학원에 들어갔는데 그만두고 싶대요. 하고 다니는 꼴은 딱 우주인이고. 아, 아야코는 이렇게 조신한데 왜 우리 아이는…….

요즘 들어 미카게의 엄마는 부쩍 늙어 보인다. 볼이 움푹 파이고, 얼굴색도 좋지 않다. 아야코의 엄마보다 열 살이나 젊다는 게 믿기지 않을 정도다. 소중한 가족에게 그렇게 걱정을 끼치다니 하고 생각하자 어떻게든 미카게의 마음을 돌려놓아야 한다는 마음이 강해졌다.

"왜 그렇게 야단을 떠는데?"

"친구잖아."

"친구? 흐응. 너 그런 말 하기 부끄럽지도 않니? 넌 단 한 번도 나를 친구라고 생각한 적 없잖아."

움찔 놀라 말이 나오지 않았다. 미카게는 헤실헤실 웃으면서 휴대전화를 꺼내고는 거기로 눈길을 떨어뜨렸다. 덴엔토시 선 시부야 역에 도착한 두 사람은 승객들에게 등을 떠밀리듯이 플랫폼으로 내려섰다. 미카게는 시부야 역의 복잡한 구조를 속속들이 파악하고 있는 듯했다. 거침없는 걸음으로 개찰구를 나가 지하통로를 걷더니 역과 연결된 109 백화점으로 들어갔다. 음악 소리가 너무 시끄러워 아야코는 자신도 모르게 얼굴을 찡그렸다. 요란하게 화장한 점원들과 손님, 화려한 드레스 차림의 마네킹에 압도되어 절로 고개가 숙여졌다. 민낯에 교복을 입은 자신이 한없이 초라하게 느껴졌다. 미카게는 에스컬레이터를 타고 올라가 화장실로 뛰어 들어갔다. 아무리 기다려도 나오지 않아 불안해하고 있는데 튜브톱에 짧은 바지로 갈아입은, 거의 알몸 같은 모습으로 나타났다.

"그런 교복 입고 촌스러워서 어떻게 친구를 만나."

그렇게 중얼거리면서 미카게는 화장실 거울을 향해 서서 머리를 풀었다. 입술에는 립글로스를 바르고 속눈썹을 붙인 후에 컬러 렌즈까지 끼고는 눈을 부릅뜨며 입술을 금붕어처럼 오므렸다. 순식간에 '우주인'으로 변신한 어린 시절 친구는 아야코를 쳐다보지도 않은 채 화장실에서 나갔다.

아야코는 109 백화점 앞에 서서 친구가 오기를 기다리는 미카게를 말을 골라가며 열심히 설득했다. 하지만 그녀는 마치 아무 말도 들리지 않는다는 듯 엉뚱한 방향으로 고개를 돌리고 있었다.

"있잖아, 미카게. 연애나 아르바이트하는 거 그리고 노는 것도 대학교에 들어간 다음에 얼마든지 할 수 있잖아. 여자들만 있는 환경을 답답해하는 기분은 이해하는데 평생 이럴 것도 아니고. 나중에 돌아보면 야마노우에에서 보낸 시간을 엄청 귀중하고 고맙게 여기지 않을까."

아야코는 그 말이 미카게가 아니라 자신을 향해서 하는 것임을 알고 있었다. 말없이 인파 쪽을 쳐다보고 있던 미카게가 이쪽으로 고개를 돌리고는 싸늘한 눈빛으로 툭 말을 뱉었다.

"다음에 우리 엄마 보거든 전해 줘. 미카게는 아야코가 아니라고."

예상치 못했던 말에 아야코는 당황했다.

"얘는 무슨 소리니. 그 정도야 알지. 미카게는 미카게잖아."

"아니, 우리 엄마 생각은 안 그래. 미카게는 왜 아야코처럼 되지 못할까. 어렸을 때부터 엄마의 기대에 부응하려고 나름 열심히 애썼는데 이제는 벗어나고 싶어. 이대로 가면 미카게가 망가질 거야."

미카게는 지금까지 만나 온 동안 한 번도 본 적 없는 차분한 표정으로 말을 이었다.

"왜 사람들은 야마노우에 여학원에 잘 적응하지 못하는 인간은 낙오자라고 단정하는지 모르겠어. 그렇게 조그만 세계에서 생겨난 우열로 어떻게 그 사람의 인생을 단정할 수 있느냐고. 한심하리만큼 작은 세계잖아. 아야코 너는 머리가 좋으니까 잘 알겠지?"

"응……."

"난 이제 아야코가 되려고 노력할 마음이 없어."

아이라인으로 짙게 에워싼 눈 속에 모든 것을 통찰한 듯한 총명한 빛이 보였다. 아야코는 등줄기가 서늘해지는 것을 느꼈다. 미카게는 아야코가 알고 있는 것보다 훨씬 더 많은 것을 스스로의 힘으로 깨우치고 터득했는지도 모른다. 마치 훈계하듯이 말한 것이 몹시 부끄러웠다. 역시 자신은 병 속의 배, 우물 안 개구리에 지나지 않았다. 미카게의 얼굴에 환한 미소가 떠올랐다. 다른 사람이 된 것처럼 후련한 표정을 하고서 기운차게 손을 흔들고 있다.

"룽룽, 타군, 야옹. 여기 여기."

그녀의 시선이 향한 곳을 더듬어 보니 늘 차로 데리러 오는 민대머리 남자 말고도 코에 피어스를 한 소녀와 밝은 색 머리칼을 고슴도치처럼 세운 남자들이 이쪽으로 걸어오고 있었다. 그

때 믿을 수 없는 일이 벌어졌다. 미카게가 갑자기 달려가 민대머리 남자를 껴안더니 입술에 격렬하게 키스를 한 것이다.

태어나 처음 보는 친구의 키스에 아야코의 심장은 격하게 쿵쿵거렸다.

"나, 그만 가볼게……."

등을 돌리는 아야코에게 신경을 쓰는 사람은 아무도 없었다. 그리고 미카게는 끝내 따라오지 않았다.

해질녘 시부야의 인파 속을 이리저리 빠져나오면서 아야코는 역으로 향했다. 몇 번이나 사람들과 부딪쳤다.

여름방학에는 역시 요크셔에 갈까 보다. 문득 그런 생각이 들었다. 넓은 세상도 봐야지. 릴리처럼 몸과 마음으로 인생이라는 것에 부딪쳐 보고 좀 더 성장해야지. 마냥 병 속의 배로 있고 싶지 않다. 그것을 자신에게 증명하기 위한 특별한 여름으로 만들자고 생각했다. 혼자 힘으로 성을 떠나기 위해서.

미카게가 휴학 신청서를 제출한 것은 기말시험이 시작되기 조금 전이었다.

난생 처음 와보는 가부키초, 다이아나는 어지러워 휘청거릴 만큼 현기증을 느꼈다.

이미 밤 12시가 넘었는데도 빨강 파랑 눈부신 네온사인 빛에 지나가는 사람들의 표정을 분명하게 알 수 있었다. 하지만 대낮의 당당한 빛과는 다른, 어딘가 모르게 비밀스러운 밝음이었다. 배기가스와 사람들의 입김으로 숨이 턱 막히는 공기와 시큼한 음식 냄새에 머리가 지끈지끈거렸다. '헤라클레스'에 도착할 때까지 검은 양복을 입은 남자가 열 명 이상이나 말을 걸었다. 무슨 목적인지 싫다고 뿌리치는데도 집요하게 따라와 마지막에는 뛰어서 도망쳤다.

아까 목욕을 하고 막 잠자리에 들려는데 티아라가 보낸 문자를 본 것이 잘못이었다.

– 정말 미안한데. 깜박 잊고 두고 온 게 있어. 오늘 손님의 생일이라 가게 사람들이 다 같이 생일 카드를 썼거든. 이왕 보내는 거 좀 꾸밀까 싶어서 형광펜이랑 스티커로 예쁘게 꾸몄는데 테이블 위에 그냥 두고 왔지 뭐야. 미안, 가게로 갖다 줄래?

기가 막혀서. 미성년인 딸을 이렇게 위험한 곳에 그것도 이런 시간에 불러내다니. 어떻게 된 거 아냐? 다이아나는 진저리를 치면서 휴대전화에 띄운 지도를 보며 가게를 찾았다.

야스쿠니 거리 뒤에 있는 '헤라클레스'는 생각했던 것보다 훨씬 점잖고 시크한 건물이었다. 파르스름한 조명으로 장식된 계단이 이리 오라 손짓하듯 아래로 계속 이어졌다. 엄마가 일하는 곳에 오기는 처음이다. 어디로 들어가면 좋을지 우왕좌왕하고 있는데 가게 앞에 서 있던 등이 깊게 파인 드레스 차림의 여자가 바로 다이아나를 알아보았다.

"혹시, 티아라 씨의 딸? 이쪽으로 들어가."

그녀가 말한 대로 좁은 골목을 지나 뒷문에 도착했다. 발치로 생쥐와 바퀴벌레가 휙 지나가 다이아나는 외마디 비명을 질렀다. 짧은 복도를 건너자 탈의실인 듯한 방이 나왔다. 아무도 없는데도 달짝지근한 화장품 냄새가 가득해 속이 울렁거렸다. 그때 숨을 헉헉거리며 티아라가 달려와 낚아채듯이 생일 카드를 받아들었다.

"미안, 고마워. 1시에 가게 문 닫을 거니까 여기서 좀 기다려. 앞으로 1시간!"

"아, 난 괜찮은데. 그냥 갈게. 잠도 오고 아직 전철 다니는데 뭐."

처음 보는 드레스 차림의 티아라는 가슴 골짜기와 매끄러운 등이 고스란히 드러나 있어 눈을 어디에다 두면 좋을지 난감했다. 엄마라서가 아니라 정말 미인이다 싶다.

"그렇게 섭섭하게 말하면 안 되지. '쓰루톤탄'이라고 우동이 엄청 맛있는 가게가 있는데 엄마가 쏠 테니까 자든지 책 읽든지 하면서 기다려, 알았지?"

그렇게만 말하고 티아라는 탱글탱글하고 조그만 엉덩이를 좌우로 흔들면서 문 저 너머로 모습을 감췄다.

진짜 자기 멋대로라니까. 혼자 남은 다이아나는 한숨을 쉬었다. 다행히 백팩 안에 아야코네 집에서 얻어온 《비밀 숲의 다이아나》 무크지가 들어 있다. 신작 단편 소설을 읽고 있었는데 드디어 클라이맥스였다. 낮은 소파에 몸을 묻고 책을 펼쳤다.

릴리는 곰 척에게 엄마 다이아나가 준 월광석 펜던트를 보여 주었습니다.

"이 펜던트 줄게, 네 벌꿀과 바꾸자. 배가 너무 고파서 그래. 그리고 이 월광석 갖고 있다가 내가 왕족이라는 게 드러나면 귀찮거든."

"그건 성에 전해 내려오는 소중한 펜던트잖아. 받을 수 없어."

척은 조용히 말하고는 고개를 저었습니다. 릴리는 어이가 없었습니다. 모두들 다이아나 편이라니. 이런 펜던트는 한 번도 갖고 싶다고 한 적이 없는데. 그냥 돌멩이 하나에 운명이 얽매여 있는 것 같아 릴리는 조금도 신이 나지 않았습니다.

"이건 그냥 돌멩이잖아. 엄마가 내게 떠맡긴 거라고. 이왕 줄 거면 좀 더 반짝거리는 액세서리를 주지. 나, 이런 거 필요 없어! 호수에 던져버릴래!"

왠지 기분이 뒤숭숭해서 다이아나는 책에서 고개를 들었다. 지금까지 공감할 수 없었던 릴리가 불현듯 가깝게 느껴진 것이다. 어쩌면 자신 역시 엄마에게 반항하는 세상 물정 모르는 철부지 딸이지 않을까. 아니지, 그럴 리가 없다. 투정을 부리는 릴리를 척은 차분하게 깨우쳐 준다.

"펜던트가 빛나지 않는 것은 네가 아직 자신의 인생을 살고 있지 않기 때문이야. 네가 바뀌면 펜던트도 빛나게 될 거야. 어머니가 네게 그 펜던트를 맡긴 이유도 알 수 있게 될 테고."

문득 시선이 느껴져 다이아나는 뒤를 돌아다보았다.

죽 늘어선 사물함 하나에 'TIARA'라는 이름표가 붙어 있고, 라인스톤으로 테두리가 장식돼 있다. 그것은 마치 다이아나를 시험하듯 도전적으로 빛나고 있었다.

자신이 모르는 엄마의 모든 것이 그 길쭉한 상자 속에 담겨 있을 것 같은 기분이 들었다. 꿀꺽, 마른 침을 삼켰다. 타인의 물건을 몰래 들여다보는 것이 얼마나 비굴한 짓인지는 잘 알고 있다. 하지만 자신에게는 알 권리가 있지 않은가. 다이아나는 일어나 휘청휘청 사물함 쪽으로 끌려갔다. 문을 열자 티아라가 애용하는 향수 냄새가 풍겼다. 옷걸이에는 화려한 드레스가 걸려 있고, 헤어스프레이와 화장품 담긴 손지갑이 놓여 있을 뿐 별다른 것은 없었다. 실망스럽기도 하고 안심이 되기도 하는 기분으로 문을 닫으려는 순간, 세워져 있는 두툼한 수첩이 눈에 들어왔다. 자신도 모르게 집어 들었는데, 안에서 봉투 하나가 툭 떨어졌다.

조심조심 안을 열어보니 조그맣게 접힌 누런 편지지 한 장과 사진 한 장이 나왔다.

유카코에게

만날 수 없어서 정말 미안해. 날마다 정말 불안해하고 있겠지. 하지만 부모님이 화를 내는 것은 당연한 일. 애지중지 키운 열여섯 살의 딸이 어느 날 갑자기 어디서 굴러먹다 온 말 뼈다귀인지 모를 남자와 혼인신고를 하겠다고 했으니.

일이 순조롭게 풀려서 너를 먹여 살릴 수 있게 되면 반드시 데리러 갈게. 그때까지 기다려 줘.

우리 딸의 이름은 '다이아나'로 하자.

호타루

아빠가 티아라에게 보낸 편지였다. 온몸에 피가 돌면서 눈앞을 가로막고 있던 벽이 제거된 듯한 기분이 들었다. 최근에는 아빠와 만나는 것을 은연중에 포기하고 있었다. 이제 웬만큼 커서 자신의 뜻대로 되지 않는 일이 안 그래도 너무 많다는 것을 깨달은 까닭이다. 하지만 믿음을 간직하고 있으면 생각지 못한 형태로 길은 열린다.

티아라 말로는 다이아나를 낳자마자 아빠가 집을 나갔다고 하는데, 이 편지를 봐서는 그렇게 박정한 사람 같지는 않다. 편지글만 읽고서도 그가 좋아졌다. 호타루. 아빠 이름이 '호타루'인가. 조금 남다르지만 멋진 이름이었다.

다이아나는 사진을 뚫어져라 쳐다보았다. 손이 파르르 떨렸다. 상상했던 것보다 훨씬 젊은 남자였다. 호리호리한 몸집에 체크무늬 셔츠, 새집을 지은 머리. 창백하고 듬직하지 못한 인상이지만 약간 처진 눈은 무척이나 선량해 보인다. 어느 학교 건물 앞에서 찍은 것일까. 벽돌담으로 둘러싸인 건물이 배경이다. 사진을 가지고 가고 싶었지만 나중에 티아라가 알아차리면 곤란하지 싶어 휴대전화로 편지와 사진을 찍기만 했다.

문손잡이가 돌아가는 소리가 들리고 힐 소리가 났다. 다이아나는 깜짝 놀라 얼른 편지봉투를 수첩에 끼워 사물함에 돌려놓고 소파로 몸을 날렸다. 그리고 책을 가슴에 껴안고 누워 눈을 꾹 감았다.

"미안, 미안. 어머, 우리 다이아나는?"

술에 절어 걸걸해진 티아라의 목소리다. 아까 다이아나를 안내해 준 여자의 목소리가 이어졌다.

"아, 여기서 자고 있잖아. 어른스러워 보이는데 그래도 아직 애네요. 다이아나, 티아라 씨 꼭 닮아서 대박 미인이에요. 고등학교 졸업하면 우리 가게에서 일해도 좋을 텐데."

"글쎄. 우리 다이아나는 그런 타입이 아니라서."

머리끝에 티아라의 달짝지근한 냄새와 긴 손톱이 느껴졌다. 눈치 채지 못하게 눈을 더 꾹 감고 숨까지 참았다.

"엄마인 내가 이렇게 말하기 뭐하지만 아빠를 닮았나 봐. 나는 밖으로 나다니는 타입인데, 이 아이는 안으로 안으로 움츠리는 타입인 것 같아. 머리도 좋고, 섬세하고, 책 읽기를 좋아하고."

다이아나는 숨을 쉴 수 없었다. 티아라가 이런 식으로 자신을 이해하고 있다니 상상도 하지 못한 일이다. 다카코 씨의 말이 문득 가슴에 되살아났다.

"티아라 씨는 다이아나 아빠를 정말 사랑하나 봐요. 지난 16년 동안 죽 독신으로 지내고 있잖아요. 손님들이 그러던데요, 티아라 씨는 가부키초에서 가장 문턱이 높은 여자라고요.

프러포즈도 다 거절하고, 아깝게."

프러포즈를 거절했다고? 문턱이 높다고? 티아라가? 다이아나는 믿기지 않는 심정으로 온 신경을 귀에 집중했다. 그러나 티아라는 뭐라 대답하는 대신 다이아나의 몸을 마구 흔들었다.

"일어나. 배고프지? '쓰루톤탄'에 가야지. 명란 크림 우동 진짜 맛있단 말이야. 강추야 강추. 여기서 금방이야."

걸걸한 티아라의 목소리에 그만 자신도 모르게 귀를 막았다.

질질 끌려가듯 가게를 나와 구청 앞길을 지나 '쓰루톤탄'으로 향했다. 어두침침한 지하의 가게에서 일을 끝내고 나온 호스트와 호스티스 분위기의 남녀들이 사발에 머리를 처박고 우동을 후루룩거리고 있었다. 다이아나는 메뉴판을 보면서 가장 간단한 음식을 가리켰다.

"나, 그냥 유부 우동 먹을래."

"뭐? 이 가게에 와서 크림 우동을 안 먹다니, 있을 수 없는 일이지. 다이아나, 네가 더 할머니 같다 얘. 후훗."

드디어 양푼 같은 그릇에 우동 2인분이 나왔다. 마주 앉아 우동을 먹는 티아라의 얼굴이 사발에 가려 더 조그맣고 전에 없이 가련해 보였다. 티아라에게도 어린 시절이 있었다는 너무도 당연한 사실을 이제야 깨달았다. 자신과 비슷한 나이의 티아라는 무슨 생각으로 하루하루를 지냈을까.

티아라가 유난히 명랑한 투로 말했다.

"우리 여름방학에 어디 갈까? 외국도 괜찮고."

"진짜? 그럼…… 요크셔."

놀라서 얼떨결에 그런 말이 나왔는데 티아라는 단박에 얼굴을 찡그리고는 손을 좌우로 저었다.

"요크셔? 그런 데를 왜 가? 암울하고 축축하고, 황량한 들판밖에 없어서 아무 재미도 없는 곳인데. 이왕이면 우리 한국에 가자. 미용 숍에 가서 쑥 사우나……."

그렇게 말을 해놓고서야 아차 싶었는지 티아라는 허둥지둥 담배를 꺼내 라인스톤으로 꾸민 라이터로 불을 붙였다. 허둥대서 그런지 긴 손톱이 부딪쳐 타닥타닥 소리가 났다.

– 티아라도 아야코처럼 교환학생으로 뽑혀 다녀왔던 거구나.

다이아나는 약이 오르는 한편 자랑스럽기도 했다. 일부러 의심스럽다는 표정을 지으며 물어보았다.

"티아라, 요크셔에 가 보기나 하고 그런 말 하는 거야?"

"응? 아, 가 본 적은 없지. 없어, 없어. 그 프로그램이 뭐였더라. 아, 슈퍼 히토시."

"'세계 신기 발견'?"

"그래 그거. 거기서 봤는데 그냥 벌판밖에 없어서 그렇게 생각한 거야."

본인은 곧잘 둘러댔다고 여기는지 맛나게 크림 우동을 후루룩거린다. 티아라에게는 다이아나가 아직 모르는 무수한 얼굴이 있는 것이리라.

화장실에 좀 다녀올게 하고 말하고서 다이아나는 백팩을 손에 들고 일어났다.

화장실에서 차박차박 세수를 하고 핸드타월로 물을 닦고 났더니 개운했다. 가정 재판소에서 날아온 추가 서류 제출 요구서를 꺼내 좍좍 찢어 쓰레기통에 버렸다. 거울을 들여다보면서 차분한 기분으로 마음을 정했다.

월광석 펜던트가 릴리의 성장과 더불어 빛이 나듯 자신의 마음가짐에 따라 인생이 바뀔 수 있다면.

조금만 더 이 이름으로 살아보기로 하자. 티아라가 사랑한 내 아빠를 찾아내는 그 날까지.

독서 감상문을 쓰다 말고 고개를 들었다. 일본에서 들고 온 숙제다. 마호가니 장식장에 놓인 보틀쉽이 눈에 띄었다. 야마노우에 여학원에 놓여 있는 것과 비슷하다. 아야코는 여러 가지 의문점이 한꺼번에 풀린 기분이었다.

– 바다 건너 이국땅에 왔지만 나는 결국 병 속의 배에 지나지 않나 봐.

요크셔까지 와서도 하는 일은 야마노우에 여학원에 있을 때와 다르지 않다. 앞으로 사흘이면 8월도 끝난다.

카네기 가에 신세를 지는 것도 내일이면 끝이다. 오늘 밤에는 한 달 반 동안의 신세에 보답하려 아야코가 저녁을 지을 예정이다. 세인트헬레나 고등학교에 다니는 두 살 위인 앨리스는 물론 아직 초등학생인 남동생 스티브와도 정이 많이 들어 헤어지기가 아쉬웠다. 출발하기 전 엄마에게 배운 대로 밥 위에 잘게 썬 노른자 부침과 새우로 고명을 얹은 치라시 스시와 채소를 듬뿍 넣은 국을 준비하려고 한다. 스시는 영국에서도 대중적인 음식이라고 들었고, 껍질콩과 어린 완두콩을 뿌려 장식하면 라이스샐러드 감각으로 먹을 수 있을 것이다. 무엇보다 아야코 자신이 집에서 먹던 음식이 그리워 견딜 수가 없었다.

도서관 창문 너머로는 '무어'라고 불리는 들판이 한없이 펼쳐져 있다. 《비밀의 화원》의 주인공 메리가 처음 봤을 때 바다로 착각했다는 게 납득이 갈 만큼 드넓다.

지난 한 달 반 동안은 물론 즐거웠다. 영어 실력도 늘었고, 국적을 불문하고 친구도 많이 생겼다. 하지만 학교 건물과 교풍, 수업 내용도 그렇고 학생들 분위기까지 야마노우에와 거의 비슷한 것 같다. 자매교니까 당연한 일인지도 모른다. 이렇게 보틀쉽까지 똑같은 장소에 놓여 있다니. 아무리 떨어져 있다고 해봤자 결국은 부모와 선생님의 커다란 손바닥 안에서 벗어날 수 없다는 뜻일까. 미카게가 내뱉었던 말이 지금도 가슴을 짓누르고 있다.

"어땠나, 세인트헬레나에서 보낸 여름이? 여기서도 아야코는 모두에게 인기가 많더군."

어느 틈엔가 다카야나기 선생님이 다가와 건너편 의자에 앉았다. 아야코는 솔직한 심정으로 선생님을 올려다보았다.

"무척 귀중한 경험이었어요. 역시 오길 잘했다고 생각합니다. 하지만 어디를 가든 야마노우에 여학원의 학생인 건 변함이 없네요."

차라리 지금 억지로라도 다카야나기 선생님에게 키스를 할 수 있다면 하고 생각했다. 그를 사랑하는 것은 아니지만 그 정도로 기억에 남을 만한 추억을 만들고 싶었다. 잠시 후 다카야나기 선생님이 이렇게 중얼거렸다.

"아야코와 얘기를 나누다 보면 옛날 제자 생각이 나."

그는 옛 기억을 떠올리듯 무어 벌판으로 눈길을 돌렸다.

"그녀도 좁은 세계에 갇혀 살고 있는 게 아닐까 하는 고민을 종종 하곤 했지. 바깥 세계는 보다 큰 자극과 슬픔으로 가득할 텐데 그걸 모르고 사는 자신이 과연 인간이라고 할 수 있을까 하고 말이야. 그런 생각을 글로 써서 문부성이 주최하는 대회에서 큰 상을 받기도 했어. 그때가 초등학교 학생이었으니 더욱 놀랍지."

"와. 꽤나 조숙한 학생이었나 보네요."

"그래. 기억이 나는군. 그녀도 성적 우수자로 요크셔 서머스쿨에 참가했었지. 너와 같은 이유로 말이야. 넓은 세계를 보고 싶다는. 하지만 일본에서 다니던 학교와 다를 게 없고, 벌판밖에 없다면서 실망했었지, 아마."

하나에서 열까지 자신과 너무도 비슷해서 아야코는 놀라는 한편 마음이 따뜻해졌다. 그런 두려움과 불안은 여자들만 있는 환경에서 보호받으며 자란 아이들의 보편적인 고민이리라. 대선배인 그 사람과 언젠가 만나 얘기해보고 싶다는 생각이 들었다. 야마노우에 여학원을 졸업한 그녀는 지금 어떤 인생을 살고 있을까. 넓은 세계를 보고 있을까. 자신의 손으로 무언가를 움켜잡았을까.

"그 사람……. 지금 뭐하는데요?"

"도중에 학교를 그만둬서 그 다음 일은 잘 몰라. 그런데 엄마가 된 모양이야. 몇 년 전에 그녀와 꼭 닮은 여학생이 혼자 야마노우에 여학원 문화제에 왔더군. 홀몸으로 일하면서 그 아이를 키우는 것 같았어."

싱글 마더라니 정말 대단하다. 세상에 영합하지 않고 자신의 의지를 관철한 결과일 것이다. 아야코는 한 번도 본 적 없는 그녀를 존경하기 시작했다.

"아 참. 사진이 있는데. 역대 교환학생의 사진이 전부 전시돼 있거든. 그러니까 지금 얘기한 그 학생의 사진도 있을 거야."

다카야나기 선생님이 천천히 일어섰다. 그를 따라 장식장에 놓인 액자 몇 개를 들여다보았다. 색이 누렇게 바랜 길쭉한 단체 사진 속 영국인 여학생들 사이에 검은 머리 소녀 몇 명이 이쪽을 보고 있다. 아야코의 눈이 그 중 한 명에게 고정되었다. 날짜를 보니 지금으로부터 20년쯤 전이다.

"선생님, 이 학생은……."

아야코가 가리킨 소녀를 보고서 다카야나기 선생님은 반갑다는 듯이 고개를 끄덕였다.

"그래, 바로 그 학생이야. 야지마 유카코라고 하지. 이때가 초등학교 6학년이었어. 처음으로 담임을 맡은 때였기 때문에 잘 기억하고 있거든. 아주 자랑스러운 학생이었어."

수줍은 미소를 머금고 있는 검은 머리의 소녀. 그 소녀는 바로 초등학교 시절 친구인 야지마 다이아나의 엄마 티아라였다.

일본에서 일만 킬로미터 이상 떨어진 이곳에서 옛 친구와 쌍둥이처럼 닮은 소녀가 아야코에게 정겨운 미소를 건네고 있었다.

4

남미문학 코너에서 더 들어간, 도서관에서 가장 으슥한 장소에 있는 동아리실의 문을 열자 햇살에 바랜 종이와 먼지 냄새가 났다. 오랜만에 맡는 문예부 냄새다. 길쭉한 방을 거의 점령하고 있는 테이블을 둘러싸고 있던 후배 여덟 명이 일제히 돌아보았다.

"꺄악, 아야코 선배다! 오랜만이에요."

"오셨네요! 미안해요, 한창 입시 공부중일 텐데."

저마다 소리를 지르면서 아야코 옆으로 달려와 어설픈 손놀림으로 어깨와 팔을 만진다. 한 살밖에 차이나지 않는 고등학교 2학년생들의 싱그러움에 아야코는 눈앞이 아련해진다. 아직 인생에 아무런 한계도 느끼지 않는 평화로운 표정, 복숭아 같은 두 볼과 이마의 솜털이 긴장된 교실 분위기에 익숙한 아야코에게는 눈부실 따름이다. 대학 입시가 드디어 막바지에 접어들었다. 느긋하게 웃고 조잘거리며 지냈던 여고에서의 생활이 슬슬 마무리를 향하고 있는 것이다.

야마노우에 여학원의 학생들은 아야코를 보면 이때다 하고는 어리광을 부리고 슬쩍 몸을 기대기도 한다. 문예부 부원들만 그런 것이 아니다. 반 아이들도 그렇다. 지난 6년 동안 아야코는 늘 모두의 엄마 역이었다. 뿐만 아니다. 알고 보면 남자 역까지 도맡았다. 하급생에게 러브 레터를 받은 적도 몇 번이나 있다. 캐릭터 편지지에 구구절절하게 쓴 유치한 문장에서는 마치 바닐라 향이 모락모락 피어오르는 것 같았다.

근황과 투정을 일일이 들어주고 난 뒤 아야코는 아직도 어리광을 부리려 하는 후배들을 넌지시 물리치고 도서관을 뒤로 했다. 자신이 문예부를 그만둔 후 부원들의 사기가 뚝 떨어진 것을 실감하고 있다. 대부분이 아야코의 인기에 끌려 들어왔으니 책 읽기를 좋아하지는 않을 것이다.

대학에 들어가면 동지를 만날 수 있을까. 긴 복도는 9월의 햇살 속에 뽀얀 분홍색으로 물들어 있고, 교정의 히말라야 삼나무 그림자는 운동장에 복잡한 무늬를 그리고 있다. 무슨 일이 벌어질 것 같으면서도 벌어지지 않는, 평소와 다름없는 방과 후였다.

앞으로 반년 남짓 지나면 이 경치와도 작별이라니 왠지 믿기지 않는다. 교직원실 문을 열고, 창가에 앉아 있는 다카야나기 선생님을 보자 아야코는 가볍게 인사하며 문 안으로 들어섰다.

학급일지에서 고개를 든 다카야나기 선생님은 요즘 들어 주름이 부쩍 눈에 띈다. 붉은 색이 감도는 노란색 카디건과 흰머리가 가루눈이 휘날리는 벌판 같은 대비를 이루고 있다. 선생님을 희미하게나마 연모했던 이유를 지금은 알 수 있다. 주위에 남자라 할 만한 사람이 그뿐이었다. 내년 이맘 때쯤에는 이렇게 좋아하는 선생님을 떠올리는 일조차 없으리라는 예감이 들자 아야코는 조금 애달파진다.

"문예부 말인데요, 문화제 준비가 잘 진행되고 있지 않은 것 같아요. 조금만 신경을 써주실 수 있을까요?"

"오, 미안하다. 네가 문예부를 도맡고 있던 시절에 익숙한 나머지 고문으로 있으면서 지도를 소홀히 했구나. 앞으로는 신경을 쓰마."

보고 차원에서 별 뜻 없이 한 말인데 선생님이 너무 미안해해서 아야코는 웃음이 나왔다. 주변 눈치를 살피는지 선생님의 목소리 톤이 갑자기 낮아졌다.

"그보다……, 아야코. 추천 입학 접수가 10월 1일까지야. 그때까지 스나가와 여학원 대학 건, 잘 생각해 보라고."

히로오에 있는 명문여대 스나가와 여학원 대학은 올해 야마노우에 여학원과 자매결연을 맺고, 앞으로 추천 입학생을 받기로 했다. 절호의 기회인데 왜 이렇게 주저하는 것일까.

"우리 학교로서는 스나가와 여학원 대학에 아야코 같은 학생을 추천할 수 있다면 앞으로의 신뢰 관계에 큰 도움이 될 거야. 그렇다고 강요할 마음은 없다. 네 실력이면 희망하는 대학에 무난히 합격할 테니까 말이야."

소심하게 보여도 학생을 누구보다 잘 아는 선생님의 눈을 속일 수는 없다. 아야코는 솔직하게 털어놓기로 했다.

"……좀 망설이고 있어요. 스나가와 여학원은 꿈의 대학이죠. 프랑스 문학과가 유명하기도 하고요. 지난여름에는 학원도 다녔지만, 추천 입학을 염두에 두고 있는 것은 사실이에요. 하지만 스나가와 여대는 기독교계에다 초등학교부터 대학까지 여자들밖에 없는 곳이잖아요. 앞으로 4년을 또 그런 곳에서 지내야 한다는 게 선뜻 내키지 않습니다. 그렇다고 막상 다른 대학에 시험을 보자니 초등학교 시절이 떠오르고. 참 소심하죠. 게다가 침착하지도 못하고……."

스스로 말해놓고도 부끄러워 아야코는 살며시 웃었다. 다카야나기 선생님은 천천히 고개를 저었다. 중학교 입시를 치를 때 매일 울고 싶을 정도로 불안하고 스트레스가 쌓였던 날들이 되살아난다. 중학교와 고등학교를 여유롭게 다녔는데 또다시 그 불안과 스트레스를 이겨낼 패기가 과연 있는지 자신이 없었다.

"아야코는 그 누구보다 열심히 노력하는, 용기 있는 학생이야. 아직 시간이 많다. 너는 옳게 판단할 수 있는 아이라고 생각해. 초조해 하지 말고 차분하게 너 자신을 마주 보도록 하는 게 좋겠구나."

교직원실에서 나와 집으로 향했다. 역으로 걸어가면서 선생님이 한 말을 되새겨 보았다. 지금 자신은 평생을 좌우할 중요한 판단을 해야 하는 기로에 놓여 있다. 왜 그 학교에 가야 하는지 이유도 모르면서 엄마에게 떠밀려 들어간 중학교 때와는 상황이 아주 다르다. 지금이라면 추천 입학을 선택하든 입시를 선택하든 부모님은 지원해 줄 것이다. 태어나서 처음으로 자기 인생의 조정타를 쥐었다고 할 수도 있다. 세타가야 선 전철이 들어와 아야코는 걸음을 재촉했다.

운전석 바로 뒷자리에 앉아 가방에서 《슬픔이여 안녕》 문고본을 꺼냈다. 베르나르 뷔페의 그림으로 꾸민 표지만 봐도 살짝 어른스러워진 기분이 들어 좋다. 프랑스 문학과를 지망하게 된 계기를 마련해 준 한 권의 책이라고 해도 좋을 이 책은 진로 문제로 고민스러울 때면 절로 손이 간다.

아빠의 연인 안느를 증오심과 동경이 뒤섞인 시선으로 쳐다보는 열일곱 살의 주인공 세실은 아야코에게 거의 아이돌이나 다름없다. 수도원의 여학교에 10년을 다녔다는 점에도 친근감을 느꼈다. 고등학교를 졸업할 무렵에는 땋은 머리에 별 볼 일 없는 소녀였는데, 플레이보이인 아빠에게 책과 레코드 사는 것을 배우고 안느에게는 숙녀의 몸가짐과 매너 등을 배워 고혹적인 파리지엔느로 변신한다. 라클로의 《위험한 관계》에도 수도원에 들어가는 세실이라는 이름의 여자가 등장하지, 아마. 사교계의 위험한 연애 게임에 휘말린 순진무구한 아가씨 세실은 배드 걸로 변모한다. 엄마가 학생 시절부터 아끼고 있는 레코드 마쓰토야 유미의 〈세실의 주말〉 역시 그런 이미지에 걸맞는 불량소녀 노래였다. 아야코에게 '세실'은 특별한 이름이다. 어른과 소녀의 경계선에 딱 맞아 떨어지는 두 글자. 혀 위에 올려놓으면 머랭처럼 사르르 녹으면서 양주의 씁쓸함을 남긴다. 세타가야 선이 아야코가 사는 동네에 도착했다. 아야코는 누른 제비꽃 책갈피를 끼고 책을 덮은 후 플랫폼에 내렸다.

해가 지는 상점 거리를 걸었다. 온갖 반찬 냄새가 뒤섞여 흐르고, 저녁 먹을거리를 사는 주부들로 북적거린다.

부모를 난처하게 만들거나 누군가에게 상처를 주고 싶은 것은 아니다. 그러나 어른이 눈살을 찌푸릴 만한 짓을 조금은 해보고 싶다. 따뜻한 우유에 럼주를 한 방울 떨어뜨리면 우유 맛이 확 달라지는 것처럼 착한 아이의 인생에 독이 될 에센스를 한 방울 떨어뜨려 매력적인 여자로 변하고 싶다. 막연한 이미지지만 밤에 놀러 다니면서 술을 마시고 연애도 하면 알 수 있을 것 같다는 기분이 든다. 더없이 불순한 생각이지만 그럴 기회는 어느 대학을 선택하느냐에 달렸는지도 모른다. 대학을 졸업하면 아야코는 사회로 진출할 것이고, 아마도 기업에 취직해서 지각이나 결근 하나 없이 성실하게 일할 것이다. 또 어머니를 본받아 결혼해서도 일을 계속하면서 가정생활과 병행하려 노력할 것이다. 그렇다면 내년부터 시작되는 고작 4년이 '세실'이 될 수 있는 유일한 시간이다.

스나가와 여학원 대학에 진학하면 절대 그럴 수 없다. 첫 추천입학자인 만큼 야마노우에의 평판을 짊어지게 될 것이다. 수많은 후배를 위해서 지금보다 더 착실한 학생으로 처신해야 한다. 물론 여대에도 미팅의 기회는 많다. 애인을 만들고 모험에 도전할 수 있는 기회가 없지는 않을 것이다. 하지만 주위로부터 '요조숙녀 여대생' 이미지를 강요당하거나 떠받들어지기는 싫었다. 자연스럽게 남자를 만나 교류하고 싶었다.

정육점 앞을 지날 때 초등학교 시절의 동창생 다케다와 눈이 마주쳤다. 여어 하는 식으로 그가 하얀 이를 드러내고 크로켓을 집은 긴 젓가락을 살짝 들어 보였다. 아야코는 고개를 까딱 숙였다. 이렇게 마주치면 가볍게 인사나 나누는 관계일 뿐인데도 에너지가 넘실거리는 그와 연결돼 있다는 사실이 아야코에게 다소나마 용기를 준다. 노란 머리에 언뜻 보기에도 불량기가 있지만 학교에 다니면서 가게 일도 착실하게 돕고 있는 듯하다. 말을 건넬 정도의 용기는 없지만 아야코는 그에게 호감을 품고 있었다.

하지만 남자들 성격이 다 다케다처럼 맺고 끊는 것이 분명하란 법은 없다. 분위기가 자유로운 사립 남녀공학에 가고 싶은 마음은 굴뚝같지만 남자들과 일상적으로 접하는 자신의 모습이 상상되지 않는다. 초등학생 때처럼 징글징글하고 끈적거리는 시선으로 훔쳐보는 남자들을 생각하면 몸이 움츠러든다. 온갖 모순된 감정이 내면에서 아우성을 친다. 아야코는 숨이 갑갑해지는 것을 느끼고 허공으로 눈길을 돌렸다. 그때 찻집의 유리창 너머에서 낯익은 옆얼굴이 시야 속으로 날아들었다.

'아빠?'

창가의 소파에 앉은 아빠가 누군가와 얘기를 나누고 있었다. 작년에 정년퇴직한 아빠는 촉탁사원으로 일주일에 세 번 출판사에 출근하는 것 말고는 미술관에 가거나 글을 쓰면서 자유롭게 시간을 보내고 있다. 그러니 이 시간에 동네에 있다고 해서 이상한 일은 아니다. 손을 흔들려다가 아야코는 움직임을 멈췄다. 마주 앉아 있는 사람이 초등학교 시절의 친구, 야지마 다이아나의 엄마 티아라였기 때문이다. 두 사람의 커피 잔 위에서 흰머리와 노란 머리가 저녁 햇살에 녹아드는 것처럼 보였다. 티아라 아줌마가 뭐라고 말하면 아빠는 재미있다는 듯이 허허 웃고 있다. 오랜만에 보는 티아라 아줌마는 여전히 젊고 아름다워 이십 대라고 해도 믿을 정도였다. 긴 노란 머리를 느슨하게 하나로 묶고, 몸에 딱 맞는 옷을 입어 풍만한 가슴과 잘록한 허리 라인이 또렷하게 드러났다.

아야코는 눈길을 돌리고 쏜살 같이 그 자리를 떴다.

찻집으로 뛰어 들어가도 좋을 텐데 왠지 그래서는 안 될 것 같은 기분이 들었다. 두 사람 사이가 의심스러운 것은 아니었다. 수상한 사이라면 저렇게 사람 눈에 띄는 장소에 있지 않으리란 것도 안다. 길거리에서 우연히 만나 같이 차를 마시게 되었을 흐름을 쉬이 상상할 수 있다. 하지만 아빠가 가족이 아닌 사람을 그렇게 편안한 표정으로 대하는 것은 처음 본다. 말이 없고 친구도 많지 않은 내성적인 사람이다. 세실이라면 '아빠에게 여자 친구라니' 하면서 웃음으로 흘려버렸을 것이다. 역시 자신은 아직 어린아이라는 실감이 들어 슬퍼진다.

"다녀왔어요."

문을 열자 엄마의 주특기 요리인 비프스튜 냄새가 풍겼다. 어서 와 하면서 엄마가 부엌에서 얼굴을 내밀었다. 상큼하게 자른 흰머리에 주름이 눈에 띄는 얼굴은 민낯에 가깝다. 자연스러우면서도 세련된 엄마를 무척 좋아하지만 티아라 아줌마의 젊음과 자극적인 화사함에는 도저히 대적할 수 없으리라고 생각한다. 엄마를 한 여자로 보고 있는 자신에게 놀라면서 아야코는 고개 숙인 채 로퍼를 벗었다.

"혹시 아빠 못 만났니? 브라운 머시룸을 깜박 잊고 안 사와서 사다 달라고 부탁했는데, 아직 안 오네."

"아니, 못 만났는데……. 밥 준비 될 때까지 공부하고 있을게."

엄마의 시선을 뿌리치듯 2층의 자기 방으로 뛰어 올라갔다. 교복을 벗고 평상복으로 갈아입은 후에도 뒤숭숭한 기분이 가라앉지 않았다. 조금이라도 마음을 진정시키려고 책상 앞에 앉아 노트북을 켰다. 북마크 일람에서 요즘 즐겨 검색하는 게시판을 클릭했다.

'〔하토리〕《비밀 숲의 다이아나》를 말한다 part 12〔게이치〕'

《비밀 숲의 다이아나》는 어렸을 때부터 즐겨 읽는 책으로, 아빠의 편집자 인생을 대표하는 작업의 하나이다. 지금도 여전히 많은 사람들에게 사랑받고 있다는 걸 생각하면 절로 입가가 벌어진다. 이런 게시판에 함부로 드나들어서는 안 된다고 미디어 수업 시간에 배웠지만, 여기는 좋아하는 작품에 대해 의견을 나눌 수 있는 소중한 장소였다. 새로 올라온 댓글을 신나게 읽고 있는데, 날 선 언어가 눈에 날아들어 아야코의 가슴에 비수를 꽂았다.

새삼스럽게 이런 쓰레기 같은 작품을 얘기할 가치가 있나? 일본 사람이 주인공인데 다이아나라는 이름을 붙이다니 한심하다. 이런 작품이 많으니 아이에게 몰상식한 이름을 지어주는 부모가 끊이지 않는 거다. 다이아나란 이름이 어디가 귀엽다는 건지, 혼자서도 천연덕스럽게 지내고 보호도 거부하잖아. 아동문학이지만 아이들 교육에 좋을 게 하나도 없다니까. 시리즈가 끝나서 사라졌나 했는데 최근 갑자기 단편을 발표해서 독자의 관심을 끌려 하고 있으니, 얼마나 더 사랑을 받아야겠어, 하토리.

등골이 서늘해지면서 목덜미에 핏줄이 불끈 섰다. 아야코는 분노에 차 스스로도 놀랄 만큼 빠른 속도로 키보드를 두드렸다.

주인공 이름이 외국사람 이름이라고 해서 그 문학이 한심하다니, 미야자와 겐지의 작품에 대해서도 그렇게 말할 수 있나요? 《말괄량이 삐삐》의 주인공도 보호와 교육을 거부하는데, 린드그렌의 이 작품도 명작으로 인정하기 어렵다는 것인가요? 《비밀 숲의 다이아나》는 어디까지나 문학이지 도덕 교과서가 아닙니다. 반론이 있다면 듣고 싶군요.

그리고 '내게는 '다이아나'라는 이름의 일본인 여자 친구가 있었습니다' 하고 입력했다가 허둥지둥 지워버렸다. 옛 친구의 이름이 인터넷 상에 떠돌게 하고 싶지는 않았다. 다이아나는 중학교를 졸업하고 옆 동네에 있는 도립 고등학교로 진학한 것 같은데 이제는 길에서 마주치는 일도 없다. 때로 그녀를 생각하면서 그리움에 젖는다. 그때 새 댓글이 올라왔다.

또 귀찮은 글이 올라왔군. 《비밀 숲의 다이아나》를 아동문학이니 오락물이니 하는 틀에 끼워 맞춰 얘기하는 것 자체가 무의미하다고 몇 번이나 말을 해야 알겠어? 하토리 게이치의 신작은 팬들의 끈질긴 요청으로 과거의 담당 편집자가 그에게 의뢰해서 나온 작품이란 건 모르시겠지? 잘난 척하는 의견은 다른 게시판에서나 하시지.

이 말투는, 그 사람이다. 가슴에 뽀얗게 불이 켜진다. 지금 시간은 저녁 6시 5분. 동시간대에 댓글이 올라와 더욱이 가슴이 두근거린다. 지금과 똑같은 쾌감을 전에 어디선가 경험한 적이 있다. 그래, 초등학교 저학년 때였다. 다이아나와 함께 장난꾸러기 남자아이들을 혼내줬다. 그 무렵에는 남자가 조금도 두렵지 않았다. 오히려 재미있어 하며 대들었다.

AYA는 이 게시판의 터줏대감으로 고문 같은 존재이다. 모든 댓글을 훑어본 것은 아니라 이름의 유래는 알 수 없지만 알게 모르게 그렇게 불리게 된 모양이다. 굳이 이름을 밝히지 않아도 주민들은 글투만 보고도 그녀라는 것을 간파한다. 자신과 이름이 비슷해 아야코는 그녀를 친근하게 느끼고 있다. 숨을 죽이고 기다렸지만 안티의 반론은 올라오지 않았다. 안도감에 가슴을 쓸어내리고 있는데 AYA가 처음으로 말을 걸었다.

좀 이상한 댓글이 올라왔네. 그쪽의 글, 충분히 공감이 가는데.

조금 전과는 전혀 다른 부드러운 말투였다. 이 게시판의 카리스마 있는 존재와 대화하고 있다는 사실에 아야코는 그만 우쭐해졌다. 수많은 사용자들이 두 사람의 대화를 지켜보고 있을 것이다. 갑자기 눈부신 무대로 끌려 올라간 듯한 기분이 들었다.

어렸을 때부터 즐겨 읽는 책인데, 고등학생이 된 후로는 읽어도 아무 재미가 없어서 어린이 교육용이라 전제하고 얘기하면 그만 화가 나는 터라.

그 마음 알지. 어른이 읽어도 재미있는 것은 독립이 테마이기 때문이지. 다이아나가 흥미로운 인물인 것은 바로 그 때문. 나, 3권에 나오는 이 대사를 읽으면 늘 기운이 나. 다이아나가 처음 숲에서 나오는 장면.
'나는 어디든 갈 수 있고, 어디에 있든 살아갈 수 있어. 보고 싶은 것 모두 내 눈으로 보지 않으면 성이 차지 않고. 걱정해 주는 것은 고맙지만, 다른 사람의 지도는 받지 않겠어요. 돈도 방패도 없지만 이 손과 기민한 눈과 머리, 튼튼한 다리가 있는 걸. 가난과 파란은 조금도 무섭지 않아. 정말 무서운 것은 좁은 세계에 만족하고서 스스로 자신의 눈을 가리는 것.'

글이 올라오는 속도가 너무 빨라, AYA가 이 부분을 고스란히 외우고 있다는 것을 알고는 반가운 나머지 곧바로 키보드를 두드렸다.

그래 맞아. 《빨간 머리 앤》도 시리즈 후반에 가면 구질구질해지잖아. 다이아나의 흥미로운 점은 연애를 하든 결혼을 하고 아이를 낳든 속도를 잃지 않는 점.

소녀 소설은 결혼을 하고 나면 갑자기 시시해지지. 그거 어떻게 안 되나? 그 때문에 나, 결혼에 대한 꿈 없어졌는걸 ㅠㅠㅠ. 3년 전의 그 무크지, 진짜 좋았는데.

우리 아빠가 한 일이야! 하고 바로 치고 싶은 충동에 사로잡혔다. 그러면 이 게시판 사용자들이 무척이나 부러워하게 될 텐데. 그런 생각을 하다가 아까 티아라 아줌마와 단둘이 있던 아빠의 모습을 떠올리고는 서둘러 자랑스러운 기분을 지웠다. 의혹은 의혹이다.

하토리 씨, 신작 더는 쓰지 않으려나~. 이 게시판도 읽어주면 좋겠는데. 우리 목소리를 그가 들을 수 있다면 얼마나 좋을까.

돌아온 아빠가 부르러 온 것도 모를 정도로 아야코는 AYA와의 대화에 정신이 팔려 있었다.

엉덩이에 착 달라붙는 치마와 어깨가 드러난 베이지색 니트, 부러질 듯한 뮬, 챙이 넓은 모자. 그런 차림의 티아라를 올려다보며 다이아나는 한숨을 푹 내쉬었다. 청소년 시절의 불량기가 고스란히 묻어나는 평상시의 차림새에 비하면 그나마 품위 있지만 나쁜 의미로 열여덟 살짜리 딸이 있게는 보이지 않는다. 이쪽의 시선을 재빨리 눈치 챈 티아라가 떫은 표정을 지었다.

"이상해? 왜 조신한 언니 스타일인데. 하나도 이상하지 않잖아."

"그래도 딸의 진로 상담을 하러 가는데 입고 갈 옷은 아니지. 무슨 소개팅하러 가는 것도 아니고."

두 사람은 나란히 버스 정류장을 향해 상점 거리를 걸어가고 있다. 다이아나가 다니는 도립 고등학교는 이 동네에서 10킬로미터 정도 떨어진 곳에 있다. 이렇게 티아라와 함께 가는 것도 이번이 마지막일지 모른다. 벌써 고 3. 입시철을 앞두고 오늘은 마지막 학부모 상담이 있는 날이다.

"더 오래 입을 수 있는 옷을 사면 좋을 텐데. 티아라는 무슨 일이 있을 때마다 그때 유행하는 옷만 사잖아. 그러니까 그렇게 일을 오래 했는데도 돈이 모이지 않지. 벌써 서른네 살이고, 가게 나가면 일단은 마담이니까 좀 더 깔끔하고 고급스러운 검은 투피스 한 벌 정도는 있어야 되는 거 아냐?"

"얘는. 그렇게 할머니처럼 하고 어떻게 다니니. 작년에 산 옷은 이미 쓰레기야."

어이가 없어서 다이아나의 어깨가 축 늘어진다. 티아라의 임기응변적인 생활 방식은 다이아나가 정말 좋아하는 작가 무코다 구니코와는 정반대다. 그녀의 에세이집 《한밤중의 장미》는 오늘도 가방에 들어 있다. 무코다 구니코 씨는 다이아나에게 우상이다. 소설과 에세이는 물론 도서관의 시청각 코너에서 화면 속으로 빠져들 정도로 열심히 본 무코다의 드라마도 좋아하지만, 무엇보다 그녀의 라이프스타일에는 탄식하지 않을 수 없다. 마음에 드는 장갑을 찾지 못하면 겨울 내내 맨손으로 지내고, 외제 검은 수영복을 보고 한눈에 반하면 보너스를 탁탁 털어 사고 만다. 시간을 두고 찬찬히 살펴 본 가구와 그릇을 모으며 아오야마에 있는 맨션에서 고양이와 둘이 산다. 독신을 관철하고, 언제든 여행을 떠날 수 있도록 자유를 지킨다. 타협을 모르는 그녀의 사고와 물건 고르는 방식은 거의 다이아나의 이상에 가까웠다. 다이아나는 남이 유별나다고 하든 뭐라고 하든 자신의 의지와 감각을 지켜나가는 그런 삶을 동경한다. 무코다 구니코 씨는 그 서글서글한 눈으로 "너는 지금 이대로도 충분해." 하고 말해 주는 듯한 기분이 든다.

"누나, 티아라 누나! 어디 가는 거예요?"

정육점 앞을 지나가는데 다케다가 말을 건넸다. 귀찮아서 모르는 척하려는데 티아라는 반갑다는 표정을 하고 가게 앞으로 걸어갔다. 난다이 중학교에서 삼류 도립 고등학교로 진학한 후 그와는 이제 아무 관계도 없는데 이렇게 마주칠 때마다 말을 걸지 않나 시시콜콜 간섭하려 드니 짜증스러워 견딜 수가 없다. 중학교 때까지의 기억은 가능하다면 없던 것으로 하고 싶은데.

"아, 다케다 군, 오랜만이네. 다이아나 학교에 가는 거야."

"정말요? 다이아나, 노란 머리 때문에 드디어 호출인 거냐? 하긴, 너희 학교 교칙이 엄격하니까."

다케다는 그렇게 말하고서 웃고는, 다이아나의 어깨에서 찰랑찰랑 흔들리는 자신의 머리색과 똑같은 머리를 흐뭇하게 쳐다보았다. 동지 의식이 성가셔 다이아나는 쌀쌀맞게 내뱉었다.

"그런 거 아니야. 넌 지금이 몇 월이라고 생각하는 거니? 진로 상담이라고."

고등학교 1학년 때 제 손으로 물들인 노란 머리 때문에 학교에서 몇 번이나 지적당했고 학부모를 데려오라는 말도 계속해서 듣고 있지만 졸업할 때까지 뜻을 굽히지 않을 생각이다. 초등학교 때는 티아라가 머리를 물들여 주는 게 그렇게 싫었는데 제 손으로 물들일 날이 올 줄은 몰랐다. 그런 일만 없었다면.

티아라는 만족스러운 표정으로 다이아나의 머리를 마구 흐트렸다.

"우리 다이아나, 의외로 패기가 있어서 내가 다 깜짝 놀란다니까. 오늘 혹시 선생님이 머리 가지고 뭐라고 할까 봐 불안하기는 한데. 나도 그러니까 같이 혼낼 수는 없겠지. 우리 진짜 대단하지 않니. 셋이 다 노란 머리야."

다케다와 티아라는 신이 나서 꺄아꺄아 웃는데 다이아나는 눈길을 아예 돌려 버렸다. 무코다 구니코란 작가의 존재조차 모르는 이런 태평한 사람들과 한 무리가 되고 싶지 않았다.

"자, 이거 가져 가. 막 튀긴 거야! 하나 줄게."

다케다가 억지로 떠안긴 기름 배인 종이봉투가 따끈했다. 학부모 상담 전에 이런 걸 떠안기면 곤란하다. 얼른 먹어버려야지 하고는 어쩔 수 없이 우걱 입에 물었다. 겉은 바삭바삭 고소하고, 감자는 따끈따끈 달콤하다. 먹을 마음이 없었는데 버스 정류장에 도착하기 전에 해치우고 말았다. 금방 도착한 버스에 올라타 제일 뒷자리에 앉았다. 티아라가 모자챙으로 다이아나의 이마를 꾹 눌렀다.

"너, 대학에 안 가도 정말 괜찮은 거니? 아쉽지 않아? 머리도 좋은데. 돈 걱정은 안 해도 돼. 중학교 때는 솔직히 여유가 없었지만 지금은 저축한 돈이 좀 있으니까 말이지!"

"괜찮아. 졸업하면 바로 일할 거야."

차창 밖으로 체인형 대형서점인 '린린도'가 스쳐 지나갔다. 옛날에 학교에서 돌아오는 길에 하루가 멀다 하고 들렀던 서점이다. 다이아나는 얼른 눈을 돌렸다.

"아깝다! 대학에 가면 진짜 재미있을 텐데! 매일 술도 마시고, 미팅도 하고, 동아리 활동도 하고. 시간이 아무리 많아도 모자란다고 알바 하는 여대생이 그러던데."

티아라는 손뼉까지 쳐가면서 자신의 말에 웃고 있다. 승객 몇 명이 시끄럽다는 듯이 돌아보자 다이아나는 창피해서 어쩔 줄 몰랐다. 한껏 비난에 찬 눈빛을 하고 소리 죽여 말했다.

"뭘 그래, 자기는 중학교밖에 안 나왔으면서. 애당초 내 교육 같은 거에 관심도 없는 주제에. 이렇게 마지막까지 잔소리 하는 거, 이제 관둬."

"그야 입시가 뭔지는 도통 모르겠지만 너도 이제 어른이니까 스스로 정한 길이라면 얼마든지 응원하겠다는 뜻으로 하는 말이지. 아무튼 알았어. 오늘은 그런 걸 다 같이 생각하자고 선생님이 시간을 만들어 준 거니까."

버스가 다이아나가 다니는 고등학교 정문 앞에 섰다. 버스에서 내려 교문을 들어섰다. 막 새로 페인트를 칠한 크림색 학교 건물을 보자마자 티아라가 갑자기 걸음을 멈췄다.

"미안, 다이아나. 잠깐 기다려 줘. 숨 좀 쉬게."

티아라는 그렇게 말하고는 가슴을 두 손으로 누르며 심호흡을 했다. 티아라가 긴장하고 있다는 것이 느껴지자 그녀를 따라 교정을 가로지르던 다이아나의 마음속에 악의적인 기쁨이 걷잡을 수 없이 들끓었다. 그것 보라니까. 어차피 티아라는 자신과 마찬가지로 학교라는 장소에 좋은 추억이 없을 게 뻔하다. 아무리 당당하게 산들 티아라는 정상적인 길에서 벗어난 인생의 낙오자이다. 현관에서 티아라는 내빈용 슬리퍼로, 다이아나는 실내화로 갈아 신었다. 복도를 걸어 계단으로 올라가는 두 사람에게 학생들의 무례한 시선이 여러 차례 꽂혔다. 호기심과 경멸이 담긴 눈이 자신의 엄마를 향하고 있다는 것을 알 수 있었다. 다이아나가 분노를 담아 되쏘아보자 학생들은 겁을 먹고 뿔뿔이 흩어졌다.

입학 당시에는 어떻게든 받아들여지기 위해 애썼다. 그 무렵의 자신을 떠올리면 비참해서 견딜 수가 없다. 3학년 2반의 교실 문을 열자 이와이 선생님이 퍼뜩 돌아보았다. 다이아나로서는 좋아하지도 싫어하지도 않는, 무사안일주의의 작달만한 삼십 대 사내다. 책상 절반이 뒤로 밀려 있고, 휑한 공간에 책상 두 개와 의자 세 개가 놓여 있었다.

"바쁘실 텐데 이렇게 와 주셔서 감사합니다. 담임인 이와이라고 합니다."

이와이 선생님은 맞은편 의자를 다이아나와 티아라에게 권하고는 벌써부터 땀이 돋은 이마를 손수건으로 누르면서 다짜고짜 본론에 들어갔다.

"우선 따님의 무단결석 건에 대해서인데요……."

티아라는 하아 하고 얼빠진 소리를 내고는 입을 쩍 벌렸다.

"따님은 3학년이 된 후로는 거의 학교에 나오지 않았습니다. 어머님과 의논하기 위해 몇 번이나 연락을 취했지만 늘 연락이 되지 않아……."

처음부터 그럴 의도는 아니었다. 입학 당시에는 중학 시절을 되찾겠다는 생각으로 최대한 밝게 행동했고 한시도 웃음을 잃지 않았다. '다이아나'라는 이름을 말할 때마다 당하는 조소를 만회하기 위해 공부도 운동도 적극적으로 했다. 다행히 같은 중학교에 다녔던 학생이 거의 없어 다이아나의 과거를 아는 아이도 없었다. 새롭게 다시 태어날 첫 기회였다. 초등학교 시절의 친구, 간자키 아야코를 상상하며 행동했다. 주위에 아부하지 않고 당당한데 여성스럽고 친절하며 품위도 있는 기억 속 그녀의 언행을 따라하다 보니 주변의 반응이 확실히 달라졌다. 말을 걸어주는 학생이 하나둘 생겨났고, 점심시간이나 수업이 끝난 후 함께 지내는 여자 친구도 생겼다. 레이코, 시즈카, 아케미. 반에서도 눈에 많이 띄는 화려한 아이들이라 연애 얘기와 멋 부리는 얘기만 하는 통에 따라가기가 벅찼지만 수다를 떨며 도시락을 먹는 시간이 기뻤다. 뿐만 아니다. 놀랍게도 몇몇 남자아이들에게 고백도 받게 되었다. '귀엽다'느니 '사귀고 싶다'는, 평생 듣지 못하리라 여겼던 말을 속삭여준 것이다. 속으로는 반가웠지만 그 중 누구와 사귀고 싶은 마음은 없었다. 한 남자만 사귀느라 애써 쌓아올린 인간관계를 잃고 싶지 않았다.

이상하다 하고 처음 느낀 것이 언제였을까. 1학년 2학기, 학교에 갔는데 반 아이들의 태도가 왠지 좀 서먹했다. 레이코 등의 친구에게 말을 걸자 못 들은 척했다. 자신에 관한 나쁜 소문이 나돌고 있다는 것을 아는 데는 오랜 시간이 걸리지 않았다. 밝은 머리색은 원래 그런 게 아니라 염색을 한 것이다, 남자아이들에게 애교를 부린다, 뒤에서 친구들을 따돌리는 것 같다, 엄마가 물장사를 하고 있다. 그 모든 소문의 발단은 레이코가 좋아하는 남자아이가 다이아나에게 호감을 품었기 때문이라는 것을 나중에야 알았다. 다 오해니까 언젠가는 끝나겠지 하면서 꾹 참고 지내던 어느 날이었다. 방과 후 거의 매일 들르는 린린도에서 눈초리가 사나운 여직원에게 손목을 잡혔다.

– 가방을 좀 보여줘야겠어요.

서점의 뒤 공간이 그렇게 어둡고 살벌한 곳일 줄은 몰랐다. 그 직원이 가방을 뒤집었다. 우르르 쏟아져 나온 내용물 중에 다이아나가 꺼내 본 기억도 없는 계산하지 않은 새 책이 섞여 있었다. 여고생들에게 인기 있는 유치하고 기회주의적인 연애를 다룬 인터넷 소설이었다. 직원의 혹독한 추궁과 필사적으로 싸우면서 무죄를 주장했지만 믿어주지 않았다. 몇십 분이 지나 포기하자 싶을 때 얼굴을 아는 통통하고 안경 낀 남자 직원이 끼어들었다.

— CCTV를 확인해 봤는데 우리 직원이 오해를 한 것 같습니다.

직원들과 함께 화면을 다시 확인했다. 문고본을 꺼내는 다이아나 옆으로 레이코, 시즈카, 아케미가 깔깔 웃으면서 지나가는 모습이 보였다. 레이코가 다이아나의 가방에 슬그머니 책을 집어넣는 장면도 뚜렷하게 보였다. 여직원의 사과가 귀에 들리지 않았다. 다이아나는 떨리는 두 손을 불끈 쥐고 악을 지르고 싶은 것을 겨우 참았다.

용서할 수 없다. 책도 많고 널찍해서 가장 좋아하는 서점이었는데. 용돈을 받을 때마다 고민 고민하며 책 한 권을 고르는 시간은 정말 행복했다. 손으로 그린 광고판에 끌려 새로운 작가도 몇 명이나 알았다. 하지만 이제 두 번 다시 올 수 없다. 마음속에서 무언가가 툭 끊어졌다. 착한 아이인 척하는 것은 이제 그만두자, 타인에게 맞추는 것도 이제 싫다. 마음의 은신처인 곳에서 이렇게 큰 창피를 당하면서까지 자신을 죽일 필요가 있을까. 그날 다이아나는 슈퍼에서 염색약을 사들고 집에 들어가 제 손으로 머리를 노랗게 물들였다. 그 전까지는 교칙을 위반한 적이 단 한 번도 없었다. 원래 머리가 갈색인데다 탈색을 반복하다 보니 밝아졌는데, 싫은 소리를 계속해서 듣는 것도 지겨웠다. 반 아이들의 악의를 스스로 초월해버리고 싶었다.

다음 날, 학교에 가자마자 레이코와 시즈카, 그리고 아케미가 모여 있는 자리로 돌진해 레이코의 머리칼을 잡고, 한껏 눈에 힘을 주고 낮은 목소리로 추궁했다. 번들거리는 눈빛과 노란 머리가 꽤나 무서웠는지 레이코는 겁먹은 표정을 짓고 눈물을 흘렸다.

– 미, 미안해. 그냥 장난으로 그런 건데. 용서해 줘.

울면 다 되는 줄 알아. 다이아나는 레이코의 정강이를 걷어차고 있는 힘을 다해 머리에 박치기를 했다. 물론 거기에서 그치지 않았다. 부들부들 떠는 셋을 린린도로 끌고 가 직원에게 사과하게 했다. 그 후 따돌림과 험담은 사라졌지만, 다이아나에게 말을 거는 학생은 한 명도 없어졌다. 2학년 1년을 거의 혼자 지내다 3학년이 돼서는 동네 도서관에 처박히는 날이 많아졌다. 밤낮이 바뀐 생활을 하는 티아라의 눈을 속이는 것쯤은 간단한 일이었다.

긴 침묵 후, 티아라가 다이아나의 어깨를 꽉 잡고 똑바로 눈을 쳐다보았다.

"너, 학교에 안 가고 뭐 했어?"

"딱히……."

"내 딸이라면 엉뚱한 짓을 해선 안 되지."

평소와 다르게 티아라의 표정이 진지해서 다이아나는 당황했다. 웃으면서 용서해 줄 거라고만 생각했다.

"학교에 가기 싫으면 왜 가기 싫은지 보호자인 내게 분명하게 설명해야 되지 않니? 학교가 싫으면 그만두고 일을 하든지 전학을 하든지 방법은 여러 가지가 있잖아. 이도저도 아닌 '회피'가 난 가장 싫더라. 응석받이도 아니고."

'회피'라는 말에 귀까지 벌게졌다. 무슨 일이 있어도 자신의 힘으로 해결하려고 마음먹고 있는데. 누구에게도 의지하지 않고 혼자 이겨나갈 생각인데. 정신을 차리고 보니 악을 바락바락 쓰고 있었다.

"열여섯 살에 아이 낳은 당신 같은 여자에게 그런 소리 듣고 싶지 않다고!"

티아라의 얼굴이 순식간에 굳어지는 것을 알 수 있었다. 선생님의 얼굴도 새파랗게 질려 있었다.

자신의 입에서 그런 말이 나왔다는 게 믿기지 않았다. 다이아나는 이내 후회했다. 이 몸에는 역시 티아라의 피가 흐르고 있다. 이대로 가면 보나마나 티아라 같은 인생을 살게 될 것이다. 거리를 헤매 돌아다닐 것이고, 아무런 기술도 터득하지 못해 할 수 있는 일이라고는 물장사 정도겠지. 티아라가 커다란 눈을 당장 부릅떴다.

"이 기집애가 까불고 있어! 엄마에게 당신이 뭐야 당신이. 아주 웃기고 있네!"

티아라와 맞붙기는 처음이다. 그녀의 삶을 비난해봤자 소용없다고 다이아나 스스로 포기한 면도 있었고, 아무리 뭐라 해본들 티아라는 늘 헤실헤실 웃으며 흘려듣는 게 보통이었다. 억눌렀던 분노가 한꺼번에 터져 나왔다.

"당신 때문에 내 인생이 얼마나 엉망진창이 됐는지 생각해 본 적이나 있어! 이름 하나 제대로 못 지어서, 이 이상한 이름 때문에 내가 얼마나 웃음거리가 되고 있는지 당신 생각해 본 적이나 있느냐고!"

티아라의 멱살을 잡고 주먹을 마구 휘둘렀다. 이렇게 이상한 이름, 역시 열다섯 살 때 바꿔버리는 건데 그랬다. 티아라의 눈에 어린 슬픔에 절대 흔들리지 않으려고 했다. 자신은 잘못이 없다. 그러고 보면 무코다 구니코 씨도 작품 속에서 부모에게 물려받은 것에 의해 여자의 인생이 좌우된다는 점을 지적했었던 것 같다.

"다이아나, 진정해. 어머니도 이렇게 화를 내실 게 아니라……. 아무튼 좀 진정하시죠."

선생님이 땀을 줄줄 흘리면서 중재를 하고 나섰다. 하지만 티아라가 오른손으로 아주 손쉽게 밀쳐냈다.

"선생님, 죄송하네요. 매듭은 부모인 내가 지어야죠. 이렇게 어른을 우습게 여기는 태도는 지금 단단히 고쳐야지, 안 그랬다가 앞날에 내가 무슨 창피를 또 당하겠어요."

콧방귀를 친 다음 순간, 티아라의 손이 다이아나의 볼을 찰싹 갈겼다. 다이아나는 바닥에 털퍼덕 주저앉았다.

마루 틈새에 낀 먼지를 쳐다보았다. 이런 상황인데 자를 쑤셔 넣어 먼지를 파내고 싶은 충동을 느꼈다. 초등학교 시절 청소 시간에 아야코와 함께 이유도 없이 먼지를 손가락으로 파내면서 키들키들 웃었던 일이 떠올랐다.

이건 내가 아니다. 차가운 바닥에 주저앉아 먼지를 덮어쓰고, 증오에 찬 눈으로 엄마를 올려다보는 여고생은 자신이 아니다. 그렇게 좋은 책을 많이 읽었는데 아무것도 피와 살이 되지 않았다니 인정하고 싶지 않다. 이제 열여덟 살인데 다이아나는 자신이 인생에 실패했다는 것을 실감했다. 이야기 속 세계의 여자들에게 용기와 지혜를 얻으며 살아왔다고 생각했는데 지금 여기 주저앉아 있는 것은 문화적인 것과는 가장 먼 짐승 같은 여자였다. 자신을 왜곡하지 않고 외면하지 않고 올곧게 살아왔다 여겼는데 뭐가 어디서부터 어떻게 잘못된 것일까.

잊고 있었다. 무코다 구니코와 자신의 가장 큰 차잇점을. 그녀에게는 깊은 연대감으로 이어진 아버지가 늘 곁에서 시시콜콜 잔소리를 하면서도 따뜻하게 지켜주었다는 사실을.

소란스러워 모여든 학생들이 교실 문에서 이쪽을 가리키며 웃고 있었다. 코에서 뚝뚝 떨어진 피가 바닥에 너저분한 얼룩을 만들었다.

정문까지 쭉 뻗어 있는 200미터 정도의 중앙로 양쪽으로 물들기 전의 은행나무가 서 있다. 창립자 동상 너머에 있는 시계탑의 바늘이 4시를 가리키고 있다. 정말 넓다. 이 정도면 캠퍼스가 아니라 동네다. 미국의 아이비리그가 이런 느낌일지도 모르겠다.

꿈에 그리던 소세이 대학은 듣던 대로 고전적인 건물에 눈이 휘둥그레질 만큼 학생 수가 많았다. 천장이 높은 계단 강의실을 뒤로 하고 중정으로 나온 아야코는 자신도 모르게 한숨을 쉬었다. 강의 내내 들키면 어쩌나 하고 조마조마했는데 학생이 많은 탓인지 아무도 아야코를 신경 쓰지 않았다. 영상을 활용해 라클로를 다룬 강의였는데 교수의 얘기가 옆길로 새기도 하는 등 정말 흥미로웠지만, 페트병을 책상에 놓거나 조는 학생, 휴대전화를 보고 있는 학생들이 여럿 눈에 띄었다. 교수는 그런 학생들에게 주의를 주지도 불쾌해하지도 않으면서 강의를 진행했다. 아야코는 힘들게 입학해서 비싼 학비를 낼 텐데 아깝지 않나 하는 생각을 했다. 그때 누가 어깨를 톡 쳤다.

"너, 여기 학생 아니지?"

아야코는 움찔 놀라 몸을 움츠렸다. 키가 큰 남자가 하얀 이를 드러내고 웃으면서 이쪽을 들여다보고 있었다. 하얀 얼굴이 다소 병약해 보이지만 눈 코 입은 반듯하게 생겼다. 나이에 비해 눈가에 주름이 많은데 그게 친절하고 또 섹시하게 느껴졌다. 브이넥 니트 위로 보이는 야윈 목덜미에는 지금껏 아야코가 한 번도 본 적 없을 만큼 복잡한 뼈와 목울대가 튀어나와 있었다. 마치 연예인처럼 단정한 머리칼이 바람에 휘날렸다.

"학부 여학생 얼굴은 대충 다 기억하고 있거든."

"저…… 그게, 이번에 이 대학에 응시할 거예요. 그래서……."

반사적으로 눈을 내리깔고 주춤거리며 말하자, 남자가 히죽 웃었다.

"호오, 그럼 고등학생? 알았어. 아무에게도 말 안 할게. 대신 같이 커피 마시자."

그렇게만 말하고 남자가 성큼 걸음을 내디딘 탓에 아야코는 허둥지둥 뒤따를 수밖에 없었다. 그가 향한 곳은 건물 1층에 있는 널찍한 학생 식당이었다. 전면 유리창으로 오후의 햇살이 비치고, 케첩과 간장을 같이 조린 듯한 냄새가 떠다녔다. 화장한 얼굴에 차림새도 빈틈없는 옆 테이블 여대생들에 비해 플리츠스커트에 니트를 입은 자신의 차림새가 한없이 어리게 느껴졌다.

남자는 자판기에서 커피 두 잔을 사 들더니 뭐라 말할 틈도 없이 한 잔을 아야코 앞에 놓고 마주 앉았다. 남자가 자신에게 커피를 사줬다. 왠지 머리가 어질어질했다. 이게 지금 내게 벌어지고 있는 일일까.

"강의에 몰래 숨어들다니. 보통은 오픈 캠퍼스 때나 축제 때 오는 거 아니니?"

"평상시 캠퍼스 모습을 꼭 보고 싶어서……."

어디 가는지 아무에게도 말하지 않고 혼자 이렇게 멀리까지 온 것은 살면서 처음이었다. 딱히 숨길 필요는 없었지만 이 대학에 몰래 와보고 싶었다. 추천 입학과 일반 입시, 앞으로 사흘내로 선택해야 한다. 차제에 혼자서 충분히 철저하게 생각한 후에 결론을 내리고 싶었다.

"더 재미있는 강의가 많은데. 그 교수, 말이 많잖아. 아까 나, 아예 자고 있었는데. 하기야 강의에 들어간 것도 오랜만이지, 늘 땡땡이치니까. 리포트만 내면 돼서 학점도 따기 쉽거든."

그에게 희미한 경멸감이 일었다. 이렇게 다들 건들거리며 대학을 다니는 걸까 하고 생각하니 역시 스나가와 여학원 대학으로 진학하는 편이 낫겠다 싶은 기분도 들었다. 처음 마셔보는 자판기의 블랙커피는 쓰기만 했지 향이 없었다.

"귀여운데."

"네? 내가요?"

"응, 인기 많을 것 같은데."

갑작스러운 말에 쑥스러워졌다. 인기가 있다느니 없다느니 하는 개념 자체를 아야코는 이해하지 못했다. 하지만 어린 시절 친구인 미카게 같은 여자가 이성에게 인기가 있다는 것은 그런대로 이해할 수 있다. 야마노우에 여학원을 중퇴한 미카게는 성적이 그렇게 높지 않은 도립 고등학교에 편입한 뒤 언제 봐도 화려하게 화장한 모습으로 다른 남자와 걸어 다니고 있다.

"그런 거, 난 잘 몰라요. 중학교나 고등학교나 여자들만 있는 곳이어서. 남학생과는 초등학교 때 이후로 얘기해 본 적도 없고……. 선생님은 물론 다르지만."

"야, 남자에 익숙하지 않구나. 신선한데. 대학에 들어가면 금방 남친 생기겠어."

후훗 웃으면서 눈을 찡그린다. 그는 확실하게 아야코를 자신보다 미숙한 존재로 깔보고 있었다. 평소 같으면 단박에 반발심을 느낄 텐데 그 시선이 신기하게도 간질간질하면서 기분 좋았다. 아야코는 내심 당황했다. 약한 존재로 취급당하는 게 처음이지 않을까. 학교에서는 늘 반듯한 우등생으로, 집에서는 자랑스럽고 믿음직스러운 딸로 살았다. 허점이 있고 무른 부분은 줄곧 해방시키지 못하고 살았다.

"그게 남자에 익숙하다 아니다 그런 문제가 아니라 그냥 싫어할 뿐이에요. 초등학교 때, 남자아이들에게 괴롭힘도 당했고."

"그거야 네가 귀여우니까 놀려주고 싶어서 그랬겠지."

어라, 이상하네. 옛날에 엄마가 그렇게 말했을 때는 분노와 서러움밖에 느껴지지 않았는데 지금 아야코는 그 말을 순순히 받아들이고 있다. 뿐만 아니라 몸 안에서 지금껏 경험한 적이 없는 따스한 술렁거림까지 느껴진다.

"프랑스 문학은 왜 공부하려고 하는데?"

"음, 사강을 좋아해서요. 그리고 프랑스 문학은 수도원에서 자란 여자가 바깥세상으로 나가는 데에서 시작하는 경우가 많잖아요. 《위험한 관계》도 그렇고, 《여자의 일생》과 《보바리 부인》도 그렇고. 또 아동문학에서는 마들렌느가 그렇고……."

"아하, 듣고 보니 전부 그렇군. 세실도 잔도 엠마도……. 수도원에서 자라 세상물정을 모르는 탓에 쓴 맛을 겪게 된다 그거로군."

언뜻 경박해 보이는 남자가 고전 명작의 주인공 이름을 주르륵 꿰자 아야코는 눈이 번쩍 뜨였다. 이런 게 대학이라는 장소라는 것을 비로소 실감한 기분이었다. 공부도 하지만 데이트도 하고, 땡땡이를 치는 일도 있지만 진지하게 과제를 붙들고 있는 날도 있다. 이 얼마나 자유롭고 풍요로운 세계인가.

"마들렌느까지는 잘 모르겠지만……."

"그림책이에요. 《씩씩한 마들렌느》. 베멜만스의 유명한 그림책. 무대는 파리이고, 수녀와 함께 기숙사에서 생활하는 여자아이들이 주인공이죠."

"흐음. 다음에 읽어 볼까나. 너의 추천 도서. 그런데 신기하네. 남자는 익숙하지 않다면서 나와는 자연스럽게 얘기하고 있잖아."

아야코는 가슴이 쿵쿵거려 허겁지겁 커피를 삼켰다. 남자는 이쪽의 모습을 빤히 쳐다보고 있다. 전화번호를 물어보면 어쩌지 하고 경계하고 있는데 그는 커피를 다 마시자 정문까지 아야코를 데려다주고는 그대로 사라졌다. 마음이 놓이기도 하고 아쉽기도 한 묘한 감정이 전철을 타고 집에 돌아가는 내내 아야코의 몸에 남아 뭉글뭉글 연기를 피웠다.

'귀엽다'고 한 건 그냥 입에 발린 소리였지 내게 별다른 감정은 없었나 보네. 그런 남자는 여자 보는 눈도 높을 테니까, 나 같은 여자는 어린아이로밖에 보지 않겠지. 그래도 자신을 쳐다보는 그 눈빛은 틀림없는 남자의 그것이었다. 좋아한다는 것과는 다르지만 다시 한 번 그의 시선 앞에서 그렇게 설레 보고 싶은 갈망에 온몸이 찌릿찌릿했다. 대학에서 프랑스 문학을 공부하고 싶다는 정직하고 단순한 욕망과는 다른데 그 강렬함은 똑같았다.

집에 돌아온 아야코는 거실에서 혼자 책을 읽고 있는 아빠에게 살며시 말을 건넸다. 지금이라면 대등한 마음가짐으로 아빠와 마주할 수 있을 것 같았다. 그날 이후로 아빠의 눈을 똑바로 쳐다보며 얘기하지 않았다.

"저, 있지, 아빠."

아빠가 뭔데? 하며 미소를 머금고는 책을 덮었다. 엄마는 요리 교실 준비를 위해 장을 보러 가고 없었다. 기회는 지금이라 뜻을 굳히고 재빨리 말했다.

"얼마 전에, 봤어. 왜 초등학교 때 친하게 지냈던 야지마 다이아나의 엄마인 티아라 아줌마와 아빠가 같이 차 마시는 것. 상점 거리에 있는 찻집에서."

아빠는 천천히 노안경을 벗고는 눈가를 누르며 창밖으로 시선을 돌렸다. 가을 해질녘의 정원은 엄마가 정성스레 키운 제라늄으로 알록달록했다.

"그랬구나. 그래서 요즘 아빠에게 뚱하게 군 거였어. 이제 아야코도 다 컸으니 얘기를 해도 되겠구나……. 사실 티아라 씨와는 아주 오래 전부터 아는 사이야."

"에, 설마 그……."

당치 않은 상상에 아야코의 두 볼이 붉어졌다. 혹시 아빠와 티아라 아줌마가 남녀관계였던 걸까. 아빠는 바로 부정했다.

"아니지, 그런 의미가 아니다. 옛날에 일 때문에 신세를 졌어. 아야코가 태어나기 훨씬 전이다. 그녀가 긴자의 문단 바에서 호스티스로 일할 때였지."

"문단 바? 그게 뭔데?"

"작가들을 대접하기 위해서 아빠 같은 편집자들이 주로 사용하던 곳. 아빠가 맹세하는데 절대 이상한 목적은 없었다. 긴자의 그런 클럽에서 작가를 대접하는 것은 출판계의 전통이야. 호스티스도 공부를 아주 열심히 했고. 책은 물론 매달 문예지도 읽었다. 그녀들의 접대와 지식이 우리 편집자들에게는 큰 도움이 되었지."

아야코는 호오 하며 고개를 끄덕거렸다. 책의 주변에는 다양한 문화가 생겨나나 보다 생각했다.

"그런데 티아라 씨는 금방 그 바에서 해고당했어. 나이를 속였기 때문이지. 어디로 보나 이십 대였기 때문에 아빠도 많이 놀랐다, 오너가 열다섯 살이라고 했을 때 말이야. 아주 영특한 여자였어. 문학에 관한 조예도 깊었고. 덕분에 술도 잘 못 마시고 접대에 영 재주가 없는 아빠에게는 큰 힘이 되었지. 미성년인 그녀에게 술을 먹인 것도 모자라 일까지 돕게 했으니 아빠는 무거운 빚을 진 셈이었어. 엄마도 그 일은 알고 있다. 네가 초등학생일 때 도서관에서 처음 그 아이를 보고 혹시나 했다. 엄마를 너무 닮아서. 다이아나를 우리 집에 데려왔을 때는 정말 놀랐다. 이렇게 가까이에 그 모녀가 살고 있었으니 놀랄 수밖에."

머리가 어질어질해서 아야코는 소파에 몸을 기댔다. 다이아나와의 만남이 아빠와 티아라 아줌마의 과거와 이어져 있었다니 꿈에도 몰랐다.

"그날 상점 거리 찻집에서는 다이아나의 장래 문제를 의논했다. 티아라 씨는 자신이 도중에 포기한 공부를 그 아이가 계속해 주기를 바라고 있어. 그리고 가능하다면 대학에도 가주기를 바라는 것 같더구나."

세인트헬레나에서 본 어린 티아라 아줌마의 사진, 그리고 문단 바에서 일했다는 과거. 그 두 가지를 잇는 끈은 무엇일까. 대학에 가면 어떻게든 다이아나와 다시 교류하도록 해보자. 어색하다고 뺄 때가 아니다. 그리고 이번에야말로 힘을 합해 그녀의 아빠를 찾아보자. 초등학교 시절에 나눈 약속이다. 그럴 수 있어야 자신은 어른이 되지 않을까, 숲을 떠날 수 있지 않을까. 세실처럼 영악한 악마가 될 수는 없다 해도 자신의 힘으로 앞길을 헤쳐 나가는 여자로.

에노덴 전철에서 보이는 바다는 암울한 색이었다. 어디가 모래사장이고 어디가 바다인지 경계가 모호했다. 비수기인 탓인지 서퍼들의 모습이 언뜻언뜻 보일 뿐 한산한 분위기다. 저녁 어둠이 바로 코앞까지 밀려와 있다.

다이아나는 시치리가하마 역에서 내렸다. 열두 살 겨울에 온 후로 6년 가까이 시간이 흘렀다. 전철에서 내리자마자 찝찝한 냄새가 몸을 휘감아 그 순간 머리칼이 무거워진 느낌이었다. 움찔 몸속까지 떨리는 싸늘함에 깊어진 가을을 실감했다. 산을 향해 주택가를 질러갔다. 그러다 어느 커다란 목조 주택 앞에서 다이아나는 걸음을 멈췄다. 꼼꼼하게 손질된 정원에는 연못이 있고, 잉어가 헤엄치고 있었다. 나무 울타리에 낀 문 위에

'야지마 보습 학원'이라고 붙어 있는 팻말도 전과 똑같다. 미리 전화를 해서 도착할 시간과 용건은 알려 두었다.

벨을 누르고 잠시 기다리자 문이 열리고 머리를 뒤로 틀어 올린 여자의 모습이 나타났다. 당혹스러워하는 얼굴이 조금씩 다가왔다. 다이아나는 할머니의 얼굴을 물끄러미 쳐다보았다. 책에 등장하는 '할머니'는 늘 흰머리에 돋보기, 어깨에는 풍성한 숄을 걸치고 있는 이미지인데 이 사람은 몸집은 작아도 단단한 체형에 머리칼도 아직 검다. 아줌마라고 해야 더 잘 어울릴 듯하다. 티아라의 나이가 올해 서른넷이니까 오십 대여도 당연히 이상하지 않다. 감색 니트에 복사뼈가 보이는 바지 차림이 어딘지 모르게 소년 같다. 테 없는 안경 속 눈빛이 날카로워 어느 모로 보나 티아라와는 조금도 닮지 않았지만 엄마가 아닌 혈연을 만난 기쁨과 긴장감에 다리가 떨렸다.

"저, 처음 뵙습니다……. 다이아나라고 해요."

할머니는 가까이 다가와 다이아나의 머리로 살며시 손을 뻗었다. 호지차와 박하 향이 났다. 아야코 엄마와 비슷한 분위기를 지닌 사람이라고 생각했다. 다이아나는 이 사람을 무리 없이 대할 수 있을 듯한 어렴풋한 예감을 품었다.

"다이아나……? 어떤 한자를 쓰는데?"

"클 대자에 구멍 혈이에요. 경마 용어 다이아나. 세상에서 가장 럭키한 여자가 되라는 소망을 담아 지은 이름이라고 하네요."

할머니는 아아 하고 신음하고는 고개를 푹 숙였다. 왠지 죄송스러워 다이아나는 말을 얼버무렸다. 다소는 예상하고 있었지만 자신이라는 존재가 이렇게 충격을 줄지는 몰랐던 것이다. 그냥 돌아갈까 하고 생각했을 때 할머니가 겨우 입을 열었다.

"어미가 밥은 제대로 먹여주고 있니? 이렇게 말라서. ……아무튼 어두워졌으니까 안으로 들어오렴."

할머니는 허리를 펴고 다이아나를 문 안으로 들어오라 재촉했다. 안심하고 뒤를 따랐다. 집으로 들어서자 나무 향과 생선조림 냄새가 났다. 처음 맡는 냄새인데 왜 그런지 정겨웠다. 매끄러운 널마루 복도를 지나 다다미방으로 안내되었다. 사방을 책장이 메우고 있고, 창문으로는 바다가 보인다. 방 한구석에서 조그만 고양이가 몸을 웅크리고 가늘게 뜬 눈으로 이쪽을 노려보고 있다. 불단 앞에 놓인 사진은 아마 할아버지이리라. 티아라는 아버지의 죽음을 알고 있을까. 그건 그렇고, 여긴 정말 무코다 드라마의 세트장 같다. 가구도 식기도 놀랄 만큼 오래되었다. 정갈하게 오래오래 쓴 풍취가 있다. 이내 버리거나 쉽게 사들이지 않는 것이리라. 안정된 생활을 하고 있는 사람들에게 늘 따라다니는 어떤 유의 용감함. 그것이야말로 다이아나가 원하는 것이다. 이 여자는 어떤 감정도 숨기지 않고, 관계가 어긋나더라도 회피하지 않을 것이다. 할머니가 끓여준 차는 따끈하고 향이 그윽했다. 다이아나는 희미한 감동을 느끼고는 어떻게든 이 장소에 받아들여지고 싶다는 생각이 절실해졌다. 하지만 노란 머리의 자신이 얼마나 튈지 초조함을 느꼈다. 〈사자에상〉에 등장하는 것처럼 키 낮은 앉은뱅이 상을 사이에 두고 할머니와 마주 보았다. 그녀가 다이아나의 노란 머리를 쳐다보면서 혼잣말을 하듯 중얼거렸다.

"그 아이의 형제들은 모두 참하게 자랐는데. 중학교에 들어가더니 집을 멀리하기 시작했단다. 바다 옆에다 집을 짓는 게 아니었지……. 해변에는 불량 학생들이 많으니 놀 상대가 얼마든지 있었어."

씁쓸한 표정으로 얘기하는 할머니에게 말을 꺼내야 하나 망설이다가 과감하게 질문했다.

"저, 우리 아빠에 대해서 뭐 아시는 거 있나요?"

"아무것도 모른다. 열여섯 살 때 그 아이 배가 불러왔어. 꼭 낳고 싶다, 반대한다면 집을 나가겠다고 고집을 부렸지. 그러면서도 아비가 누구인지는 고집스럽게 말하지 않았다. 집을 나가고 난 후에는 한 번도 연락이 없었고."

당시 일이 떠오르는지 할머니의 얼굴이 그늘졌다. 예상하고 있었지만 실망을 감출 수 없다. 하지만 낙담만 하고 있을 때가 아니다. 분위기를 바꾸기 위해 다이아나는 방을 둘러보았다.

"이 집, 책이 참 많네요."

"너, 책을 읽니?"

조금은 안심이라는 듯이 할머니는 숨을 내쉰다. 좀 더 용기를 내서 적극적으로 나가보자 하고 생각하며 다이아나는 분발하기로 한다. 《알프스 소녀 하이디》는 천진하고 활달한 성격이었기 때문에 고집쟁이 할아버지의 마음을 잡을 수 있었다. 다이아나는 고개를 끄덕이며 한층 신이 난 목소리로 말했다.

"커서는 서점에서 일하고 싶어요."

제대로 전달되지 않아도 괜찮지만 어떻게든 알아주기를 바라며 말을 골랐다.

"전 우리 엄마를 잘 모르겠어요. 진로 문제로 얘기하다가 대판 싸우고 집을 뛰쳐나왔어요. 어제는 만화방에서 잤어요. 저 학교에 친구도 없고, 찾아갈 곳도 없습니다. 그런데 문득 이 집 생각이 나서……. 엄마가 아닌 친척을 만나보고 싶었어요. 안 그러면 이 세상에 엄마와 저밖에 없는 것처럼 느껴져서. 아무것도 결정할 수 없고, 어디에도 갈 수 없을 것만 같은 기분에……. 나도 모르게 엄마처럼 돼버리지는 않을까……."

할머니는 차분하게 얘기를 들어주었다. 다른 사람 앞에서 이렇게 많은 말을 한 적이 없어 긴장되었지만, 마음은 꽤 가벼워졌다. 말을 꺼낸 김에 가슴속에 늘 담고 있던 의문을 던져보기로 했다.

"엄마는 야마노우에 여학원에 다녔죠? 이렇게 좋은 집에서 훌륭한 교육을 받았는데 왜 전부 버리고 혼자서 나를 낳았는지……. 왜 꼭 그래야 했을까요?"

"글쎄다. 나도 잘 모르겠구나."

할머니는 맥없이 중얼거렸다.

"그 아이가 어쩌다 그렇게 되었는지. 우리가 뭘 잘못했는지. 뭐가 부족했는지, 뭐가 과도했는지. 교육에는 돈을 아끼지 않았어. 원하는 것은 전부 해줬다고 생각한다. 그런데 그 아이는 언제나 집이 아니라 밖을 보고 있었어. 바다 쪽만 보고 있었지. 그래, 그 아이가 열다섯 살 때까지 지냈던 방, 보겠니?"

다이아나가 조심스럽게 고개를 끄덕이자 할머니는 일어나 복도로 향했다. 그리고 복도 제일 끝의 조그만 문을 열었다. 할머니 뒤를 따라 걸으면서 되돌아가고 싶은 충동을 느꼈다. 이 이상 앞으로 가면 무엇에선가 도망칠 수 없을 듯한 예감이 들었다. 할머니가 방의 불을 켰다.

여자아이 방으로는 간소한 인상이다. 조그만 방에는 침대와 책상, 천장까지 닿는 책꽂이가 있었다. 꽂힌 책을 보는 다이아나의 입가가 절로 벌어졌다. 《초원의 집》, 《괴인 이십면상》, 《나니아 연대기》, 《메리 포핀스》 시리즈가 한 권도 빠짐없이 꽂혀 있었다. 아가사 크리스티, 히무로 사에코, 미시마 유키오, 다자이 오사무, 뒤마……. 다이아나도 좋아하는 작가가 즐비하다. 열다섯 나이에 맞게 장서에도 어른과 아이가 뒤섞여 있는 느낌을 받았다. 그런 책들 가운데 유독 눈에 띈 것은 무코다 구니코의 《아버지의 사과편지》였다.

불쑥 파도 소리가 또렷하게 귀에 들렸다.

티아라도 자기 나이 무렵에는 무코다 구니코를 동경하면서 자신만의 성에서 자신만의 스타일을 고집하려 가슴을 불태웠을까.

책 읽기를 좋아하던 소녀가 이 방을 버리고 가족과 헤어져 혼자 살기로 결심하기까지 과연 어떤 갈등이 있었던 것일까. 자신과 다른 점은 무엇인가? 공통점은? 티아라의 내면에 무슨 변화가 있었을지 다이아나는 지금까지 진지하게 생각해 본 적이 없었다.

창문 너머 회색 바다를 한참이나 바라보았다. 바다 옆에 있다 보면 쓸쓸해지는 한순간이 있다. 엄마도 역시 자신처럼 '이곳이 아닌 어딘가'를 간절하게 꿈꿨던 적이 있을까. 부족함 없는 집에 태어났다고 해서 자신에게 주어진 환경에 다 만족하는 것은 아닐지도 모르겠다.

아야코는 어떨까 하고 불현듯 생각했다. 그 아이도 그 멋진 집이 싫어지곤 할까.

무음 모드로 해놓았던 휴대전화기가 주머니 속에서 꿈틀거렸다. 살며시 꺼냈다. 티아라가 보낸 음성 메시지였다.

"알아. 알고 있어. 네가 지금 어디 있는지. 돌아 와."

티아라가 낮게 말했다. 울음을 참고 있는지 떨리는 목소리였다.

"미안해. 네 마음, 아는 척만 했지. 보고도 못 본 척한 일 아주 많았어. 때리기까지 하고, 미안해. 엄마에게는 너밖에 없는데."

빙하가 녹아내리듯 다이아나의 마음속에서 천천히 무언가가 와르르 무너져 몸 바깥으로 거품을 올리면서 넘쳐흘렀다.

인터폰이 울리자 아야코는 '소세이 대학 문학부'의 기출문제집에서 고개를 들었다. 카디건을 걸치고 현관으로 서둘러 나갔다.

10월의 마지막 토요일 오후였다. 부모님은 가부키를 보러 외출했고, 아야코는 거실에서 엄마가 흑설탕과 비지로 직접 만든 머핀을 먹으면서 공부하는 중이었다. 추천으로 쉽게 들어갈 수 있는 스나가와 여학원 대학을 거부하고 입시를 치르겠다고 학교에 보고한 후로 며칠이 지났다. 마음은 깔끔하게 정리되었다. 엄마에게 부탁해 학원에 등록하고, 다음 주부터는 과외도 하기로 했다.

문을 연 아야코는 눈을 부릅떴다. 문 앞에 서 있는 사람이 티아라 아줌마와 다케다였기 때문이다. 티아라 아줌마는 예전에는 본 적이 없을 만큼 하얗게 질린 얼굴로 단숨에 말했다.

"다이아나가 집을 나갔어……. 어제부터 집에 들어오지 않는데 아야코가 혹시 아는 게 있나 해서."

"아니, 저는……. 우린 벌써 오래 전부터……."

뭐라 말하기가 곤란해 아야코는 횡설수설했다. 이렇게 티아라 아줌마와 얘기를 하는 것조차 초등학교 때 이후로 처음이다. 그녀는 힘없이 고개를 끄덕였다.

"그래, 알아. 그래도 난 아야코와 우리 다이아나는 알게 모르게 이어져 있을 거란 생각이 들어서. 닮았다고 할까, 쌍둥이라고 할까, 소울메이트? 아야코, 생각나는 게 있으면 뭐든 좋아. 지금 어디 있는지 실마리가 될 것 같아."

다케다 역시 소맷자락이라도 붙잡고 매달릴 기세였다.

"정말 부탁한다. 그 녀석, 친구도 없을 테고, 갈 데도 없을 텐데. 너의 직감밖에 믿을 게 없다, 지금은."

다케다는 지금도 다이아나를 좋아하는구나 하고 아야코는 생각했다. 둘의 필사적인 표정에 쫓겨 뭐라도 찾아내야겠다는 심정에 분주하게 기억을 더듬었다. 그러나 기억 속의 다이아나는 아직도 어린아이다. 어른스럽기는 하지만 겁이 많고 자기 내면으로 파고드는 성격이다. 엄마에게 가는 곳을 알리지 않고 무턱대고 집을 나가는 그런 무모한 행동을 할 아이가 아니었다. 지난 6년 동안 그녀에게 무슨 일이 있었던 것일까.

"죄송합니다……. 정말 생각나는 게 없어요."

아야코가 고개를 숙이자 티아라가 얼른 메모지를 손에 쥐어 주었다.

"고마워. 뭐든 생각이 나면 연락해 줘. 이거, 내 전화번호."

소리 내며 닫힌 문을 아야코는 한참이나 쳐다보았다. 천천히 거실로 돌아가 기출문제집을 펼쳤지만 내용이 조금도 머리에 들어오지 않았다.

가출……. 아야코의 마음속에서 그 단어가 빙글빙글 맴돌았다. 다이아나는 어디로 갔을까. 다케다가 친구는 없을 거라고 했다. 티아라 말고는 의지할 수 있는 친척도 없다고 들었다. 혹시나 오다가다 만난 남자에게 몸을 맡기지는……. 거기까지 생각하다가 아야코는 얼굴이 화끈해져 책을 덮었다. 옛날 친구가 집을 나가 소동이 벌어졌는데 자신은 대체 무슨 생각을 하고 있는 것일까.

소세이 대학에서 그 남자와 얘기를 나눈 후로 걸핏하면 이상한 생각을 하고 있다. 좋아하는 것도 아니고 그에 대해서 좀 더 알고 싶은 것도 아니다. 사실은 얼굴조차 제대로 기억나지 않는다. 머리에 맴도는 것은 그날 그에게 자신이 어떻게 비쳤을까 하는 생각뿐이다. 내내 안절부절못하고, 몸 안이 간질간질하고 볼이 화끈 달아오르는 이 생각을 뭐라 하면 좋을까. 그 남자의 목과 손가락, 굵은 팔은 어렴풋이 떠오르는데 그 온도와 냄새를 알 수 없다는 게 안타까웠다. 그가 놀려주고 머리를 뒤죽박죽 쓰다듬어 주면 얼마나 기분이 좋을까. 아야코는 테이블에 놓인 노트북을 켜고 '〔하토리〕《비밀 숲의 다이아나》를 말한다 part12 〔게이치〕'를 클릭했다.

집중력이 떨어지면 이내 이 게시판으로 도망치게 된다. 엄마는 아야코가 인터넷에 매달리는 것을 탐탁지 않아 하지만 AYA에 비하면 푹 빠져 있는 것은 절대 아니다. 언제 열어 봐도 AYA의 최신 댓글이 가장 먼저 눈에 들어온다.

> 엄마와 싸우고 나니까 성을 떠나 숲에서 지내던 때의 릴리 기분을 알겠네. 요코하마의 만화방, 너무 외로워서 웃음이 나온다 ㅋㅋㅋ. 옆방에서는 커플이 알콩달콩.

자신과 거의 또래일 텐데 지식이 풍부하고 다소 자학적이며 신랄하다. 하지만 그 안에 유머와 온기가 있는 AYA와의 대화가 즐겁다. 마치 찾아가면 반드시 마음 맞는 친구를 만날 수 있는 장소를 발견한 것처럼 아야코의 마음에 시원한 바람이 분다. 같은 학년 친구들의 집이 도쿄 여기저기에 흩어져 있는 탓에 서로의 집에 한번 놀러가려고 하면 부모들끼리 꼭 연락을 주고받아야 한다. 기분 내킬 때 훌쩍 찾아가 실컷 수다를 떨다 돌아올 수 있는 인터넷 상의 만남은 아찔할 정도로 자유롭게 느껴진다.

혹시, AYA? 이런 시간에 만화방? 혹시 릴리처럼 가출한 거야?

다이아나 일이 머리에서 떠나지 않아 아야코는 그만 그렇게 쓰고 만다. 바로 답장이 왔다.

빙고. 엄마와 진로 문제로 대박 싸우다가 무턱대고 뛰쳐나왔어. 내일, 할아버지와 할머니 집에 갈 생각.

AYA는 할아버지 할머니랑 친하게 지내?

아니, 만난 적도 없어. 두 사람 다 살아 있는지 어쩐지도 모르고. 내일 처음 찾아가는 거니까. 《소공자》같은 상황? 하지만 나, 완전 따에다 갈 곳도 없으니까 ㅋㅋ. 평소에는 도서관에서 시간 죽이는데 거기서는 잘 수 없잖아 ㅋㅋ

그때 아야코는 퍼뜩 생각했다. 혹시……. 몇 가지 조그만 위화감이 모여 명확한 형태를 이룬 듯한 감각이었다.

왜 따인데? AYA는 재미있고 대화 솜씨도 좋고, 친구도 많을 것 같은데?

반 아이들이 서점에서 책을 훔쳤다고 누명을 씌워서 완전 빡이 돌아 난리쳤더니 다들 본체만체, 아무도 말을 걸지 않아. 정말 장난 아니지. 서점에서 내 가방에 슬쩍 집어넣은 책이 쓰레기 같은 폰소설. 우웩이지ㅋㅋㅋ.

모두들 이 댓글이 흥미로웠는지 한밤중의 전구에 날벌레 꼬여들듯 새 댓글이 와르르 올라왔다. 대화의 흐름이 단박에 폰소설 때리기로 바뀌었다. 아야코는 노트북을 켜놓은 채 슬금슬금 휴대전화로 손을 뻗었다. 조금 전에 받은 메모지를 보며 숫자를 눌렀다.

"죄송한데요, 티아라 아줌마. 좀 걸리는 게 있는데 다시 와주시면 좋겠는데요."

잠시 후 바로 인터폰이 울렸다. 아야코는 두 사람을 얼른 집 안으로 들였다. 티아라가 이 집에 발을 들여놓는 것이 몇 년 만일까. 하지만 꾸물거릴 시간이 없다. 아야코는 노트북을 가리켰다.

"《비밀 숲의 다이아나》는 나도 다이아나도 즐겨 읽는 책이었어요. 지금도 좋아하는데 인터넷 검색을 하다가 이런 사이트가 있는 걸 알았거든요."

티아라는 아무 말 없이 화면을 들여다보고 있다. 다케다가 답답하다는 듯이 얼굴을 찡그리고 있어 급하게 설명했다.

"이 게시판은 이 AYA라는 사람이 거의 운영하다시피 하고 있어요. 나이는 아마 우리 또래일 거예요. 학교에도 친구가 없어서 이 게시판이 유일한 마음의 은신처 같은……."

"그게 다이아나와 무슨 관계가 있다는 거야?"

다케다는 답답해서 테이블이라도 금방 걷어찰 기세였다. 그때 퍼뜩 놀란 듯이 티아라가 화면에 얼굴을 들이댔다. 아야코는 신중하게 생각하면서 말을 계속했다.

"AYA가 어쩌면 다이아나가 아닐까 싶은데……. 하토리 게이치에 대해 얘기할 수 있는 장소는 나도 여기밖에 없으니까……."

아야코는 게시판을 거슬러 올라가 AYA의 글을 하나하나 보여주었다. 그 글을 보는 티아라의 얼굴이 점차 하얗게 질려 갔다.

"AYA가……. 다이아나가 자기 심정을 털어놓을 수 있는 곳이 여기밖에 없었는지도 모르겠어요."

"어떻게, 어떻게 외가를 알았지?"

티아라가 그렇게 중얼거리자 다케다가 주춤거리며 입을 열었다.

"아, 그게 말인데요……. 초등학교 6학년 때 다이아나와 함께 시리치가하마의 외가에 간 적이 있어요……. 왜 있잖아, 그 날. 너한테 들켜서 싸운 날 말이야."

아야코는 화들짝 놀랐다. 완전히 묻혀 있던 기억이 떠올랐다. 그 눈 내리던 날, 다케다와 다이아나가 함께 있었던 이유가 그런 것이었나. 전후사정을 몰랐다고는 하지만 화가 나서 싫다느니, 절교라느니 하는 잔인한 말을 입에서 나오는 대로 뱉고 말았다. 경솔하고 어렸던 자신이 한없이 부끄러웠다.

"그 녀석이 거기 주소를 야마노우에 도서관에서 조사했다나, 뭐 그랬던 것 같은데."

"그렇구나! 우리 학교…… 야마노우에 여학원 문화제에 같이 갔을 때였나 보다. 다이아나가 혼자 도서관에서 기다리고 있었거든. 거기서 티아라 아줌마네 집 주소를 알았을 거야. 맞아, 우리 도서관, 졸업생의 연락처를 사서실에 전부 보관하고 있으니까……. 사서 선생님이 없는 틈에……."

문화제에서 돌아오는 길, 마음이 어디 다른 곳에 가 있는 것처럼 멍했던 모습, 눈 내리던 날 난처해하던 그 표정. 알 수 없었던 언행이 모두 되살아나면서 한 가지씩 풀려갔다. 그런데 그녀의 기분도 모르는 채 자기 할 말만 했다니. 초조한 표정으로 이쪽을 보고 있는 티아라에게 아야코가 말했다.

"티아라 아줌마가 우리 학교를 다녔다는 건 훨씬 나중에 알았어요. 요크셔 자매교에서 사진을 봤거든요. 다이아나랑 너무 닮아서 깜짝 놀랐어요. 중퇴했다는 건 다카야나기 선생님에게 들었고요. 아줌마는 우리 학교가 답답하고 견디기 힘들었나요……?"

다케다는 도무지 무슨 소린지 모르겠다는 표정이다. 긴 침묵 후 티아라가 간신히 고개를 들었다. 그녀는 화려한 머리색과 화장에 어울리지 않는 냉철하고 담담한 말투로 말했다.

"야마노우에 잘못이 아니야. 다만 내게 맞지 않았어. 모두가 반듯하게 행동하면 행동할수록 나는 하루하루가 힘겨웠어. 최고의 환경인데 적응하지 못하는 내가 싫었지."

아야코는 예전에 미카게와 나눴던 대화가 떠올랐다. 세상에는 주어진 환경에 순응하지 못하는 인간도 있다. 잘 순응하는 타입의 자신도 야마노우에 여학원의 갑갑한 환경에 약간의 거부감과 답답함을 늘 품고 있지 않은가.

"다이아나가 아야코가 사는 세계를 동경하는 그 심정은 이해해. 그런 환경을 제공하지 못하는 자신이 때로 한심하게 느껴지기도 했지. 왜 그때 공부를 계속해서 취직하고 정상적으로 결혼하지 못했을까 하고 말이야. 하지만……, 그 아이는 기민한 눈과 머리와 튼튼한 다리로 자신을 믿고 살아가기를 바랐어. 누가 무언가를 주기만을 기다리는 게 아니라 원하는 것은 스스로 쟁취하기를."

티아라는 아뿔싸 하는 표정을 지었지만, 때는 늦었다. 아야코는 몸을 앞으로 쑥 내밀고 다짜고짜 그녀에게 물었다.

"그거 《비밀 숲의 다이아나》에 나오는 말이죠. 티아라 아줌마도 《비밀 숲의 다이아나》 팬인가요. 혹시 아줌마, 책 많이 읽는 사람 아니었나요? 아빠에게 들었어요. 문단 바에서 일했다고요."

잠시 후 그녀는 쑥스럽게 웃었지만 그렇다고도 아니라고도 대답하지 않았다. 그 얼굴이 세인트헬레나에서 본 사진 속 소녀와 조금도 다르지 않다는 것을 깨달았다.

"나는 다시는 책을 읽지 않겠다고 결심했어. 너희들 만한 나이에."

티아라 아줌마가 무슨 말을 하는 건지 아야코는 이해하지 못했다. 현관에서 두 사람을 배웅하면서 급하게 덧붙였다.

"다이아나에게는 게시판에 대해 아무 말 마세요. 틀림없이 부끄러워할 테니까."

스니커를 신던 다케다가 고개를 끄덕이고는 힐금 이쪽을 올려다보았다.

"AYA라니, 참 그 녀석답군."

"왜?"

"그 녀석, 중학교 때 한번 개명을 하려고 했거든. 재판소에 제출하는 서류를 내가 얼핏 봤는데 아야코란 이름으로 바꾸려고 했더라고. 그 녀석, 역시 너를 부러워하고 있는 거지."

다이아나가 자신의 이름을? 부러워한다고? 벌써 오래 전에 잊혔을 거라고 생각했는데. 다이아나의 드라마틱한 인생을 부러워한 것은 오히려 자기 쪽인데. 그녀가 사는 모습을 전해 듣기만 해도 마치 책을 읽는 듯한 기분이었다. 그녀의 아픔과 슬픔을 생각하면 가엾어지지만, 동시에 자신은 평생 방관자에 불과할 것이란 비참한 기분도 들었다.

아야코는 제라늄 향이 풍기는 정원에 서서 두 노란 머리를 쳐다보며 왠지 숨이 턱 막혀 한동안 움직일 수 없었다.

"마침 졸업 시즌이라 오늘밤은 '프롬 나이트'입니다. 오늘 고등학교를 졸업한 티아라 씨의 사랑스러운 딸 다이아나 양이 남친과 함께 우리 가게를 찾아주었습니다. 블루스 곡이 나오면 지명한 여자 분을 에스코트해 주십시오."

검은 양복을 입은 남자의 나긋나긋한 목소리가 마이크를 통해 미러볼이 빙글빙글 돌면서 빛을 뿌리는 홀에 울려 퍼진다. 손님과 종업원들의 시선이 한 몸에 쏟아져 다이아나는 자기도 모르게 고개를 숙였다. 티아라가 끈질기게 권해서 오기는 했지만 처음 와보는 클럽은 조금도 편치 않다. 그래도 고등학교를 졸업한 오늘, 일하는 엄마의 모습을 자신의 눈에 새기고 싶었다.

종업원들이 환성 속에서 무대 위로 등장해 음악에 맞춰 꿈틀꿈틀 춤을 추기 시작한다. 연푸른 불빛 속에서 드레스 차림의 티아라를 찾았다. 남자들 사이를 물고기처럼 하늘하늘 떠다니면서도 종업원들에게 일일이 눈짓을 보내고 있다. 한순간도 멈춰 서지 않는다. 아마도 머릿속으로 이 가게 전체의 윤곽을 더듬으면서 구석구석까지 신경을 곤두세우고 있을 것이다. 쉬는 날, 집안일에는 손도 대지 않은 채 죽은 사람처럼 자는 티아라가 못내 불만이었는데 이렇게 잔신경을 많이 써야 하는 일을 하고 있었다니.

"우리도 출까."

옆 소파에서 몸을 내미는 교복 차림의 다케다를 싫어 하고는 휙 밀쳐냈다. 그도 오늘 졸업을 맞았다. 같이 신나게 놀 친구도 많을 텐데 왜 이런 곳에 있는 것일까. 티아라와 함께 할머니 집으로 데리러 온 그 앞에서 눈물을 흘리고 만 그날부터 한결 더 살갑게 군다. 빚을 졌다는 생각은 없다. 짜증나기는 하지만 그가 이전만큼 성가시지는 않다.

내일부터는 편히 숨 쉴 수 있는 장소를 자기 발로 찾아 나설 수 있다. 눈앞이 환히 열리는 기분이다. 반 아이들은 서로 껴안고 울었지만 다이아나는 이제야 겨우 학교에서 해방되었다 싶어 꺄악! 비명이라도 지르고 싶은 기분이었다. 얼마나 후련하고 눈부신 날이었는지 모른다.

줄곧 이런 자신은 진정한 내가 아니라고 생각해 왔다. 진정한 자신은 《비밀 숲의 다이아나》 게시판 속에 있는 AYA뿐이라고 생각했다. 모두가 지적인 인물로 추앙하고, 정의감에 넘치고, 리더십을 발휘하는 AYA야말로 진정한 자신의 모습이라고 생각했다. 그 게시판에서만 편히 숨 쉴 수 있었다. 게시판 사용자들의 말투를 흉내 내어 자신의 의견을 올렸을 때 바로 수용되었던 기쁨은 잊을 수 없다. 하지만 그 장소에서도 오늘 졸업하려 한다. 다이아나가 아늑하고 편한 숲을 떠났던 것처럼 자신도 바깥세상으로 나가는 것이다. 스쳐 지나가는 댓글이 아니라 아주 소소해도 괜찮으니까 형태로 남는 무언가를 타인에게 남기고 싶다. 어려울 건 없다. 그 게시판에서 자신감 있게 활동했던 것처럼 현실 세계에서도 그렇게 사람들과 만나면 된다. 인터넷과 현실 세계는 분리되어 있지 않다. 무코다 구니코 씨에게 배운 지식도 실천을 통해야 피가 되고 살이 될 것이다. 첫 월급을 받으면 두고두고 입을 수 있는 검은 원피스를 살 생각이다.

"호오, 검게 물들였어. 보통들 졸업하면 밝게 물들이는데."

돌아보니 티아라가 옆에 앉아 다이아나의 머리를 만지작거리고 있었다. 여기 오기 전에 집에서 검게 물들인 머리는 아직도 축축해 불빛 속에서 윤기가 흘렀다.

"사진 보냈더니 할머니도 검은 쪽이 더 좋대."

가출했던 그날 이후 다시 만나지는 않았지만 문자는 주고받고 있다. 할머니는 휴대전화 다루는 게 서툴지 않은지 긴 문자와 에노시마 사진도 곧잘 보내준다. 보습 학원 아이들과 주고받는 문자 덕에 전혀 문제없다고 한다.

다케다가 자리를 비운 틈에 다이아나는 티아라를 마주 보았다.

"내일 바로 서점에 가서 면접 볼 거야. 공부하는 거 싫지는 않지만, 난 학교라는 장소에서 버티기가 힘들어. 그리고 티아라 돈으로 살아가는 것도 힘들고. 티아라의 인생에 끌려가는 것 같아서 무서워. 티아라도 할머니 슬하를 떠나고 싶어 했잖아. 똑같은 거야. 내 두 발로 서고 싶어. 언젠가 독립하는 날이 오면 대학 진학도 심각하게 고민할지 모르지. 아무튼 난 서점에서 일하고 싶어."

티아라의 삶에는 지금도 찬성할 수 없지만 이제는 모든 것을 그녀 탓으로 돌리지 않으려 한다. 다이아나는 용기를 내서 티아라의 팔을 꽉 잡고 진지한 눈빛으로 물었다.

"티아라, 우리 아빠는 지금 어디 있어? 어디서 살아?"

티아라는 담배에 불을 붙이고 연기를 내뿜었다. 파란 빛 속에서 거꾸로 흐르는 조그만 폭포처럼 천장으로 오르는 그것을 잠시 쳐다보았다.

"그래, 이제 너도 어른이니까 가르쳐줘도 괜찮겠네. 하지만 조건이 있어. 네가 서점 면접에 통과돼서 독립의 길이 보이면."

'독립'이라는 말에 움찔했다. 드디어 티아라의 인생과 작별이다. 스스로 선택하기는 했지만 막상 엄마의 입에서 그런 말이 나오자 다이아나는 당황스러웠다.

불빛을 받아 파르스름한 엄마의 옆얼굴과 엄마가 어린 시절을 보냈던 방의 책꽂이가 오버랩된다. 결국 티아라의 보호 속에서 그녀의 삶을 더듬는 날들이 편했다. 티아라의 잘못을 한 가지씩 발견할 때마다 자신이 얼마나 문화적이며 현실을 직시하는 여자인지 실감할 수 있었다. 그러나 무코다 구니코 씨의 책을 읽었다고 해서 그녀처럼 될 수 있는 것은 아니다. 책을 좋아한다고 해서 고상한 척하는 것도 잘못이다. 엄마를 깔보고 잘난 척만 해왔다.

"얘는 그런 표정 하지 마! 음, 뭐였더라? 그래, '숲'을 떠나는 거잖아? 자신에게 제 손으로 눈가리개를 덮는 거 싫잖아? 힘내!"

그렇게 말하고 티아라는 웃으면서 다이아나의 머리를 마구 휘저었다. 역시 이 사람은 《비밀 숲의 다이아나》를 읽었어. 하지만 확인은 면접에 통과된 다음에 하리라고 생각했다.

"알았어. 열심히 할게."

언젠가 아빠를 만나면 무슨 말을 해야 할까. 이미지가 전혀 떠오르지 않는다. 하지만 딱 한 번이라도 좋으니까 같이 서점에 가고 싶다. 나를 위해 책을 골라 달라고 어리광을 부려보고 싶다. 아빠는 자신에게 어떤 책을 골라 줄까. 만에 하나 자신이 아직 읽지 않은 책을 골라 준다면 다이아나는 그거 하나로도 그를 용서할 수 있을 것 같은 기분이었다.

티아라가 손님들의 간청에 무대로 올라가 춤을 추기 시작했다. 발은 옆으로 원 스텝씩 팔은 사방으로 자유롭게 움직이는 파라파라댄스였다. 그 몸짓이 어렸을 때 둘이서 놀았던 게임 '댄싱 스테파니'와 똑같다는 것을 알고 다이아나는 풋 웃음을 터뜨리는 동시에 눈물이 핑 돌았다.

5

비둘기 한 마리가 꾸륵꾸륵 울면서 엷은 분홍색 가슴을 뒤로 젖혔다. 모이를 찾아 총총 다이아나의 발치까지 걸어 왔는데 이쪽에 그럴 마음이 없다는 것을 알자 오동통한 엉덩이를 보이고는 사라져버린다.

찻집에 들어갈 돈이 없어 역 앞 사거리에 있는 벤치에 앉아 집에서 페트병에 담아온 보리차를 한 모금 마셨다. 가방 속에 찌그러져 있는 주먹밥을 꺼내 랩을 걷어내고 한 입 먹었다. 소금과 참기름 맛이 고소하게 입 안에 퍼졌다. 지금쯤 티아라도 잠에서 깨어나 같은 것을 먹고 있으리라. 고등학교를 졸업한 후에야 다이아나는 모녀 가정의 살림 형편을 알게 되어 절약에 유념하고 있다. 클럽에 고용된 마담의 월급이 그리 많지 않은 데다 비율제였던 종업원 시절과 달리 매상이 부진하면 그대로 생활에 타격이 온다. 서른넷이란 나이도 슬슬 가부키초에서 발을 떼야 할 시기일 것이다. 요즘 들어 티아라가 보기와는 달리 의리가 있기는 해도 요령은 없지 않나 하는 생각이 든다. 롯본

기나 아카사카의 유명한 가게에서 스카웃 제안도 있었던 것 같고, 대기업 중역에게 프러포즈를 받았다는 소문도 들었다. 그런데도 티아라는 고집스럽게 화려한 화장과 옷차림을 하고 다니면서 독신을 관철하고 '헤라클레스'를 떠나려 하지 않았다. 개인적으로도 가게 여자들의 뒤를 돌봐주거나 때로는 문제에 휘말린 종업원과 단골손님에게 돈을 빌려 주기도 하는 것 같다. 그 탓인지 열심히 일하는 것치고는 생활이 조금도 윤택하지 않다. 최근에는 칠칠치 못한 티아라를 대신해서 다이아나가 가계부를 쓰고 있다.

다이아나는 어깨를 축 늘어뜨리고 스타킹 신은 자신의 다리를 내려다보았다. 마치 자신의 다리가 아닌 것 같다. 할머니가 졸업 선물로 사 준 투피스를 입고 있다. 아르바이트 면접에 입고 가기에는 지나치게 포멀하다는 것을 자신도 잘 알고 있다. 하지만 보통 열여덟 살 여자가 용돈이나 벌자고 하는 아르바이트와 다이아나가 하려는 일과는 무게가 다르다. 언젠가는 정식 직원이 되겠다는 목표하에 내딛는 첫걸음이며 앞날을 좌우하는 시험이다.

출판 불황인 요즘에는 대형서점의 정직원이 되는 것도 바늘구멍 뚫기다. 고졸자는 상대도 해주지 않는다. 아르바이트로 시작해서 직원 등용의 기회를 호시탐탐 노리는 길밖에 없다. 의욕도 충만하고 성품은 성실하다. 기억력도 절대 나쁜 편이 아니다. 무엇보다 책 읽기를 좋아하고, 서점에서 일하는 것이 어린 시절부터 품어 온 꿈이었다. 그러나 졸업한 지 한 달, 수도 권의 대형서점이라면 닥치는 대로 면접을 보고 있는데 결과가 없다. 아르바이트 면접 하나도 이렇게 순조롭지 못하다니. 낙담하는 딸을 보다 못하겠는지 티아라가 이런 말을 했다.

– 너, 엄마 닮아서 얼굴이 좀 그렇잖아. 너무 붙임성 있다 싶을 정도로 하지 않으면 괜히 노려보는 것처럼 보인다고. 우리 같이 생긴 얼굴은 수다스러운 푼수 캐릭터가 최고야. 손님 대하는 일은 결국 애교와 대화 능력이 전부니까.

이번에는 티아라의 말이 옳다고 생각한다.

어렸을 때부터 '눈초리가 무섭다', '거만을 떤다'는 이유로 줄곧 소외당해 왔다. 그 점을 콤플렉스라 여기면서도 고치지 않은 것은 반발심 때문이었다고 생각한다. 감정 표현에 어눌하고 표정이 딱딱한 것은 자신의 개성이다. 그걸 나쁘게 보는 것은 사람들이 어리고 수준이 낮기 때문이라고 깔봐 왔다. 어른이 되어 지적으로 성숙한 사람들 사이에 있다 보면 평가가 백팔십도 달라질 것이라고 낙관했다. 그런데 정작 사회로 발을 내딛고 보니 상황은 냉혹했다. 다이아나가 내면에 어떤 세계를 품고 있는지 관심을 가져주는 사람은 어디에도 없었다. 결국 자신이 안이했다고 생각한다. 타자를 받아들이기 위한 노력을 애당초 하지 않았다. 증오심만 겉으로 드러냈을 뿐이었으니 중고등학교의 동창생들이 그나마 나았는지도 모른다. 사회인은 보다 똑똑하고 냉담하다.

– 야, 이거 이름이 야지마 다이아나인가요. 커다란 구멍의 다이아나라.

이력서에서 이름을 보자마자 그들의 얼굴에는 동정도 아니고 경멸도 아닌 기묘한 웃음이 번졌다. 그 단계에서 벌써 다이아나는 마음이 꺾이고 만다. 질문이 한 차례 끝나면 우리 내일부터 당장 열심히 일해 보죠 하는 식으로 웃는 얼굴을 보이지만, 정작 채용하겠다는 전화는 걸려오지 않았다. 그런 중에서 어제는 유독 비참했다.

– 야지마 씨, 가와마타 고교에 다녔습니까?

터미널 역 바로 옆 건물 7층의 절반을 차지하는 대형서점 '린린도'에서 면접을 볼 때였다. 고등학교 때 거의 살다시피 한 서점이라서 의욕을 보이려 분발했던 만큼 친근한 시선으로 쳐다보기에 당황스러웠다.

– 네, 그런데요…….

이상하게 생각하면서 점장의 얼굴을 잠시 쳐다보았다. 하얗고 토실토실한 삼십 대 중반쯤의 남자였다. 검은 테 안경 속의 눈은 유순한데 솔직히 어디서 만나도 그리 인상에 남지 않을 타입이라 할 수 있었다. 그가 말을 꺼내기가 다소 난처하다는 표정으로 이렇게 말했다.

– 나, 기억 안 나요? 학교 옆에 있는 '린린도'에 자주 왔잖아요. 그 서점에서 신입 직원들의 연수를 맡은 적이 있는데. 그때 왜 야지마 씨가 문제에 휘말려서…… 곤욕을 치렀죠.

그러고는 말을 주춤거렸다. 기억이 슬금슬금 되살아나면서 얼굴에 핏기가 가시는 게 느껴졌다. 아닌 게 아니라 이 사람을 상대로 책을 몇 번이나 산 적이 있다. 그리고 그날 그 앞에서 바락바락 악을 쓴 일도.

다이아나는 어깨를 축 늘어뜨린 채 다시 비둘기를 쳐다보았다. 그 후에는 무슨 말을 했는지 전혀 기억나지 않는다. 보나마나 떨어질 게 뻔하다. 뭐라 변명을 해본들 소용없는 일이지만 당시의 나는 내가 아니었다. 반 아이들이 도둑으로 누명을 씌워 제정신이 아니었다. 조금이라도 박력 있게 보이려 머리를 노랗게 물들이고 주모자들을 서점까지 끌고 갔다. 머리채를 부여잡고 억지로 머리를 숙이게 했다. 그 점장이 황급히 끼어들어 말릴 정도로 격하게 욕설을 지껄이기도 했다. 좋은 인상을 줄 수 있는 장면이 아니었다.

그 '린린도'는 정말 좋아하는 장소였는데. 책을 살 돈이 없어 책장 사이를 한 바퀴 돌기만 해도 기분이 풍요로워졌다. 책을 진열하는 방식에도 사랑이 넘쳤고 책장과 진열대를 장식한 광고판에도 감각이 빛났다. 그 서점의 이벤트 덕분에 이시이 모모코의 《환영의 빨간 열매》, 폴 오스터의 《고독의 발명》, 앨리스 호프만의 《로컬 걸스》를 만날 수 있었다. 어쩌면 어제 면접을 본 점장이 직접 기획한 이벤트인지도 모른다. 후회해봐야 때는 늦었지만 운 나쁜 자신이 저주스러웠다.

문득 생각이 나 휴대전화를 꺼내들고 셀프 모드로 설정을 바꾼 후 억지로 미소를 짓고 셔터를 눌렀다. 화면 속에서 안색이 안 좋고 성격도 까칠해 보이는 여자가 이쪽을 노려보고 있다. 머리가 검은 탓에 오히려 눈이 날카롭게 강조되는 느낌이다. 자연스러운 미소와는 영 거리가 멀었다. 네거리를 바쁘게 오가는 사람들 모두 어떤 목적을 갖고 어딘가를 향해 가고 있는 것처럼 보인다. 학생도 사회인도 아닌 자신은 타인의 눈에 과연 어떤 사람으로 비칠까. 황금연휴가 다가오고 있다. 4월말이라기에는 햇살이 강렬해서 바닥에 박힌 벽돌이 뜨겁게 달아오르고 있다. 테니스 라켓을 옆구리에 끼고 짧은 치마를 입은 상큼한 여자들이 떼 지어 다이아나의 눈앞을 지나간다. 하얀 허벅지가 눈이 다 부시다. 근처 여자대학의 학생들일까.

조잘거리며 웃는 그녀들 사이에서 초등학생 시절의 친구 아야코의 옆얼굴을 언뜻 본 듯했다. 지난 반년 동안은 이렇게 길거리에서 스쳐 지나는 일도 없었는데 상점 거리의 정보통인 다케다에게 지난 봄 명문대학에 입학했다는 소식을 들었다. 지금쯤 이렇게 화사한 집단에 속해 캠퍼스 라이프를 즐기고 있을 것이다. 아니지, 아야코라면 엷은 화장에 좀 더 단정한 랄프 로렌 셔츠와 치마 같은, 그런 베이직한 차림이 어울릴 것이다. 〈맨해튼〉에 등장하는 마리엘 헤밍웨이처럼 남녀 모두에게 인기 있고 장래가 촉망되는 여대생. 리포트를 써내면 교수에게 칭찬 받고, 카페테라스에서 과 친구들과 문학을 논하며, 때로는 열렬한 말투로 남학생들을 굴복시킨다. 그런 그녀에게 딱 어울리는 연인은 역시 조교수나 대학원생. 거기까지 상상하다가 다이아나는 자신의 이상을 그녀에게 투영하고 있다는 사실을 깨달았다.

대학교 진학은 애당초 생각에 없었지만 지금은 솔직히 그 여유로운 학창 시절 4년이 부럽다. 대학생은 사회인이 될 때까지 충분한 유예 기간이 있고, 취미와 기호가 다양한 또래 친구들을 만날 수 있으며, 공부는 물론 책 읽을 시간도 넉넉하다. 문득 어디든 가고 싶다는 생각이 떠올라 하늘을 올려다보았다. 아니지 아냐. 이렇게 여유를 부려서는 티아라와의 약속을 지킬 수 없다. 엄마와는 다른 인생을 내 손으로 일궈나가야 한다. 다이아나는 앞머리를 끌어올려 이마를 드러냈다. 그래야 어린 자신을 버리고 떠난 아빠가 있는 곳을 알 수 있다.

휴대전화가 울리고 있다는 것을 깨달았다. 모르는 번호인데 반사적으로 통화 버튼을 누르고 말았다.

– 야지마 씨. 어제 면접을 본 '린린도'의 다도코로입니다. 지금 통화할 수 있나요?

채용하지 않는 경우 전화 따위는 걸지 않는다. 혹시.

– 채용하기로 결정됐습니다. 앞으로 잘 부탁해요. 아, 언제부터 일할 수 있을까요?

전화를 끊은 후에도 잠시 마음이 진정되지 않았다. 다이아나는 침착해지려고 몇 번이나 심호흡을 계속했다. 좋았어! 하고 소리 내어 외쳤더니 발치의 비둘기들이 놀라서 날아올랐다. 마침내 서점에서 일하게 되었다. 어렸을 때 꿈에 한 걸음 다가선 것이다. 벤치에서 벌떡 일어나 역을 향해 쏜살 같이 뛰었다. 빨리 집에 돌아가 보고하고 싶었다. 지금이라면 티아라도 일어나 있을 것이다.

현관을 열었더니 티아라는 멜로드라마를 보면서 열심히 얼굴 마사지를 하고 있었다. 새삼스레 젊어 보였다. 자신이 어른이 되어가면서 어느 시기에 나이가 멈춰버린 듯한 티아라에게 다가가고 있는 듯한 착각을 느낀다. 면접 결과를 얘기하자마자 티아라가 히죽 웃었다.

"와우, 통과됐어. 기특하네. 축하해."

"응, 그러니까 이제 가르쳐 줘."

다이아나는 투피스 차림 그대로 다다미에 무릎을 꿇고 앉았다. 티아라는 어리둥절하며 부채살 같은 속눈썹을 깜박거렸다.

"가르쳐 달라니, 뭘?"

"아이 참, 시치미 떼기는. 아르바이트 정해지면 우리 아빠가 지금 어디서 뭘 하는지 가르쳐 주기로 약속했잖아."

"아아, 그랬지. 그럼, 잠깐만 기다려."

꿈에서도 그리던 순간이 아주 간단히 찾아왔다. 티아라는 엉덩이를 쓱 들더니 책꽂이에 가서 《비밀 숲의 다이아나》 1권을 뽑아 들고 돌아왔다.

"자. 이 사람."

티아라는 싱글싱글 웃고 있다. 그녀가 내민 책을 다이아나는 멀뚱멀뚱 쳐다보았다.

"이 책의 작가 하토리 게이치가 네 아빠야."

어이가 없어서 자신도 모르게 텔레비전을 돌아보았다. 간신히 맺어진 커플이 실은 생이별했던 남매 사이였다는 것이 밝혀지는 순간이었다. 허풍스럽게 관악기 버전의 주제 음악이 흐르고 주인공은 잔인한 운명을 저주하며 통곡한다. 정말 시시한 전개다. 그러나 티아라가 지금 한 말만큼은 아닐 것이다.

"그렇게 편리하게 둘러대는 말을 내가 믿을 리가 없잖아. 딸을 바보로 아는 거야 뭐야."

다이아나는 겨우겨우 그렇게 말했다. 그러나 티아라는 여전히 가볍게 말을 이었다.

"사실이 그런데 어쩌라고. 하토리 게이치. 예명은 호타루. 나도 그렇게 불렀어."

'헤라클레스'의 사물함에서 훔쳐 본 편지의 정보와 일치한다. 그래도 그럴 리가 없다. 다이아나는 더는 참을 수 없을 정도로 부아가 치밀었다.

"우리 아빠가 작가라고? 허, 거짓말이겠지. 방황하는 도박꾼이라고 했잖아. 집을 나가 멀리 가버렸다고."

"아아, 그건 지어낸 얘기. 그렇게라도 얘기를 지어내야 나 같은 여자가 독신으로 지내는 이유가 되지. 옛날 남친 중에서도 진짜 형편없는 녀석 얘기로 바꿔치기했어."

티아라는 장난스럽게 풍성한 머리칼을 뒤로 젖혔다.

"이제 너도 열여덟 살이니까 남녀 사이에는 어쩔 수 없는 일도 있다는 거 이해하잖아? 어느 쪽 잘못도 아니고 말이야. 실제로 호타루는 착한 사람이었어."

말투가 가볍기는 하지만 옛 기억을 자신에게도 환기시키듯 천천히 얘기하고 있다. 아주 조금 티아라가 정상으로 느껴졌다.

"긴자에 있는 문단 바에서 만났어. 그 사람의 담당편집자인 아야코의 아빠가 데리고 왔는데 술을 마실 줄 몰라서 바로 토했어."

"잠깐…… 좀 기다려 봐. 설마 그 말은……."

거짓말치고는 앞뒤가 너무 잘 맞는다. 자신의 인생이 누군가의 손에 구축된 것만 같아 다이아나는 천장을 올려다보고 만다.

"그래. 그래서 아야코와 네가 친구가 됐을 때는 정말 놀랐어. 그리고 호타루는 말이지 호스티스 아르바이트를 하는 나를 스무 살로 알았대. 실제로는 열다섯 살. 그런 데다 임신. 그야, 놀랐겠지. 처음에는 어쩔 줄 몰라 했지만 물론 좋은 아빠가 되려고 태어날 아기 이름은 처녀작의 제목에서 따와 다이아나라고 하자고 했어."

"뭐? 그럼 경마의 다이아나가 아니란 말이야?"

"그것도 내가 지어낸 얘기지. 내가 생각해도 멋진 아이디어였어. 다이아나를 한자로는 大穴이라고 쓰도록 한 거. 철이 조금씩 들면서 네가 책 읽기를 좋아하고 급기야 아야코네 집에서 그 책을 빌려와 읽고 있는 걸 봤을 때는 운명을 느꼈지. 하긴 내심 조마조마해서 최대한 멀리 하려고 했지만. 그래도 네 아빠, 열아홉 살에 동화작가로 데뷔했는데 그 작품이 하루아침에 히트작이 된 데다 아빠까지 되게 생겼잖아. 마음의 준비를 할 틈조차 없었으니 얼마나 혼란스러웠겠어. 그 스트레스 때문에 슬럼프에 빠져서 옆에서 보기가 딱할 정도로 힘들어 했어. 그래서 거짓말을 했지. 임신은 내가 착각한 거였다고 하고 내 발로 물러났던 거야."

"뭐야 그 말은. 그럼 난 없는 걸로 돼 있단 말이야? 말이 되는 소리야 그게!"

어지러운 내용을 따라갈 수가 없었다. 그럴 마음은 없었는데 눈시울이 뜨끈해졌다. 티아라가 당황했는지 다이아나의 볼로 손을 뻗으려다 매니큐어 병을 쓰러뜨렸다. 끈적끈적한 황금빛 액체가 흘러나와 천천히 번졌다.

"아 참! 장난하는 거 아니야. 정말이라니까. 물론 상상임신이었다는 거짓말은 좀 심했지만 그때는 어쩔 수 없었다고. 글이 안 써져서 괴로워하는 그 사람을 그냥 보고 있을 수가 없어서……. 그래도 거짓말 같으면 아야코네 아빠를 이리 불러서 증명해 보일까?"

"말도 안 돼. 해도 해도 그렇지 너무 잔인하잖아. 어떻게 그런 말을……."

지금은 아무 생각도 하고 싶지 않다. 티아라의 얼굴을 외면한 채 일어섰다.

"이제 됐어. 다 바보짓이었네. 이렇게 있는 힘을 다해 일자리 찾은 게……. 티아라에게는 내가 아빠를 어떻게 생각하는지 그런 거 다 상관없는 일이겠지."

티아라는 아직도 하고 싶은 말이 남아 있는 기색이었지만 다이아나는 빙글 몸을 돌려 자기 방으로 돌아갔다. 하루 빨리 이 집에서 나가자. 돈을 모아 독립하는 것이다. 티아라 곁을 떠나지 않으면 아무것도 변하지 않는다. 게다가 방 두 칸짜리 이 임대 아파트는 열여덟 살의 딸과 엄마가 살기에는 벌써 오래 전부터 좁았다.

학내 매점에서 일용품과 식자재를 파는 줄은 몰랐다. 소세이 대학에 입학한 지 한 달이 지났는데 캠퍼스가 너무 넓어 어디에 뭐가 있는지 아야코는 아직 절반도 파악하지 못했다. 잠시 망설이다가 팩에 담긴 베이컨을 사기로 했다. 계산대로 가니 먼저 계산을 치른 과 친구 사야카가 기가 차다는 듯이 소리를 질렀다.

"잡탕 냄비 할 거라고 했잖아. 그런 시시한 재료 들고 가면 재미가 없지."

얼핏 보니 그녀가 산 것은 딸기였다. 잡탕 냄비라는 것을 잘 모르는 아야코는 애매하게 웃었다. 아직도 어느 동아리에 들어갈지 정하지 못한 아야코를 보다 못해 오늘은 사야카가 술 모임에 불러주었다. 재수하고 들어온 그녀는 과에서도 상당히 눈에 띄는 편으로 지금까지 아야코 주위에는 없던 타입이다. 그렇게 예쁘게 생긴 것은 아니어도 몸짓이 나긋나긋하고 모든 것에 능숙하다. 컬러 스키니 바지와 갈색 긴 머리에 큼지막한 액세서리를 곁들인 모습이 마치 모델 같다. 매점에서 나오자 사방이 벌써 어두컴컴했다. 손목시계를 보니 오후 5시. 9시까지는 집에 들어가고 싶다. 저녁의 캠퍼스는 울창한 숲 같다. 젖은 낙엽과 흙냄새를 느끼면서 어둠 속을 거침없이 걸어가는 사야카의 뒤를 따랐다. 즐거운 자리에 가고 있는데 마음이 희미한 불안에 젖어가는 것은 왜일까.

"그 '슈가'라는 동아리, 구체적으로 어떤 활동을 하는데?"

"음, 그 자리의 분위기에 따라 다르다고 할까? 기무라라고 하는 선배가 리더인데 그 사람 아이디어에 따라 파티도 하고, 이벤트도 하고 그래. 아주 재미있는 사람들만 모여 있어. 진짜 재미있을 거야. 연습 같은 것도 없고 여학생은 회비 안 내도 되고."

왠지 자신의 성격에 맞을 것 같지 않다. 솔직히 바로 얼마 전까지 고등학생이었다는 게 믿어지지 않을 만큼 스스럼이 없는 동급생들에게 주눅이 들어 있었다. 아야코는 강의가 끝나면 술자리에도 참가하지 않고 도서관에 가거나 곧장 집에 돌아간다. 그러니 인간관계가 조금도 넓어지지 않았다. 자진해서 흥미로울 만한 무리에 섞일 용기도 없었다. 그러니 친근하게 말을 걸어 준 사야카는 귀중한 존재였다. 고등학교 시절에는 늘 친구들과 후배에게 에워싸여 있었는데 대학에서는 멈칫거리며 제자리걸음만 하고 있다. 역시 익숙하지 않은 환경에서는 어딘가 모르게 겁쟁이가 되는지도 모르겠다. 상상으로 그렸던, 남학생과 대등하게 토론하는 자신의 모습과는 도무지 거리가 멀다.

"전혀 위험하지 않아. 대학에 등록돼 있는 정규 동아리니까. 아야코, 좀 더 신나게 놀아야지. 인생을 헛살고 있다니까. 이렇게 금값인 거 1년이면 끝나."

사야카는 시한부 선고를 받은 환자처럼 사는 것에 탐욕스럽다. 온갖 동아리에서 활동하고 술자리에도 절대 빠지지 않지만 아니다 싶으면 빠져나오기도 잘 한다. 그런 그녀가 보고 결정한 동아리이니 꽤 괜찮은 학생들의 모임일 것이다. 그녀가 가리킨 2층 건물을 올려다보는 아야코의 눈이 휘둥그레졌다. 고작 동아리 하나에 몰타르 오두막이라고는 하나 집 한 채가 주어진 것에 깜짝 놀랐다.

"원래는 유도부 연습실이었다는데 기무라 선배가 힘을 써서 뺏어왔다나 봐. 그 사람, 마음먹었다 하면 못 하는 일이 없어. 거의 마법사 같다니까."

사야카는 미덥지 못해 하는 이쪽의 눈치를 알아차렸는지 마치 자기 일처럼 자랑스럽게 대답했다.

"기무라라는 선배, 어떤 사람인데?"

대답 대신 사야카는 손잡이를 돌렸다. 환호성이 쏟아졌다.

"오우, 어서 와. 사야."

후끈한 열기와 함께 알코올과 담배 냄새가 밀려나왔다. 휴대용 레인지 위에서 부글부글 끓고 있는 냄비를 둘러싸고 바닥에 납죽 앉아 있는 열 몇 명의 남녀가 일제히 이쪽으로 고개를 돌렸다. 남자의 비율이 단연 높아 아야코는 주춤거렸다. 사야카가 등을 떠밀어 신발을 벗고 그들 속에 섞여 앉았다. 체육관 창고 같은 공간에 매트리스가 아무렇게나 던져져 있고 잡지와 컴퓨터가 뒤죽박죽 놓여 있다. 오래도록 청소를 안 했는지 유도 부원들의 것이었을 땀 냄새가 절어 있고 찌그러진 발포주와 맥주 캔이 여기저기 널려 있었다. 조금도 위생적이지 못한 광경에 아야코는 속이 쓰려왔다.

"엇, 걔가 아야코? 진짜 귀여운데!"

한가운데에 놓인 낡은 소파에 정좌한 남자가 무례한 시선을 보내며 히죽 웃었다. 밝은 갈색 머리에 텁수룩한 수염, 혈색이 좋지 않은 얼굴은 어느 모로 보나 서른 살에 가까웠다. 털이 난 굵은 손가락으로 아야코를 가리켰다.

"입회 결정! 사야카, 역시 다른데. 이런 미인을 찾아 오다니."

"그렇죠! 잘 됐네, 아야코. 기무라 선배의 얼굴 심사를 단번에 통과했잖아."

그러니까 값을 매겼다는 얘기다. 상품으로 전락한 기분에 격한 반발심을 느꼈다. 순간적으로 벌떡 일어나 문을 박차고 나가고 싶었는데 사야카와 눈이 마주치고 말았다. 친구 손에 팔아넘겨진 듯한 야속함에 자기도 모르게 노려보았지만 그녀는 모르는 척했다. 그 남자가 '기무라 선배'인 듯하다. 남자들의 시선이 모두 아야코에게 휘감겼다. 그 무게를 못 이겨 아야코는 고개를 숙였다. 여기에서는 기무라 선배의 결정이 절대적인 듯하다.

"잡탕 냄비 계속하자. 어이, 뭐 사 왔어?"

먹을거리를 장난감 삼는 것이 몹시 꺼려졌다. 이런 짓을 하면서 뭐가 즐겁다는 것일까. 냄비 안에서 부글부글 끓고 있는 것은 어째 우동과 다코야키와 초콜릿인 것 같아 보인다. 전등이 깜박 꺼질 때마다 냄비 안에 뭐가 들어가고 누군가는 자지러지는 비명을 질렀다. 사야카는 씻지도 않은 딸기를 와르르 던져 넣었다. 종이 접시가 이 손에서 저 손을 지나 아야코 앞에 왔을 때 속이 메스꺼워 토할 것 같았다. 어쩔 수 없이 눈살을 찌푸리고 말았다. 돌아가고 싶은데 그 어두운 밤길을 혼자 걸어가자니 내키지 않았다. 게다가 사야카의 체면을 무시하고 캠퍼스 안에서 외톨이가 되는 것도 두려웠다. 중고등학교 시절에는 인기 만점이었는데 여기에서는 그저 멋모르는 새내기에 지나지 않았다. 이런 것은 진정한 내 자신이 아니다 하는 의식이 늘 있다. 변하고 싶다. 지금 이대로는 시간만 흘러갔지 '세실'이 될 수 없다. 사야카의 손에서 캔 맥주를 받아들었다. 마셔야 하나 주저하고 있는데 남자들이 놀려댔다.

"아야코는 요조숙녀 같은데. 야마노우에 출신이랬지. 술 같은 거 못 마시나?"

"아니요, 마실 수 있어요. 괜찮아요."

마시지 않을 수 없었다. 아야코는 자신을 채찍질했다. 엄마는 잠들기 전에 럼주를 한 방울 떨어뜨린 코코아를 만들어 주었고, 아빠는 "엄마에게는 비밀이다." 하면서 간혹 위스키를 맛보여 주곤 했다. 술을 좋아하는 것은 아니지만 무리를 해서라도 이 자리에 적응해 반드시 가입해야 한다는 기분이 들었다. 괜찮아. 여기는 그래도 소세이 대학이잖아. 인생에서 가장 열심히 집중적으로 공부했던 지난 반년을 돌아봤다. 합격했을 때 다카야나기 선생님은 진심으로 칭찬해 주었다. 엄마는 눈물을 흘리며 기뻐했고, 평소에 과묵한 아빠까지 벌겋게 달아오른 얼굴을 하고 꼭 안아주었다. 엄마가 손수 준비한 비프스테이크와 치라시 스시, 케이크로 축하했다. 여기 모인 학생들도 비슷한 과정을 거쳐 이 장소까지 왔을 것이다. 아야코는 마음을 굳히고 물방울이 맺힌 캔을 입에 대고 한 모금 마셨다. 혀 밑까지 집요하게 휘감는 쌉싸래함이 퍼졌다. 엉겁결에 얼굴을 찡그리자 기다렸다는 듯이 "와우, 짱 귀엽다!" 하고 다들 소리를 질렀다. 대견하다는 듯한 시선이 싫어서 일부러 목을 쳐들고 꿀꺽꿀꺽 마셨다. 누군가가 옆으로 다가와 털퍼덕 앉았다. 언젠가 본 적 있는 서글서글한 눈매에 장난기가 어려 있었다. 아야코는 점차 두 볼이 뜨거워지는 것을 느꼈다. 알코올 탓만은 아니었다.

"우리 만난 적 있지?"

고등학교 3학년 가을, 소세이 대학 강의를 몰래 들었을 때 말을 건네준 남자였다. 잊을 리가 없다. 한 번 더 만날 수 있기를 줄곧 바라고 있었다. 아아, 그럴 수 있다면 얼마나 로맨틱할까. 이런 순간을 애타게 기다리고 있었다.

"나, 그 후에 얼마나 후회했다고. 전번 따두는 건데 그랬다고."

반갑고 쑥스러워서 아야코는 고개를 숙였다.

"료타 저 녀석, 역시 재빠르군."

기무라 선배의 빈정거리는 말소리가 팡파레처럼 기분 좋게 울렸다. 에노모토 료타라고 자기 이름을 말하면서 그는 담배를 물고 불을 붙였다. 라이터를 쥔 손은 거의 움직이지 않고 고개만 약간 기울이는 몸짓에 가슴이 두근거렸다.

"대학, 이제 좀 적응이 됐어?"

아야코는 살며시 고개를 저었다. 모든 것이 개인의 재량에 달려 있을 뿐 제지하는 규칙이 없는데다 시간은 무한하게 있다. 뭔가를 시작하고 싶어도 어디서부터 손을 대면 좋을지 몰랐다. 프랑스 문학과의 필수 과목은 생각보다 적었다. 강의는 성실하게 듣고 있고 또 몇몇 충실한 강의에서는 흥분도 느끼지만 고등학교 시절에 비하면 거의 할 일이 없는 셈이었다. 아무도, 아무것도 결정해 주지 않았다. 자신의 당혹감은 사치스러운 것일까.

"저…… 마들렌느."

어리둥절해 하는 에노모토 선배에게 아야코는 수줍게 물었다.

"읽었어요? 왜 그때 수도원에서 나온 주인공 얘기 하면서……. 《씩씩한 마들렌느》는 안 읽었다고."

"아, 미안. 그게 뭐였지?"

그는 정말 무슨 소리인지 모르겠다는 표정으로 담배꽁초를 빈 깡통에 쑤셔 넣었다. 왠지 모르게 속상해서 아야코는 맥주를 마구 들이켰다. 어렴풋이 예상은 하고 있었지만, 아야코에게는 잊을 수 없는 만남이 그에게는 별 볼 일 없는 일상의 편린이었던 것이다. 그 후 에노모토 선배는 다른 부원들 쪽으로 돌아앉아 이쪽에는 관심을 보이지 않았다. 아야코는 약이 올라 사야카가 권하는 족족 종이컵에 담긴 우롱하이를 들이켰다. 어쩔 수 없이 남자들의 무용담에 귀를 기울이다 보니 자신이 지금 뭘 하고 있는지 암담해졌다. 열심히 배워온 것이 지금 여기에서는 아무런 도움도 되지 않는다. 사람들이 주위에 빙 둘러 있는데 못내 외롭다. 그렇게 꿈꿔 왔던 대학 생활이 이런 것이었을까. 지금 자신이 뭘 하고 있는 것인지. 이렇게 시끌시끌한 장소에서 허무함을 느끼다니 사야카 말대로 인생을 헛살고 있는 것일까. 에노모토 선배가 다시 이쪽으로 다가왔다.

“여기 시끄러우니까 2층으로 올라갈까? 시원한 차 마시고 싶지?”

그렇게 속삭였을 때는 솔직히 안도했다. 그가 내민 팔을 잡고 일어서자 몸이 휘청 흔들렸다. 아무래도 취한 것 같았다. 가벼운 여자인 척하려니 조금 속이 상했지만 동시에 약간 흥분했다. 이런 장소에 있어야 할 의미가 이제야 겨우 생겨났다. 매달리는 심정으로 얼른 잡은 에노모토 선배의 어깨가 따스해 또 가슴이 설렜다. 좁은 계단을 올라가는 그를 따라 2층으로 갔다. 책상과 소파가 있는 사무실 같은 모양새다. 에노모토 선배는 아야코의 어깨를 껴안더니 소파에 내던지듯 앉혔다. 그 연극적인 동작이 우스워서 아야코는 키들키들 웃고 말았다.

그가 아야코를 빤히 쳐다보았다.

“좋아하거든.”

귓가에 후텁지근한 입김이 닿자 온몸이 화끈 달아올랐다. 아무 생각도 할 수 없었다. 지금 자신은 소설과 영화에서나 일어날 수 있는 사건의 와중에 있다. 긴장했던 뇌도 뼈도 달짝지근하게 풀어지는 것 같다. 다음 순간 치마 속으로 무언가가 기어들어왔다. 뜨겁고 축축한 손. 아야코는 남자의 손이라고는 아빠의 보송보송하고 차분한 손밖에 모른다.

– 안 돼.

말이 제대로 나오지 않았다. 시야가 또렷해지면서 에노모토 선배가 위에 올라탔다는 것을 깨달았다. 니트를 끌어올리고 셔츠 단추를 풀고 있다. 문득 초등학교 시절의 친구, 야지마 다이아나의 얼굴이 뇌리에 되살아났다. 남자아이들이 징그러운 장난을 하면 제일 먼저 다이아나가 달려와 자신을 감싸고 대신 싸워주었다. 그 주저 없는 갈색 눈동자는 분노에 타올랐고 노란 머리는 사자의 갈기처럼 나부꼈다. 그리고 잘못은 내게 있을지도 모른다고 생각했던 아야코의 두려움을 떨쳐내 주었다. 그런데 지금은 아무도 도와주지 않는다. 모든 책임은 자신에게 있다. 벌을 받는 것인지도 모른다. 공부를 하면서도 에노모토 선배를 생각하며 몸이 달아올랐던 죄다. 그의 내면까지 좋아하는지 어떤지 모르면서 달콤한 기분에 젖었던 죄다.

다이아나의 엄마, 티아라 아줌마가 전에 해줬던 말이 떠올랐다.

– 착하고 우아한 것은 아야코의 장점이지만 남자에게 빈틈을 보이면 안 돼. 금방 우습게 보니까. 그러다 무슨 일이 생기면 맞붙어서 싸울 각오로 살아야 돼.

하지만 아야코는 도저히 싸울 수 없을 것 같다. 조금 전과는 전혀 다른 사람인 것처럼 변한 에노모토 선배에게 압도되어 그저 깔려 있을 뿐이다. 이 남자는 대체 누구일까. 술기운에 몸이 말을 듣지 않는다.

"진짜 귀여운데. 떠는 거야……?"

가슴을 거칠게 움켜쥐는 손을 뿌리치고 싶은데 힘이 없다. 맥주 냄새 나는 입술이 아야코에게서 말과 숨을 강탈해 갔다. 제발, 제발 그만해. 나를 놓아 줘. 있는 힘을 다해 간절하게 남자의 눈을 들여다보았다. 그러나 그 탁한 색감에 이내 삼켜지고 만다. 남자의 얼굴에는 웃음기 하나 없다.

"밑에 있는 인간들은 우리가 여기서 이러고 있는 줄 알면 놀라겠지."

남자의 손이 팬티에 닿았다. 말도 안 돼. 있을 수 없는 일이다. 그는 프랑스 문학에도 정통한 인간이다. 라클로와 모파상도 읽었다. 그리고 무엇보다 소세이 대학의 학생이다. 강간이라니 말이 안 된다. 그래, 그에게 이건 아주 당연한 합의 하의 섹스구나 하는 것을 그가 바지 지퍼를 내린 순간 깨달았다. 비집고 나온 검붉은 것을 아야코는 똑바로 쳐다볼 수 없어 눈을 꾹 감았다. 인터넷에서 몇 번 본 적 있는 그것보다 훨씬 그로테스크하고 번들거렸다. 옛날부터 이성이 무서웠다. 초등학생 시절 자신을 야유하던 눈길과 입술. 장난이나 놀림 따위의 단순한 말로는 표현할 수 없는 잔인한 색감을 오래 전부터 알고 있었다. 그 장난의 끝에 이런 게 있는 거였구나. 엄마는 "좋아하니까 놀리는 거야.", "남자는 다 어린애야." 하며 어쩔 수 없다는 듯이 웃었을 뿐 남자가 이럴 수도 있다는 것을 가르쳐주지 않았다. 마음이 싸늘하게 깊은 곳으로 처벅처벅 빠져든다.

사타구니가 공기에 닿는 순간 믿기지 않을 만큼 불쾌한 끈끈함을 느꼈다. 다리 사이가 찢어지는 것처럼 격한 아픔에 정신이 아득해졌다. 웅웅, 귓속이 울렸다. 순식간에 아야코의 다리가 양쪽으로 갈라지며 몸이 오른쪽과 왼쪽으로 분리된 듯했다. 머리서부터 난폭하게 찢겨나갔으니 자신은 이미 죽었을 것이다. 그런데도 양쪽으로 나뉜 마음은 여전히 움찔움찔 제 기능을 하고 있다. 인형이 되고 싶다. 아무것도 느끼지 않았으면 좋겠다. 첫 아픔이 조금도 사라지지 않는다. 숨이 막힌다. 살려줘. 왜 아무도 도와주지 않는 거야. 여기는 대학이잖아. 어처구니없어 하는 남자의 목소리가 들려와 간신히 끝났다는 것을 알았다.

"에, 설마 처음이었어? 우와, 진짜구나."

드러난 배 위에 희뿌연 액체가 찐득하게 번져 있다. 그게 무엇인지 아야코는 금방은 몰랐다. 윗몸을 일으켜 살짝 건드려보았다. 끈적거리는 그것에서는 얼굴이 저절로 찡그려지는 비릿한 냄새가 났다. 사타구니에서 흘러나온 피로 소파도 얼룩져 있었다. 몸 속 깊은 곳에서 느껴지는 아픔이 점차 아야코를 현실로 되돌려 놓았다.

"아, 그게. 미안하다……."

에노모토 선배는 머쓱한 미소를 보이며 목덜미를 긁적거렸다. '미안하다'는 말의 가벼움이 몸속에서 퍼져 나가는 묵직한 아픔과 이어지지 않아 아야코는 멍하니 공중을 쳐다보았다. 그리고 옷을 몸에 걸치고 비틀비틀 일어나 그곳을 떠났다. 몸이 무거웠다. 1층으로 내려가 모두 빙 둘러앉은 자리를 지날 때 호기심에 찬 눈길과 야유의 말이 쏟아졌지만 이미 거슬리지 않았다. 에노모토 선배가 따라오는 기척은 없었다. 숲을 지나 정문을 나서자 늘 다니는 길이 나왔다. 택시를 잡아타고 집 주소를 말했다. 시계를 보니 11시였다.

눈물도 나오지 않았다. 그저 창밖으로 흐르는 밤 풍경을 바라보았다.

아무것도 배우지 못했다. 그리고 누가 뭘 가르쳐 주지도 않았다. 다카야나기 선생님도 아빠도 엄마도 이런 때 어떻게 하면 좋은지 가르쳐주지 않았다. 지금껏 경험하지 못한, 찌릿찌릿한 아픔이 계속되고 있다. 이것이 자신의 첫 경험인 걸까. 처녀성을 잃은 것일까. 잘 모르겠다. 지금은 한시라도 빨리 혼자가 되어 침대에 눕고 싶을 뿐이다. 깊은 잠에 빠지고 싶을 뿐이다. 눈을 뜨면 모든 것이 꿈처럼 느껴질 테니까.

집에 도착해 벨을 눌렀다. 현관에 엄마와 아빠가 성난 얼굴로 서 있었다.

"아야코, 어떻게 된 거야?"

"전화를 몇 번이나 했는데!"

아빠도 엄마도 화를 내기보다 슬퍼하는 것처럼 보였다. 조금 전까지 자신에게 벌어졌던 일을 얘기할 수는 없다고 생각했다.

"너, 술 마신 거니?"

엄마가 떨리는 목소리로 물었다. 아야코는 어이가 없었다. 상황이 이런데 당연하지. 난 대학생이라고. 그 대학 가는데 당신들도 찬성했잖아. 자신이 이 나이가 되도록 이렇게 나약하고 늙은 남녀의 비호 속에 있었단 말인가. 애당초 이 사람들이 끝까지 지켜줄 리가 없었다. 오늘까지 어떻게 안심하고 살 수 있었는지 이유를 알 수 없었다. 정말 무서운 것, 더러운 것을 모르고 살았다. 아야코에게 더없이 친절했던 세계는 오늘로 끝났다.

아빠가 아야코의 뺨을 세게 갈겼다. 남자와 잔 것도 남자에게 맞는 것도 처음이었다. 취기와 통증으로 띵한 머리로 아야코는 희미하게 인식한다.

어제까지의 자신으로는 이제 돌아갈 수 없다. 영원히.

선배 직원이 늘 요통을 호소하는데 그럴 만하다고 납득이 갔다. 막 랩을 씌운 신인 작가의 사인본 열 권을 껴안고 일어설 때 자신도 모르게 으쌰 하는 소리가 나올 뻔해 다이아나는 얼굴을 붉혔다. 선배 야마키 료코 씨에게 조금 전 주의를 들은 터라 마음이 급했다.

손님에게 너무 퉁명하다, 웃음이 모자란다. 그렇게 따끔한 꾸중을 들었다. 게다가 오후에 제일 먼저 납품된 신간의 분류를 하라고 했는데 다이아나가 칠칠치 못하게 꿈지럭거린 탓에 전원의 일정이 뒤틀리고 말았다. 오후에는 작가가 올 텐데 안 그래도 손이 모자라니 모두들 짜증을 내는 것도 당연하다. 한 번 주의를 들었는데 마음을 다질 새도 없이 또 다른 실수를 하다니 자신이 이렇게까지 무능할 줄은 몰랐다. 다도코로 씨를 포함해 정직원은 딱 두 명, 나머지 열세 명은 전부 아르바이트생이었다. 이 서점에는 이십 대 후반에서 삼십 대 후반의 프리

터가 많아 다이아나가 가장 어리다. 베테랑에 직원 이상으로 지식이 풍부한 야마키 선배의 급료가 자신과 거의 비슷하다는 것이 믿기지 않는다. 다이아나가 진열대에 사인본을 쌓고 있는데 뒤에서 목소리가 들렸다.

"오우, 이 몸이 이렇게 놀러 왔지."

손님의 얼굴을 보고서 다이아나는 앗 하고 조그맣게 소리를 질렀다. 다케다였다.

"불쑥 나타나면 안 되지, 직장인데. 가게는 어쩌고?"

"오늘 정기휴일이야. 너, 앞치마를 다 하고 진짜 웃긴다."

쉿. 민폐라는 듯이 입술을 비쭉 내밀지만 우정이 고맙기도 하다. 전에는 성가시고 귀찮은 옛 친구였지만 고등학교를 졸업한 후로는 상점 거리에서 마주치면 얘기도 나누고, 간혹 티아라까지 셋이 합류해 외식을 하기도 한다. 하지만 지금은 어쩔 수 없이 주위의 눈길에 신경이 쓰인다. 안 그래도 아직 일이 손에 익지 않았는데 헐렁헐렁한 옷에 노란 머리의 껄렁껄렁한 남자가 찾아 왔다는 걸 알면 어떻게 보일지 알 수 없다.

"다도코로 씨가 저 사람이로군. 명찰 봤어. 그냥 뚱뗑이 아저씨잖아."

그가 저 쪽에서 작가의 사인이 들어간 두꺼운 도화지를 꾸미고 있는 다도코로 씨를 쳐다보면서 뭐라도 된 것처럼 당당하게 말했다. 다케다의 목소리가 제법 커서 혹 들리지는 않았을까 다이아나는 안절부절못했다. 다도코로 씨에게만은 눈총을 받고 싶지 않다. 친절하고 온화해서 모두가 좋아하는, 무엇보다

문학에 대한 지식과 애정이 넘치는 사람이다. 모든 사람의 신뢰를 얻는다는 것은 생각했던 이상으로 대단한 일이다. 요즘에야 그렇다는 것을 깨달았다. 그리고 무엇보다 그를 대하는 게 조금도 무섭지 않다. 듣기 싫은 잔소리도 배신도 하지 않을 것이란 믿음이 온몸에서 풍겨 나온다. 문득 정신을 차리고 보면 그의 모습을 시선으로 뒤쫓고 있거나 그가 했던 말을 반추하고 있는 자신이 있다. 타인에게 이런 감정을 품기는 처음이었다.

"내 상사인데 그런 식으로 말하지 마."

"누나가 그러는데 너 요즘 다도코로 씨 얘기밖에 안 한다면서. 그래서 어떤 남자인가 궁금해서 와봤는데, 영 아니네."

"내가 무슨 다다코로 씨 얘기만 했다고 그래."

스스로도 얼굴이 붉어지는 것을 느꼈다. 다케다는 흥 하고는 어쭙잖다는 듯이 콧방귀를 뀐다. 야마키 씨의 날카로운 시선을 느낀 다이아나는 얼른 목소리를 낮췄다. 그녀에게는 계속해서 혼이 나고 있다. 티아라는 입은 걸어도 다이아나를 혼내는 일은 거의 없었기 때문에 사소한 주의 하나에도 가슴이 떨린다. 점차 '얼간이 야지마 씨'로 자리잡아가고 있다.

"책 안 살 거면 빨리 가."

다케다는 다이아나의 매정한 태도에 시큰둥한 표정을 지었다. 어슬렁어슬렁 진열대 사이를 걸어 다니다가 겨우 오토바이 잡지 하나를 집어 계산대로 가져간다. 좀 심하게 굴었나 싶지만 다이아나는 그의 뒷모습을 바라만 보고는 무크지 코너로 재빨리 이동했다. 지난주에 들어온 《비밀 숲의 다이아나》 무크지가 얼마나 줄었는지 궁금해서였다. 몇 년 전에 한 권 나왔을 뿐인데 아직도 계속 팔려 주니 기쁘다. 책장 사이로 다도코로 씨가 얼굴을 쓱 내밀었다. 심장이 쿵쿵거린다. 자신도 모르게 흐트러진 머리를 바로 하면서 긴장했다.

"하토리 게이치를 좋아하나 보군요?"

네, 하면서 미소를 지으려다 다이아나는 시답잖은 기분이 들었다. 티아라의 그 악질적인 농담이 떠오른 것이다. 아르바이트를 시작한 지 이제 두 주일, 밤에 일하는 티아라와는 반대되는 생활이 계속되는 탓에 얼굴을 마주할 일이 별로 없는 게 그나마 다행이었다.

"야지마 씨, 오늘은 일찍 끝나지? 괜찮으면 점심 같이 먹을까? 우리 환영회를 하는 관례가 없어서 그 대신이라고 하기 뭐하지만……."

"에? 저, 저 말인가요?"

"그럼. 왜 불편한가?"

"아니요. 그렇지 않아요!"

이런 일이 있어도 좋은 것일까. 다이아나는 순간적으로 머리칼을 가다듬고 눈을 똑바로 뜨면서 힘주어 고개를 끄덕였다.

둘이서 직원 휴게실로 들어가 앞치마를 벗고 엘리베이터에 타고 건물 밖으로 나갔다. 5월의 바람이 상쾌하다. 다도코로 씨가 빨려 들어가듯 들어간 곳은 선로 변에 있는 조그맣고 어두컴컴한 가게였다. 손님이 없어 한산한 가게에서 남자와 단 둘이 식사를 하기는 처음이었다.

"여기 정식을 좋아하거든. 밤에는 선술집으로 변해. 음, 나는 연어 정식으로 할 텐데, 야지마 씨는?"

"같은 걸로 할게요."

다이아나는 메뉴판을 제대로 보지도 않고 대답했다. 주문을 받으러 온 종업원이 가버리자 무슨 얘기든 해야지 하는 초조함에 마음을 무겁게 짓누르고 있던 말이 그만 입에서 튀어나오고 말았다.

"어제는 죄송했어요. 정산하는데 일만 엔이나 오차가 생겨서 저 때문에 모두들 퇴근이 늦어져서……."

"괜찮아요. 나도 전에 그런 실수를 많이 했어. 앞으로 조심하면 되는 일인데 뭐."

"그리고 저, 고등학교 근처에 있는 린린도에 자주 갔을 때 다도코로 점장님이 만든 광고판을 좋아했어요."

'좋아한다'는 말을 타인에게는 한 적이 없다. 다이아나는 귓불까지 뜨거워지는 것을 느꼈다. 호감을 표현하는 게 이렇게 부끄러운 일인지 몰랐다. 하지만 왜 그런지 기분이 부끄러움을 넘어선다. 이렇게 되면 부끄러움은 부끄러움이 아니다. 마치 어린 시절로 돌아간 것처럼 기분이 아주 느긋해졌다.

"언젠가는 저도……. 문예 담당으로 전담 책장을 그런 광고판으로 꾸미고 싶어요."

"그렇군. 광고판으로 꾸미는 건 언제든 가능한데. 멋지게 그려지면 가져와요."

"네, 괜찮은가요? 감사합니다……."

정직원, 아니면 야마키 씨 정도의 베테랑 아르바이트생이 아니면 자격이 없다고 착각하고 있었다. 화사한 붉은 색의 연어, 톳, 간 마, 채소 버무림, 된장국에 밥. 갖가지 반찬에 볼륨감 있는 정식이 나왔다. 가정식을 좋아하는 다이아나에게는 이런 식사가 가장 반갑다. 둘은 동시에 나무젓가락을 갈랐다. 고슬고슬하고 달짝지근한 정말 맛있는 밥이었다.

"《비밀 숲의 다이아나》를 중심으로 이벤트를 해보는 것도 재미있지 않을까 싶은데. 참, 내가 선별한 소녀소설에 광고판을 그려줄 수 있을까?"

"……꼭 해보고 싶어요."

"야지마 씨는 《비밀 숲》의 어떤 점을 그렇게 좋아하지? 참고 삼아 듣고 싶은데."

"음, 그야 물론 주인공과 이름이 같다는 이유도 있어요. 초등학교 다닐 때 그 책 덕분에 처음 친구도 생겼고요. 그녀는 착하고 책 읽기를 좋아하는 아이였죠. 그런데 사소한 일로 만날 수 없게 되고 말았어요……."

신기하다. 다른 사람 앞에서 이렇게 많은 말을 한 적이 없다. 아야코 얘기를 누구에게 한 적도 없다. 다도코로 씨 앞에서는 누구든 이렇게 마음을 여는 것일까.

"다이아나의 에피소드 중에서 가장 좋아하는 건 다이아나가 마녀의 저주에 걸리는 얘기예요. 다이아나는 아무것도 믿을 수가 없어서 슬픔에 사로잡히죠. 앤드류 왕자와 숲의 친구들 말도 귀에 들어오지 않고. 다이아나는 처음으로 오직 혼자 문제와 싸워야 하는 상황에 놓이는데 마녀를 물리쳤는데도 저주는 풀리지 않아요. 그래서 다이아나는……."

그 다음 스토리가 어떻게 전개되는지 속속들이 기억하고 있다. 다도코로 점장의 눈을 보고서 그도 그렇다는 것을 알았다.

"그랬지. 그녀는 자신의 힘으로 저주를 풀었어. 아주 재미있는 방법으로."

"그 친구와 둘이서 서로의 저주를 풀어주는 놀이를 했어요."

연어는 기름이 자르르 하고 소금기도 적당하다. 다도코로 씨의 토실토실한 체형은 이렇게 맛있고 고급한 것들로 이루어져 있는지도 모른다, 인스턴트식품이나 술이 아니라. 그래서 청결하고 기품 있게 지방이 껴 있는 것이다. 때로 이마에 맺히는 땀조차 한결 청결하게 느껴진다.

"그런데…… 하토리 게이치라는 작가, 어떤 사람일까요. 나이도 본명도 프로필도 전혀 알려지지 않았잖아요. 인터넷으로 검색해 봤는데 사진도 없더라고요."

"아, 그러게 말이야. 지금도 이렇게 인기가 많은데. 그에 관한 정보를 얻을 수 있는 게시판이 있는데, 아나? 꽤 흥미롭던데."

설마, 전에 자신도 열심히 글을 올렸다는 말은 하지 못하고 다이아나는 고개 숙인 채 연어를 해체하는 데 전념했다. 다도코로 씨는 주전자를 끌어당겨 다이아나 것까지 차를 따라 주었다.

"실은 나, 하토리 게이치 씨를 만난 적이 있어."

"네? 정말요? 대단하네요."

"아마 한 20년쯤 됐을까. 그때는 아직 대학생이었어. 아르바이트하던 신주쿠의 대형서점에서 그의 사인회가 있었거든. 참, 그때 같이 찍은 사진이 있는데. 집에 가서 찾아보면 어디 있을 거야. 다음에 보여 주지."

그 사진이 '헤라클레스'의 사물함에서 발견한 사진과 일치한다면 하토리 게이치가 진짜 다이아나의 아빠라는 얘기가 된다. 그러나 아직까지는 알고 싶지 않은 기분도 든다.

"오늘 점심을 같이 먹자고 한 건 실은 하고 싶은 얘기가 있어서였어. 아르바이트 처음 하지? 그러니까 실수를 하는 것도 당연하고 주의를 듣는 것도 당연한 일이야. 그런데 야지마 씨는 사소한 주의만 들어도 그냥 위축되더라고."

자신의 가장 유약하고 형편없는 부분을 언급하고 있는 탓에 움찔움찔하면서도 다이아나는 다도코로 점장의 차분한 말투에 이끌리듯 순순히 고개를 끄덕였다.

"너무 위축되는 탓에 또 다른 실수를 하게 되는 거야. 내 눈에는 그렇게 보이던데. 그렇다고 더 강해지라고 할 마음은 없어. 하지만 야지마 씨에게 상처를 주기 위해 일부러 그러는 게 아니니까 좀 더 당당하고 침착하게 일해 줬으면 해. 고등학생일 때는……, 서점에 혼자 왔던 때는 어른스럽고 아주 초연했잖아."

"아니에요, 무슨 그런 말씀을. 그런 소동을 벌였는데……."

"서점에서 책을 훔쳤다는 누명을 썼어. 그러니 그 정도로 화를 내는 건 당연한 일이지. 얼마나 멋있었다고. 야지마 씨는 원래는 용감한 사람이야. 서점에서 일하는 게 아까울 정도지. 내가 보기에 야지마 씨는 실수를 하거나 질책 당하는 걸 너무 두려워하는 것 같아. 그럴 만한 특별한 이유라도 있는 건지 모르겠군."

움찔 놀라 그의 얼굴을 쳐다보았다. 그 표정에 빈정거림은 없었다. 다이아나는 소리 없이 젓가락을 내려놓았다. 이 사람이라면 어떤 말을 해도 비웃지 않으리라.

"내가 당당하게 굴지 못하고 움츠러드는 것은 다 이름 때문이에요. 어렸을 때부터 언제나 웃음거리였거든요. 이 이름 때문에……. 자신의 성격을 이름 탓으로 돌리는 게 비겁한 일이란 건 알아요. 하지만 가령 좀 더 버젓한 이름이었다면 타인과 당당하게 마주했을지도 모르죠."

"……내 이름, 뭔지 알지?"

갑작스러운 질문에 당황했다. 다도코로 씨는 조그맣게 헛기침을 했다.

"후리츠야, 후리츠. 아니 불不 자에 법률할 때 률律자를 쓰는 후리츠."

"아, 네. 그건……."

다도코로 씨는 무척이나 진지한 표정이다. 실은 오래 전부터 궁금했는데 조심스러워 물어볼 수가 없었다. 그에 대한 관심이 끊이지 않는 것도 어쩌면 그 이름 때문인지도 모른다. 차를 한 모금 마시자 그는 연어의 투명한 잔뼈로 눈길을 떨어뜨렸다. 남자인데 정말 깔끔하게 식사를 한다.

"우리 아버지는 아주 번듯한 모리 오가이 팬이야. 지금도 대학에서 일본 문학을 가르치고 있지. 모리 오가이에 관한 책도 몇 권이나 썼을 정도야. 모리 오가이의 자식 이름, 혹시 아나?"

"장남이 오토이고, 그 다음이…… 마리, 안느, 후리츠, 루이…… 그런가요?"

"그래. 실제로 우리 집도 다섯 형제거든. 우리 모두 모리 집안의 자식들과 이름이 똑같아. 성별은 일치하지 않지만 말이지. 나 말고는 전부 여자니까."

뭐라 대꾸하면 좋을지 몰라 다이아나는 고개를 숙였다. 아버지에게 나쁜 뜻은 전혀 없을 것이고, 오히려 정말 좋은 이름이라고 생각하고 있을 테니 그래서 더욱이 괴로울 것 같다. 게다가 그는 상당히 지적인 인물이 아닌가. 티아라보다 훨씬 고약한 경우인지도 모르겠다.

"야지마 씨가 얼마나 창피해 하고 마음고생이 컸을지 충분히 짐작이 가. 놀림을 당할 때의 분함도 부모를 원망하는 기분도. 나도 마찬가지니까. 열다섯 살이 되던 날 이름을 바꾸려고 가정 재판소에 서류를 보냈어. 하지만 결국 바꾸지 못했지……. 아버지를 용서하게 되기까지 시간이 아주 오래 걸렸어."

어린 날의 후리츠 소년을 생각한다. 자기소개를 하는 차례가 돌아올까 봐 겁나고 친구들의 평범한 이름을 질투하는 나날. 그에게는 미안하지만 뜻하지 않은 장소에서 서광이 비친 듯한 느낌이다. 오래도록 혼자 껴안고 있던 아픔을 나눌 수 있는 사람과 겨우 만났다. 아야코와 티아라, 다케다 모두 다이아나에게 친절했지만 이렇게 깊이 공감하고 이해해 주지는 못했다.

"피차 고생이 많았군. 자식에게 이상한 이름을 지어주는 부모일수록 왜 그런지 자신의 속마음을 전하는 데 서툰 사람이 많은 것 같아."

그 수다쟁이 티아라가 속마음을 전하는데 서툴다고? 한 번도 해본 적 없는 발상이어서 또 당혹스러웠다. 서툰 것은 언제나 자기 쪽이라고 다이아나는 믿고 있었는데.

"저…… 고마워요. 소중한 얘기를 해 줘서."

"이상한 이름으로는 내가 선배 격이니까. 언제든 밥 한 끼 정도는 사주지."

다도코로 씨는 뭐가 신이 났는지 흥얼흥얼 콧노래를 부르고 있다.

"저, 모리 오가이는 《무희》와 《이타 세쿠스아리스》밖에 못 읽었어요. 딸인 모리 마리는 좋아하지만."

"그렇군. 아주 야지마 씨다운 취향인데. 그럼 다음에는 마카로니를 먹을까."

다이아나는 웃음을 터뜨리고 말았다. 모리 마리의 소설 《고엽의 침상》에 등장하는 아름다운 청년은 파스타를 왜인지 '마카로니'라고 부른다. 그 어감이 얼마나 맛있게 느껴지는지 처음 읽었을 때 입 안에 군침이 가득 고였다. 다도코로 씨와 마카로니. 세상에서 가장 행복한 조합으로 여겨져 다이아나의 부끄러움은 깔끔하게 가셨다. 지금까지 경험해 본 적 없는 푸근하고 달콤한 기분이 몸 안에 퍼져갔다.

듣던 대로 오다큐 가타세 에노시마 역은 용궁 모양이었다.

에노시마에는 가족끼리 몇 번 간 적이 있지만 아빠가 운전하는 차로 갔기 때문에 역사를 보는 것은 처음이었다. 개찰구를 빠져나오자마자 바닷바람이 느껴졌다. 그것이 신호라도 되는 것처럼 에노모토 선배가 아주 자연스럽게 아야코의 손에 깍지를 꼈다. 순간적으로 몸이 움츠러드는데 아야코는 속으로 별일 아니라고 중얼거리고는 바로 옆에 펼쳐진 해변으로 눈을 돌렸다. 오랜만에 보는 바다였다. 평일이라 사람은 적지만, 날씨는 상쾌하고 파도도 잔잔했다.

"오늘, 우리 그냥 여기서 자고 갈까?"

"글쎄……. 부모님이 뭐라고 할지."

애매모호하게 대답하자 에노모토 선배는 노골적으로 시큰둥한 표정을 지었다. 바닷바람이 불 때마다 꼼꼼하게 손질한 머리를 신경질적으로 다듬는다. 브이넥 스웨터 위로 뻗은 목은 굵고 단단해 어른 같은데 이렇게 투정 부리는 걸 보면 아직 어린아이처럼 보이기도 한다.

"영 따라주지 않는다니까, 그런 건. 하기야 그런 점이 아야코의 장점이지만."

그의 기분을 해친 것 같지는 않아 안도했다. 바다를 바라보고 있자니 다이아나가 떠올랐다. 다이아나 엄마의 원래 집이

아마 이 근처일 것이다. 지금쯤 어디서 뭘 하고 있을까. 할머니는 만났을까. 다케다와 혹시 사귀고 있지는 않을까.

오늘은 선배와 다섯 번째 데이트를 하는 날이다. 이 믿기 어려운 상황을 냉철하게 관망하고 있는 자신이 있다. 반짝이는 푸른 바다가 천천히 다가오면서 어디선가 오징어 구이 냄새가 풍겼다. 평일의 바다는 불안스러울 정도로 자유롭고 여유롭다.

그 후로 아야코는 절대 슈가의 동아리방에는 가까이 가지 않았다. 울면서 잠이 드는 자신도 용서할 수 없었지만 공포와 죄책감이 앞섰다. 캠퍼스의 가로수길 저쪽에서 에노모토 선배가 다가왔을 때는 다리가 후들후들 떨리고 눈앞이 아득했다. 그런데 그는 전혀 아무렇지 않게 아주 경쾌하게 말했다.

– 아야코! 얼굴 안 보여서 걱정했잖아. 어떻게 된 거야?

모든 것은 익숙하지 않은 알코올이 보여준 환영이 아니었을까. 아야코는 거의 그런 생각이 들었을 정도였다. 그렇다면 얼마나 좋을까. 아니, 그래야만 한다. 그리고 아야코 역시 아무렇지 않게 그에게 미소를 보냈다. 그 후 에노모토 선배가 뭘 청하면 거절하지 않았다. 지금은 슈가의 모임에도 정기적으로 참석하고 있다. 처음에는 속이 울렁거릴 정도로 긴장했고 지금도 가끔은 손발이 떨린다.

그것은 절대 강간이 아니다. 강간범이 데이트 신청을 하는 일은 없지 않은가. 피해자와 범인이 함께 바다를 보러 오는 일도 없고. 그것도 에노시마 같은 곳에. 데이트를 할 때마다 속으로 그렇게 말해 왔다.

지난 두 달 동안 에노모토 선배의 취향은 확실하게 파악했다. 옛날부터 상대가 바라는 것은 금방 알아차렸고 무엇보다 아야코는 부지런했다. 그가 자신에게 푹 빠져 소중하게 다루게 되는 것을 우선으로 여기면 해야 할 일은 저절로 정해진다. 하양이나 베이지색처럼 주장이 강하지 않은 색감에 하늘하늘한 소재의 옷을 입고 나가면 된다. 요조숙녀 티를 내면서 짧은 바지나 미니스커트로 건강미를 노출하는 것도 중요하다. 선배는 다리가 예쁜 모델이나 탤런트를 아주 좋아한다. 머리색을 밝게 하고 화장을 익히게 된 무렵부터 자신을 보는 선배의 눈이 확실하게 변했다고 생각한다. 여자 편력이 끊이지 않는 불성실한 면도 있는 남자지만 그래봐야 본성은 부속 남고를 졸업한 보수적인 철부지 도련님이다. 부모님이 요즘 아야코의 옷차림을 못마땅해 하는 것은 알고 있지만 그런 건 하찮은 일이다. 그 사람들에게는 지금의 아야코를 지킬 힘이 없다.

"이렇게까지 하면, 이미 눈치챘겠지만……."

모래사장에 내려서자 에노모토 선배는 아야코의 앞머리를 살며시 끌어올리고는 몸을 굽히고 눈을 들여다보았다. '드디어' 하고 아야코는 기도하듯이 바라고 있다. 제발 그렇기를.

"순서가 좀 이상해졌지만 나랑 사귈래?"

눈물이 뚝뚝 떨어졌다. 다행이다. 이제 그 밤의 일은 더 이상 사건이 아니다. 강간도 아니다. 합의에 의한 것이었다. 기억에 덧칠이 된다. 에노모토 선배는 아야코를 좋아했던 것이다. 어쩌면 자신도 에노모토 선배를 좋아하는지도 모른다. 온몸에서 힘이 빠져나가는 듯한 안도감, 간절하게 매달리고 싶은 기분, 이것이 사랑이다. 온 세상 사람들이 인정하지 않는다 해도 아야코는 그렇게 믿기로 했다. 아야코의 눈물을 선배는 전혀 다른 뜻으로 받아들인 듯했다. 손가락으로 사랑스럽다는 듯이 눈물을 닦아낸다.

"그때는 미안했어. 내가 억지로 한 것 같아서."

갑자기 숨이 갑갑해져 아야코는 살짝 가슴을 눌렀다. 이 남자에게는 악의가 조금도 존재하지 않는다. 그렇게 가벼운 말로 그 사건을 무마할 수 있을까. 진심으로 사과할 마음이 있다면 더 하라고. 모래 위에 무릎을 꿇고 머리를 조아리면서. 목구멍으로 뜨거운 것이 솟구쳐 아야코는 주먹을 불끈 쥐었다. 무릎이 바들바들 떨려 왔다. 동시에 묘한 성취감이 끓어올랐다. 자신이 의도했던 대로 일이 잘 풀려가고 있다. 이 남자를 내 옆에 옭아맬 수 있다면 그 사건은 없었던 것이 된다. 자신은 피해자가 아니라 그의 '그녀'가 되는 것이다. 샌들을 벗고 차가운 바닷물에 발을 적셨다. 아야코가 아무 말이 없는 것을 선배는 자기 편할 대로 해석한 듯하다.

"아야코가 실은 거의 내 이상형이라서 말이야."

"내가 이상형…… 이라고요?"

그런 건 벌써부터 알고 있었다. 그가 꿈꾸는 여자로 자신을 만들어 왔으니까. 어리둥절해 하는 표정을 지으면서 입술을 살짝 내밀었다.

"나, 놀기만 하는 것처럼 보일지 몰라도 민들레 같은 여자를 좋아하거든."

아야코는 고개를 약간 기울이고 호호호 웃었다. 매끄럽게 벌어지는 분홍색 입술에 그의 시선이 빨려드는 것을 의식한다. 놀기만 하는 것처럼이라니 무슨 소리? 기껏해야 철부지 대학생이 동급생이나 후배를 힘으로 깔고 올라탈 뿐이잖아. 게다가 네가 나에 대해서 뭘 안다고? 아야코의 내면에서 부글부글 끓는 것은 살이 타들어가는 듯한 분노다. 얼마나 자신을 짓밟아야 성이 찰 것인가. 그 밤 이후로 아야코의 마음은 양쪽으로 쫙 갈라진 채다. 그러나 바람이 불어와 정성스럽게 드라이한 머리가 흔들리자 한쪽 마음이 파도에 떠밀려가듯 가물가물 모습을 감추고 만다. 아야코는 어젯밤 엄마와 했던 말다툼을 떠올리지 않으려 한다.

– 우리 엄마 아빠는 지나친 과보호야. 동아리 사람들 중에서 통금이 있는 애는 나뿐이라고.

– 아빠도 걱정하고 있다고. 너 요즘 이상하잖아. 어떻게 된 거야? 우리가 그저 놀기나 하라고 널 대학에 보낸 거 아니잖니.

결국 아빠나 엄마나 자신들의 비호 밖으로 나가려는 아야코에게 화가 났을 뿐이라고 생각한다. 최근 들어 아야코가 늘 통금 시간이 지나서야 집에 들어오자 거의 포기하는 것 같다. 지금은 가족이나 강의보다 선배와 함께 있는 것이 중요하다. 그가 자신을 귀여운 여자라고 생각하게 되는 것이 중요하다. 아빠와 엄마는 지난 10년 동안 아야코를 지켜 주었다. 더럽고 추악한 것은 완강하게 보여주지 않았다. 몸에 좋은 것만 먹이고 최고의 환경과 교육을 베풀어 주었다. 하지만 그 결과 아야코는 사람을 의심하는 법을 익히지 못했다. 술자리에서 슬그머니 사람을 거부하는 방법을 배우지 못했다. 분노를 겉으로 드러내고 적과 정면으로 부딪쳐 싸우는 법을 터득하지 못했다.

부모 탓으로 돌리는 것은 당치 않은 일, 그 정도는 사실 잘 알고 있다. 하지만 그렇게라도 하지 않으면 아야코는 지금 그들에게 미소 지은 얼굴을 보일 수 없을 것 같다. 파도가 다시 밀려와 아야코는 까르르까르르 화사한 웃음소리를 냈다. 에노모토 선배는 얼른 휴대전화를 꺼내들고 두 사람의 모습을 찍었다. 단말기 속의 행복한 커플을 아야코는 휴대전화의 메인 화면으로 설정했다. 눈에 보이는 것이 전부다. 이 사이좋아 보이는 남녀가 진실이다.

"마음 정했어. 나, 자고 갈래."

두 말 하지 말라는 듯이 강경하게 말하면서 아야코는 남자를 올려다보았다. 올 여름은 반드시 즐거운 여름으로 만든다. 어떻게 해서든.

다이아나는 침대에서 벌떡 일어나 허둥지둥 세면실로 향했다. 그만 늦잠을 자고 말았다. 거실 책상 위에서 뭔가 반짝반짝 빛나는 것을 봤을 때 불길한 예감이 들었다. 새벽까지 뜬 눈으로 만든 네 장의 광고판이 라인스톤, 스왈로브스키, 형광펜으로 요란스럽게 꾸며져 있는 것을 아는 데 그리 시간이 걸리지 않았다. 울고 싶은 심정으로 아이 참 하고 큰 소리를 질렀다. 이건 거의 티아라의 네일아트가 아닌가.

"어이가 없네. 왜 멋대로 이런 짓을 한 거야."

"어, 안 되는 거였니? 꽤 공들여 했는데."

티아라는 태연하게 갓 감은 머리에 타월을 감고 냉동식품인 허쉬드포테이토를 먹고 있다. 그게 그녀의 아침 식사이다.

"당연하지. 아아, 애써 만든 광고판을 갸루처럼 꾸며놓고……. 다도코로 씨가 기껏 나 같은 아르바이트생에게 맡겨 준 일인데."

《비밀 숲의 다이아나》, 《아리테 공주의 모험》, 《린바로스트의 소녀》, 《긴 겨울》……. '일하는 어른도 즐길 수 있는 소녀소설 페어' 담당은 다도코로 씨이다. 과연 그다운 선택에 신이 나서 머리를 쥐어짜 가며 카피와 레이아웃을 생각했는데 다 물거품이 되고 말았다.

"호오, 다도코로 씨가."

히죽거리는 티아라를 보면서 다이아나는 입을 꾹 다물었다. 다케다에게 또 뭐라고 일러바칠지 알 수 없다.

"눈에 확 띄는 편이 좋잖아. 소녀소설 페어라면서. 책이 팔리지 않으면 어떡해. 큰일이잖아. 그러니까 지금까지 하던 대로 하면 식상하지. 우리 가게에서도 코스프레 나이트다 뭐다 여러 가지로 연구를 하고 있다고."

신성한 서점과 카바레 클럽을 똑같이 여기지 말라고 소리를 꽥 지르고 싶지만 입씨름을 할 기력도 없었다. 다 틀렸네. 다시 만들 시간도 없고. 할 수 없이 나갈 준비를 하고 머리를 하나로 묶었다. 콘플레이크를 그대로 손에 집어 아작아작 씹었다. 화장은 하지 않기 때문에 5분도 걸리지 않는다. 가방을 집어 들고 현관으로 가는 중에 불쑥 생각나 티아라를 돌아보았다.

"있잖아, 그 지난번에 한 얘기 말인데. 가령 티아라와 하토리 게이치 씨가……."

"그렇다고 했잖아. 그냥 믿어."

"티아라는 그 사람의 어디에 끌렸는데?"

"아, 대답하기 영 부끄럽네. 그냥 털어놓자. 그 사람 품에 꼭 안겼을 때 아아, 이제 여행이 끝났구나. 그런 생각이 들었어."

뭐야 그 말은 싫어 다이아나는 얼굴을 찡그렸다. 또 좋아하는 니시노 카나나 하마자키 아유미의 가사를 인용한 거겠지. 최근의 티아라는 이렇게 진부한 표현을 좋아해서 때로 눈물까지 흘린다. 옛날에는 문학 소녀였다면서 도무지 믿을 수 없는 언어감각이다. 연애 따위로 자신의 꿈과 목표를 달성했다는 기분에 젖다니 의존적이고 시답잖다.

그런데 출근한 다이아나가 주춤거리며 내민 광고판을 보자마자 다도코로 씨가 보인 반응은 전혀 예상치 못한 것이었다.

"음. 아주 좋은데. 눈길도 확 끌고, 세계관이 잘 전해져. 나는 생각지도 못한 아이디어인걸. 호오, 이게 비즈라는 건가?"

"정말요? 너무 요란스러워서 서점의 분위기를 해치지 않을까 싶은데."

"이거 사진 찍어서 아는 편집자에게 보여주고 싶은데 괜찮을까? 그 사람이 담당하는 잡지에 서점 직원이 만든 광고판을 다루는 코너가 있거든. 틀림없이 마음에 들어 할 것 같은데."

일단은 패스한 것 같아 다이아나는 안도했다. 이른 아침의 휴게실에는 다이아나와 다도코로 씨 단 둘뿐. 어째 그의 집에 놀러온 듯한 착각마저 든다.

"아, 그리고 야지마 씨에게 보여 주려고 가져왔는데, 이거."

다도코로 씨가 누런 사진 한 장을 내밀었다. 서점 한 구석을 배경으로 젊은 날의 다도코로 씨와 비슷한 나이 대로 보이는 호리호리한 남자가 같이 찍혀 있다. 지금보다 약간 마르기는 했지만 안경과 선량한 생김새는 변하지 않았다.

"이 사람이 하토리 게이치 씨. 핸섬하지? 하하하. 내가 괜히 더 살이 쪄 보이는군. 하긴 이 체형이야 옛날부터 변함없지만……. 나보다 두 살이 많지 아마. 어어, 왜 그러는 거야?"

이해할 수 있도록 제대로 설명하지 못하면 이상한 여자로 여겨질 것이다. 다이아나는 바들바들 떨고 있었다. 하토리 게이치는 그날 '헤라클레스'에서 훔쳐본 사진 속 남자와 같은 인물이었다. 사진에서 눈을 떼지 못한 채 간신히 말을 지어냈다.

"아빠……. 저, 아빠 얼굴을 몰라요. 그래서 딱 한 번이라도 좋으니까, 다도코로 씨가 손님에게 그러는 것처럼 아빠가 책을 골라주면 좋겠어요."

다도코로 씨가 당혹해하면서도 화장지를 내미는 것을 보고서야 눈물과 콧물이 끝없이 흘러나오고 있다는 것을 깨달았다. 허둥지둥 화장지를 뽑아 얼굴을 닦았다. 뭐라도 버팀이 될

게 필요해서 다다코로 씨의 팔을 그만 꽉 잡고 말았다. 그러다 어느 틈엔가 그의 품 안에 꼭 안기게 되었다. 친족이 아닌 사람에게, 그것도 이성에게. 따뜻하고 부드러워 그대로 깊은 잠에 빠져버릴 것만 같았다.

"나는 네 아빠 같은 사람이잖아."

다도코로 씨가 머쓱해 하며 웃은 것 같았다. 톡톡 손바닥으로 등을 다독거린다. 타인과 있으면서 이렇게 안심해 보기는 난생 처음이었다. 이런 기분을 좀 더 한껏 누리고 싶다, 당연한 것으로 만들고 싶다. 다이아나는 불쑥 생겨난 탐욕스러운 감정에 어쩔 줄 몰랐다. 벌써부터 예감하고 있었다. 편히 숨 쉴 수 있는 장소가 어쩌면 온 세상 여기저기에 있을지도 모른다고. 그 부드럽고 너그러운 몸이 다이아나가 찾고 있던 그런 장소였다.

부끄럽고, 인정하고 싶지 않고, 더없이 진부하지만, 지금 여행이 끝났다는 확실한 감각이 천천히 가슴을 물들인다. 다도코로 씨의 앞치마에는 책 냄새가 배어 있었다.

'저주를 푸는 마법의 주문'

여성 잡지를 팔락팔락 넘기는데 그런 말이 눈에 날아들었다. 아야코는 기사의 내용에 붙박이가 되고 만다. 술 모임이 시작될 때까지 대학 서점의 잡지 코너에 서서 책을 읽으며 시간을 죽이고 있는 참이었다. 슈가의 활동은 대부분이 술 모임이었다. 한눈파는 사이에 료타가 누군가에게 손을 대지 말란 법이 없으니 최대한 참가하려고 애쓰고 있다.

'서점 직원들이 강추하는 한 권의 책 ~ 이달의 광고판 명인'

각 서점에서 눈에 띄는 광고판을 소개하고 그것을 만든 당사자까지 등장시키는 연재인 듯하다. 거론되고 있는 책은 바로 《비밀 숲의 다이아나》였다. 광고판이 색깔이 알록달록한 라인스톤과 스왈로브스키로 꾸며져 마치 보석 같았다. 거기에 적힌 글자까지 형광펜으로 쓴 것이다.

백년의 저주를 푸는 마법의 주문,

여자라면 누구나 알고 있다.

지금이야말로 읽고 싶은 독립과 희망의 이야기.

아동물이라고 해서 읽지 않는다면 아깝다!

걸스 비 앰비셔스☆

읽다 보면 당신도 다이아나에게 푹 빠지게 된다

기사 옆에 실린 얼굴 사진은 틀림없는 초등학교 시절의 친구 야지마 다이아나였다. 몇 년 만에 보는 다이아나는 역시 예뻤다. 갈색 눈동자도 뾰족한 턱도 그 시절과 조금도 다르지 않다. 오뚝한 콧날에 눈썹을 시원스럽게 정리한 모습이 한결 여성스러워졌다. 그녀 얼굴에 어려 있는 수줍은 미소는 지금껏 별로 보지 못한 유의 것이었다. 적어도 자신이 아닌 사람 앞에서 그녀가 이런 표정을 짓는 일은 없었다. 마음을 열고 사람을 접할 수 있게 된 것이리라. 누군가와 예쁜 사랑을 하고 있는지도 모른다. 다이아나는 자신의 힘만으로 옳은 길을 한 걸음 한 걸음 나아가고 있는 것이다. 과거의 자신이라면 얼마나 자랑스럽게 여겼을까. 자기 일처럼 기뻐했을 것이다.

하지만 지금은. 아야코는 입술을 살짝 깨물고는 잡지를 덮고 책꽂이에 돌려놓았다. 이상한 이름 탓에 따돌림을 당하고 가고 싶은 학교에도 갈 수 없었던 불쌍한 다이아나. 하지만 그녀는 자신을 뒤덮은 운명을 걷어차 냈다. 그 강함을 아야코는 끝내 체득하지 못했다. 그녀가 자신의 환경을 부러워한다는 것은 알고 있었다. 아야코는 지나치게 충분하리만큼 큰 혜택 속에서 자랐다. 그렇다면 자신은 어떤 노력을 게을리 했을까. 무슨 잘못을 했을까. 애당초 아야코가 매달려 있는 이 대학이라는 시스템은 사람을 지켜주지도 키워주지도 않는다. 물론 알찬 강의도 많지만 뭘 선택해서 어느 선까지 파고들지는 어디까지나 개인의 재량에 달려 있다. 방황하는 인간에게 이곳은 그저 거대한 상자에 지나지 않는다. 아야코가 지금 이곳을 떠나면 슬퍼할 사람이 과연 한 명이라도 있을까. 왜 이런 곳에 다니고 있는 것일까. 부모에게 걱정을 끼치고 돈을 쏟아 붓고 자신의 마음을 죽이면서까지……. 어디에도 할 수 없는 질문이 아야코의 가슴 속에서 부글거리며 출구를 찾아 발효하고 있다.

결국 자신은 대단한 인간이 아닌 것이다. 아야코는 늘 그런 것처럼 그렇게 결론을 내렸다. 뭐가 될 수 있다고 믿었던 것은 자신의 오만이었다. 놀기를 좋아하고 연애 체질에 남친만 있으면 아무것도 필요로 하지 않는, 주위 사람들이 미처 몰랐을 뿐

흔히 있는 경박한 여자였다. 남녀공학을 지망했던 것 역시 이성을 접하고 싶었기 때문이다. '세실' 또한 그저 놀기를 좋아하는 부르주아가 아닌가. 고등학교 때까지의 자기 모습이 오히려 거짓이었다. 야마노우에 여학원을 그만둔 옛날 친구 미카게는 자신의 그런 성품을 일찌감치 깨달은 것이리라. 미카게나 아야코나 그리 다르지 않다. 그렇게 생각하면 안심이 된다. 정말 그렇다면 좋겠다고 눈물이 맺힐 정도로 간절하게 바랐다.

"어, 혹시 아야코?"

매점 앞에서 누가 말을 걸어 돌아보았다. 사야카였다. 요즘은 거의 만나지 않았다.

"진짜 몰라보겠다. 인상이 바뀌었어. 지금도 슈가에서 활동하니?"

사야카는 아야코를 위에서 아래로 죽 훑어 내렸다. 어깨쯤에서 찰랑거리는 밝은 갈색 머리는 료타가 좋아한다고 한 연예인을 흉내 낸 것이다. 하얀 코트깃에는 퍼가 달려 있다. 착 달라붙는 미니스커트에 롱 부츠. 모두 여성 잡지를 같이 보면서 료타가 마음에 든다고 한 것을 그대로 샀다.

"와우. 아야코가 이렇게 슈가에 잘 적응할 줄은 몰랐네. 추잡하기로 유명하던데."

"추잡하다……. 뭐지 그 소문은?"

"술 약한 여자에게 원 샷 하게 해서 취하면 막 한다던데. 교무과에서 실태 조사에 착수했다지."

"흐음. 그렇게 따지자면 대부분의 이벤트 동아리가 위험한 거 아닌가? 그리고 금방 취할 거면서 원 샷 하는 건 자기 책임이잖아. 누가 뭐라고 비난해도 할 말이 없지."

거침없이 되받아치자 사야카가 당황한다는 걸 알 수 있었다. 그러고는 머리칼을 살짝 들어 휙 넘겼지만 아까부터 관자놀이가 투득투득 오르내리고 있다. 사야카가 혹시 모든 것을 눈치채고 있는 것은 아닐까. 이렇게 넌지시 옆구리를 찔러보면서 아야코의 반응을 즐기는 것은 아닐까. 아야코는 한껏 아무렇지 않은 표정을 짓고는 화제를 바꿨다.

"사야카는 지금 어느 동아리에서 활동하는데?"

"음, 술 모임에는 참가하지만 딱히 소속은 없어. 대학생들 모임은 다 자기네들끼리 좋다고 노는 거잖아. 어린애 장난 같아서 별로더라."

헉, 꽁무니를 뺀 건 너잖아. 아야코는 가볍게 턱을 끄덕거렸다. 사야카에 대한 나쁜 소문은 이미 들었다. 여러 동아리에 수시로 드나들면서 남자들에게 애교를 떨고 회비도 내지 않고 단물만 쏙 빼먹는다고 한다. 사야카 같은 여자는 처음에는 환영받아도 동아리라는 조그만 문화권에서 쉽게 받아들이지 않는 타입이다. 잘 노는 남자일수록 같은 족속이라고 인정한 여자에게 배려와 정숙함을 요구하는 법이다. 아야코는 엷은 미소를 띠면서 사야카의 뒷모습을 바라보았다. 조금 전의 발언을 조금이라도 빨리 잊자고 생각했다. 휴대전화를 꺼내 지난 여름부터 바꾸지 않은 메인 화면을 띄웠다. 거기에 있는 행복한 커플 사진을 탐식하듯이 쳐다보았다. 괜찮아. 료타와 자신은 커플로 보이니까 커플인 거야. 숨이 좀 편해졌다. 료타도 전에는 잘 놀았을지 모른다. 술 취한 여자를 억지로 덮쳤던 것도 자신이 처음이 아닐지 모른다. 그렇게 생각하면 속이 울렁거리고 먹은 게 올라오지만 보이지 않는 것은 없는 것이나 같다. 시간을 두고 그를 착실한 인간으로 바꿔 나가면 모든 것이 깨끗이 사라질 것이다. 지금은 아야코만 보고 있다. 둘이서만 조용히 있고 싶은데 하고 말했더니 동아리 친구들과도 거리를 두게 되었다. 그 모든 게 아야코가 노력한 결실이다.

이번 주말에는 기무라 선배 커플과 넷이서 스노보드를 타러 가기로 약속했다. 옛날에 슈가에서 활동했던 졸업생 언니의 소개로 시작한 이벤트 아르바이트 덕분에 주머니 사정은 넉넉하다. 지금의 자신에게는 리포트를 작성하는 시간이나 책을 읽는 시간은 물론 혼자서 차분하게 생각에 잠기는 시간도 없다. 하지만 그래도 상관없다고 생각한다.

아야코는 강당 앞에서 곧바로 뻗어 있는 가로수 길을 올려다보았다. 얼마 전까지 황금색이었던 은행나무 잎이 완전히 떨어져 앙상한 가지가 허허롭게 흔들리고 있다.

몇 달 지나면 벚꽃이 정문을 장식할 것이다. 대학 생활에 희망을 품은 새로운 여학생들이 대거 몰려 들어온다. 아직 때를 벗지 못한 답답한 머리 스타일에 잔뜩 멋을 부린 사복 차림을 하고, 가족과 모교의 기대를 한 몸에 짊어지고서. 오랜 입시 공부에서 해방된 그녀들은 청춘을 꽃피울 생각에 가슴이 한껏 부풀어 있을 것이다. 천진하고 위태롭고 사랑스럽게. 그 모습에 자신은 보나마나 마음 아파하리라. 하지만 그 무렵으로 돌아가고 싶다는 생각은 절대 하지 않는다. 생각해서는 안 되는 것이다. 료타와 자신 사이에는 모양새야 어떻든 관계가 형성돼 가고 있다. 좋고 나쁘고를 떠나서. 옳고 그르고를 떠나서. 료타에게 사랑받고 료타를 사랑하는 것이 지금 아야코의 모든 것이다. 어젯밤 동아리방에서 얼핏 들은 말이 떠오른다. 기무라 선배가 료타에게 던진 말이다.

"이제 곧 새내기들이 들어오는군. 너 이 자식 또 잽싸게 손대겠지. 하긴 우리들의 연례행사니까."

그러도록 놔두지 않을 것이다. 그를 놓아주지 않을뿐더러 후배들에게 자신 같은 꼴을 당하도록 하지도 않을 것이다. 만약 이 관계가 사라지면 마법도 풀리고 만다. 당장에 그 밤의 악몽으로 돌아간다. 그러니 아야코는 입술을 꽉 깨물고 어떻게든 이 일선을 사수해야만 하는 것이다.

다이아나가 저주를 푼 방법. 지금도 똑똑하게 기억하고 있다. 그러나 아야코는 지금 그 방법으로는 저주를 풀 수 있을 것 같지 않다. 용기를 냈다가 오히려 상처를 덧나게 하느니 이대로 저주와 한 몸이 되어 흔들리고 싶다. 저주는 지금의 아야코에게 버팀목이 돼 주는 유일한 친구였다.

대학에서의 첫 1년이 어언 끝나가고 있었다.

6

해가 높이 떠 있다. 가로수 길의 새파란 잎들이 햇살 속에서 싱그러운 냄새를 풍기고 있다.

이제 5월인데 한여름 같은 냄새다. 취직 활동용 투피스 속에서 몸이 땀에 푹 젖어 있다. 4학년이라 학점은 거의 다 땄지만 졸업 논문을 선택할 기개는 일찌감치 사라졌다. 간자키 아야코는 지금 소세이 대학 캠퍼스를 2주 만에 찾았다. 거대한 신축 도서관의 빨간 벽돌이 햇빛을 반사하며 번쩍번쩍 빛나고 있다. 가로수 길 양쪽으로 펼쳐지는 잔디밭 여기저기에 학생들이 모여 대화를 나누고 있다. 얼마나 여유로운 풍경인지 눈앞에 펼쳐지는 광경을 마치 남 일처럼 바라보았다. 이렇게 든든한 울타리 안에서 원하면 어떤 지식이든 흡수할 수 있는 장소가 지금의 일본에는 그리 많지 않다. 마음먹기에 따라 보다 충실한 대학 생활을 보낼 수도 있지 않았을까. 아니다, 자신만큼 지난 3년을 탐욕스럽고 완벽하게 논 인간도 없을 것이다. 봄이면 꽃놀이, 겨울에는 스노보드, 일주일의 절반은 이벤트 스태프 아르바이트. 그 수입 전부를 여행하고 놀고 데이트하는 데 써버렸다. 옆에는 늘 연인이 있었다. 덕분에 취직 활동이 한 발 뒤처졌을 정도다.

"아야코 선배."

코맹맹이 달짝지근한 목소리가 들려 돌아보니 '슈가'의 후배 여학생들이 살랑살랑 손을 흔들고 있다. 그녀들을 둘러싸듯 앉아 있는 료타와 회장 기무라 선배, 남자 고참 멤버들의 모습도 보인다. 료타는 천진난만한 인상의 여학생 팔뚝을 꼬집으며 장난을 치고 있지만 아야코는 그 정도 일로는 속상해하지 않는다. 사소한 외도에 신경을 곤두세워서야 몸이 남아나지 않는다. 그리고 여기에서는 감정을 그대로 드러내는 행동을 꼴사납게 여긴다.

"아야코, 웬일이야. 취직 활동 끝난 거 아닌가?"

료타는 어젯밤 러브호텔의 침대에서 아야코를 끌어안았을 때와 똑같은 투로 물었다. 1년 유급을 했지만 대형 보험회사에 부장으로 있는 아버지의 연줄로 방송국에 취직이 내정된 그는 마치 귀족처럼 우아한 분위기를 띠고 있다.

"응. 오늘 내정자 엠티가 있어서."

"그렇구나. 이 아이, 엄청 귀엽지? 문학부 신입생 미사카 유키야. 예전의 아야코와 조금 비슷하다고 해야 하나……. 니가타의 명문 여고를 나왔대."

그렇게 말하고서 료타는 보란 듯이 여학생의 어깨를 쓱 끌어안았다. 그녀가 몸을 잔뜩 움츠리는 것을 알 수 있다. 아주 잠깐 희미한 증오감으로 얼굴이 일그러지는 것을 아야코는 놓치지 않았다. 그 자리의 분위기를 망칠까 봐 싫다고 말하지 못하는 것이다. 대학이라는 이 넓은 장소에 혼자 내던져지기가 겁나서 어쩔 수 없이 권력을 지닌 남자의 비위를 맞추는 것이다. 불과 두 달 전까지는 가족과 반 아이들의 신뢰와 기대를 한 몸에 모은 우등생이었을 텐데……. 오래 전에 봉인했다 여긴 3년 전의 기억이 되살아날 것 같아 얼른 둘에게서 눈을 돌렸다.

"신입생 환영회에서 아주 눈에 딱 띄더라고. 갈고 닦으면 빛날 보석이야. 아야코가 졸업하면 차기 슈가 걸의 한 명이 되지 않을까 기대하고 있어. 니가타에서 혼자 올라왔대. 도쿄에는 아는 사람도 없는 것 같으니까 우리가 가족처럼 돌봐 줘야지."

료타가 일부러 조금 큰 소리로 말하고는 유키의 머리를 톡 쳤다. 눈에 보이지 않는 잔물결이 주위 후배들에게로 퍼졌다. 슈가에서 권력을 지닌 남자들은 마음에 드는 후배 여학생을 보란 듯이 특별 취급하면서 넌지시 여자들끼리 경쟁하게 하는 재주를 갖고 있다. 삼백 명에 가까운 회원을 거느린 슈가의 특권계급, 통칭 '슈가 걸'로 군림해 왔던 아야코이지만 마음을 열고 얘기할 수 있는 여자 친구는 끝내 생기지 않았다. 남자들이 만들어놓은 보이지 않는 벽과 서열은 슈가 걸들을 화려하게 치장해 주기는 해도 절대 친밀하게 해주지는 않았다. 유키는 커다란 눈을 동그랗게 뜨고 허둥지둥 말을 뱉어냈다.

"아야코 선배 너무 예쁘네요……. 료타 선배가 자랑하는 이유를 알겠어요! 3년 동안이나 사귀고 있다면서요. 정말 대단해요. 부러워요."

마치 대본에 그렇게 쓰여 있는 것 같다. 자신도 그랬다. 미운 털이 박힐까 봐 미리 준비한 완벽한 언어를 기를 쓰고 토해냈다. 하루아침에 사복 차림으로 학교를 다니게 된 데 당황하면서 엄마가 사 준 딱딱한 소재의 체크무늬 플리츠스커트에다 딴에는 유행을 감안했다 여기면서 하늘하늘한 블라우스를 저렇게 받쳐 입었었지. 조금도 어울리지 않았는데.

"미안하지만 나, 학생과에 가서 취직됐다고 신고해야 하거든. 나중에 보자."

료타와 유키를 등 뒤에 남겨놓고 반짝거리게 닦은 펌프스로 오솔길의 잔돌을 쳐내면서 구관을 향해 황급하게 걸어갔다. 이래서 신학기가 싫다. 놀 줄도 모르면서 주위를 따라가기에 급급한 후배들을 보면 가슴이 술렁거린다. 이제 1년만 지나면 저들과의 인연도 끝이라고 생각하면 안심이 된다. 껄렁껄렁한 교제를 졸업하고 정상적인 회사원이 되어 료타와의 관계를 차분하게 키워 가면 그만이다. 그와의 관계는 물이나 공기처럼 아주 당연한 것이 되었다. 다른 남자와 처음부터 다시 시작하는 것은 생각만 해도 귀찮고 겁이 나 눈앞이 아득해진다. 지난 3년 동안에 확실하게 얻은 것이 있다면 료타뿐이었다. 앞날에 대해서 무엇 하나 약속하지 않았지만 이대로 같이 살아가는 수밖에 없다는 체념 비슷한 것은 있다.

학교를 다니면서 학생과를 찾은 일은 한두 번밖에 없다. 은행처럼 창구가 있고 ID카드를 목에 건 직원들이 옆으로 죽 앉아 학생들을 상대하고 있다. 각각의 머리 위에는 '학점 이수', '생활 상담', '학비' '취직' 등의 팻말이 걸려 있다. '취직' 부스 앞에서 여직원에게 취직이 내정되었다고 보고하자 서류를 꺼내주었다. 볼펜과 풀과 인주가 나란히 놓인 카운터 앞에 서서 회사 이름과 부서명을 기입했다. 4월이 되었는데도 좀처럼 취직자리가 결정되지 않아 초조해진 아야코는 결국 기무라 선배에게 매달렸다. 그는 학생이지만 실제 나이는 서른 살이 넘었고 온갖 업계에 넓은 인맥을 갖고 있었다. 인사부 졸업생을 소개받아 간신히 내정을 얻어냈다. 회사는 대규모 카드 회사의 자회사로 연봉이 높은 데다 복지 시스템도 잘 갖추고 있어 조건이 결코 나쁘지 않았다. 많은 것을 바라지 말자 생각하며 아야코는 억지를 써가며 자신을 납득시켰다. 고등학생 때부터 편집자가 되는 것이 꿈이었다. 그러나 그렇게 분발하고서도 2차 면접을 통과하지 못했으니 어쩔 수 없다.

대형 출판사에서 정년퇴직 때까지 편집장을 지낸 아빠가 아무런 도움도 주지 않는 것에 화가 나 지난달 심하게 대들었다.

– 아빠, 왜 도와주지 않는 건데? 주위에 아빠 연줄로 취직된 아이들이 얼마나 많은데.

나이와 함께 점점 여위어 각이 진 얼굴에 한껏 근엄한 표정을 지으며 아빠는 이렇게 대답했다.

– 출판계의 앞날이 밝지만은 않다. 그런데도 편집자를 지망하는 학생들은 난관을 헤쳐 나가기 위해 긴 시간 준비를 하고 있어. 착실하게 공부해서 필사적인 심정으로 시험에 응시하고

있지. 그래서 불황인 지금도 좁은 문인 게야. 야속하게 들릴지 모르겠다만 이건 아야코를 위해서 하는 말이기도 하다. 연줄을 이용해 일자리를 얻어봤자 나중에 괴로운 것은 아야코 바로 너일 게다. 생각해 보거라. 이런 시대에 실력으로 일자리를 거머쥔 동기와 같이 일한다는 것은 괴로운 일이야.

흰 앞머리에 가린 눈이 슬픔에 차 있었다. 이건 아야코를 아무 생각 없이 칠락팔락 내키는 대로 캠퍼스 생활을 즐기는 여대생으로 여긴다는 말이 아닌가. 아야코는 입술을 깨물고 눈물 고인 눈으로 아빠를 노려보았다. 반론할 수 없다는 게 무엇보다 분했다. 슈가에서 보낸 시간 내내 즐거워하는 것처럼 보이려 얼마나 무진 애를 썼던가. 이를 악물고 싸웠는데 아빠나 엄마는 조금도 알아주지 않았다. 겉으로 드러난 것밖에 보지 않는다. 옛날에는 자랑스러운 우등생 딸이었는데 대학에 들어가자 요란스럽게 변한 딸을 못마땅한 시선으로밖에 쳐다보지 않는다. 뺨을 얻어맞은 그 밤 이후로 두 사람 사이에 보이지 않는 골이 패였다.

"죄송하네요. 뭐라 답변을 해줄 때까지 나, 여기서 꼼짝도 하지 않을 거니까!"

귀에 익은 굵직하고 낮은 목소리가 들려 아야코는 펜을 쥔 손의 움직임을 멈췄다. 주위에 있는 학생들도 잠잠해졌다. 조심조심 고개를 들었다. '생활 상담' 부스 앞에 야구 점퍼를 입은 덩치 큰 남자의 등이 보였다. 노란 머리와 등에 그려진 머리를 하늘로 쳐든 용이 창문으로 비치는 햇살을 받아 마치 불길처럼 일렁이고 있다.

"홈페이지에 대학 생활에 관해 무엇이든 상담하라고 돼 있는 거 맞죠. 그리고 저 포스터는 거짓말이라는 겁니까?"

남자가 그렇게 말하면서 굵은 손가락으로 벽에 붙은 포스터를 가리켰다. 뒤통수라도 얻어맞은 꼴로 아야코는 거기에 쓰인 말에서 시선을 떼지 못했다. 어떻게든 보지 않으려고 그렇게 애써 왔는데.

혹시 내가 성폭력 희생자? 학과 모임에서 술 강요나 성희롱이 조금이라도 의심 갈 때는 혼자 고민하지 말고 언제든 상담 코너를 찾으세요. 교직원 중에서 선발된 성폭력 방지 위원회가 조사합니다. 상담자의 프라이버시는 철저하게 보장됩니다. 희망에 따라 여성 스태프가 무료 카운슬링…….

슈가에 입회한 후로 줄곧 바깥 세계를 외면하며 지내왔다. 만약 1학년 때 용기를 내서 이곳을 찾아 상담했다면 지금 이런 기분으로 서 있었을까.

"저건 우리 학교 학생일 때 그렇다는 뜻이죠……. 그쪽은 학생증 없잖아요."

여직원의 목소리가 잔뜩 겁에 질려 있다. 남자는 기가 막힌다는 듯이 고개를 기울이고는 뒤로 돌았다. 초등학교 때와 조금도 달라지지 않은 강렬하고 곧은 빛이 이쪽을 관통했다.

"어, 간자키? 간자키 아야코잖아."

동네에서 스쳐 지날 때는 별로 의식하지 못했는데 지금 다케다가 풍기는 색은 일찍부터 일을 시작해 세상을 아는 인간 특유의 묵직하고 짙은 것이다. 주위에 흩어져 있는 남학생들이 나약한 어린애처럼 보였다.

"맞다, 너 대학이 소세이였지. 과연."

별 생각 없이 떠벌린 말일 텐데 그가 일하는 정육점에서 파는 싸구려 반찬거리 같이 들려 아야코는 울컥 치밀었다.

"저 말이야, 여기 사람들 통 상대를 안 해주네. 힘 좀 빌려줄 수 없을까. 너, 슈가라는 동아리 알아?"

"우리 동아리인데……."

"정말? 야, 어떻게 너 같은 요조숙녀가 그렇게 요란한 동아리에? 에이, 거짓말이겠지."

다케다는 눈을 가늘게 뜨고는 노골적으로 미간을 찌뿌렸다.

"다른 대학 포함해서 회원이 삼백 명 정도 되니까 모든 사람을 파악하고 있지는 않지만."

"호오, 그렇다면 너랑 별 관계없는 패거리들이겠다. 실은 내 고등학교 때 친구 동생이 사건에 휘말렸거든. 고등학교를 막 졸업한 단대 1학년이야. 지난주에 슈가라는 패거리들과 시부야 노래방에서 미팅을 했다는데."

예기치 못한 접점에 아야코는 동요했다. 중학생 시절부터 불량한 아이들과 어울려 놀았던 다케다는 이쪽이 상상도 못할 정도로 발이 넓었다.

"그런데 말이야. 무턱대고 마시라고 해서 떡이 됐는데…….

몸을 움직일 수가 없는 상태에서 억지로 위에 올라탔다는 거야. 당하기 일보 직전에 간신히 도망치기는 했는데 그래도 그렇지 이건 너무 심하잖아."

그의 목소리만 유독 커다랗게 머리에 울렸다. 오래도록 꼭꼭 봉해 두었던 기억이 한꺼번에 넘쳐흘렀다. 다리 사이의 끈적거림, 료타의 무게, 소파의 삐걱거림, 자신에게만 들리는 몸이 좍좍 찢겨나가는 소리. 아야코는 애써 자신을 진정시켰다. 그런 일따위 슈가에서는 다반사이다. 신입생의 통과의례 같은 것이다. 그래서 떠나는 여학생도 있지만 대부분은 머무른다. 아야코처럼 강압적으로 겁탈한 상대와 계속해서 사귀는 여학생도 더러 존재한다. 깊이 생각하고 싶지 않다. 아야코는 한껏 가슴을 펴고 턱을 가볍게 끄덕여 보였다.

"그게 그렇게 큰 사건이니? 미팅에 참가하라고 강요한 건 아니잖아. 술을 마신 것도 자기 의지였을 테고. 남자가 필요해서 나갔으면서……. 자기 맘대로 안 됐다고 난리 치는 거 유치하지 않니? 여자 쪽에도 문제가 있는 거 아니냐고?"

"야, 간자키 너. 변했다. 어렸을 때는 다이아나가 놀림을 당할 때마다 나서서 대들었잖아. 너의 그 강한 정의감이 싫지 않았는데."

다케다의 실망에 찬 시선. 그리고 지금 가장 듣고 싶지 않은 친구의 이름에 온몸이 녹슬어 푸슬푸슬 떨어져나가는 것처럼 깊은 패배감을 느꼈다.

"분위기를 따라가다 보니까 어쩌다 그렇게 됐다는 식으로 가해자와 피해자 관계를 애매하게 만드는 거 최악 아니냐. 자신이 피해자라고 생각하고 싶지 않아서 동아리에 그대로 남아 재미있는 척하는 애들도 반드시 있을 거라고. 친구 동생 말고도……. 그 아이 심정을 생각하면 속이 부글부글 끓는다. 나 관계자를 철저하게 족쳐서 무슨 일이 있었는지 실토하게 만들 거야. 경우에 따라서는 경찰도 부를 거고. 그게 맞는 거잖아. 아, 그리고 당사자끼리 어떻게 해보라고 할 생각은 전혀 없으니까."

우렁찬 다케다의 목소리에 뒤에 앉은 직원들이 점차 하얗게 질려갔다. 귀를 막고 싶었다. 더 이상 여기 있고 싶지 않다. 그의 목소리를 듣고 싶지 않다.

"기가 막혀서. 너, 여기가 어딘 줄 알고 함부로 그런 소리를 하는 거야. 대학이라고. 소세이 대학. 일본 사람이면 다들 알고 있는 명문 사립대학이라고. 그런데 어떻게 그런 일이 있을 수 있겠니. 이래서 짜증난다니까. 너나 다이아나 같은 고졸은……. 양아치들이란!"

단숨에 좌르륵 내뱉고는 어안이 벙벙해진 다케다를 등지고 학생과를 나왔다. 생각해서는 안 된다. 지금 들은 것 전부 잊어야 한다. 잔디밭에 모여 있는 슈가 사람들 사이로 돌아가자. 료타 옆에만 있으면 친구들과 재미있게 떠들고 놀면 지금 막 들은 말 따위는 금방 잊어버릴 수 있다. 없었던 일로 할 수 있다.

파티에서 억지로 단숨에 마신 싸구려 샴페인의 거품처럼 깨끗이 사라져 버려라.

이물감이 느껴져 넓고 매끄러운 이마에 손을 댔더니 라인스톤이 톡 떨어졌다. 이거야 마치 인도 여자들의 빈디 같잖아……. 아침 햇살에 빛나는 가짜 빛을 물끄러미 쳐다보고 있자니 간신히 초점이 좁혀졌다. 어젯밤에도 광고판을 만들다 테이블에 엎드려 잠이 든 모양이다. 가위, 커터, 매직, 색연필. 그리고 야지마 다이아나의 광고판에 없어서는 안 되는 아이템, 반짝거리는 비즈와 스티커, 레이스와 리본 조각이 여기저기 널려 있었다.

창문 바로 아래로 메구로 선이 지나가자 기침을 하듯 쿨럭쿨럭 방 전체가 흔들렸다. 다이아나는 휴대전화를 잡아당겨 시간을 확인했다. 아뿔싸, 10분 안에 집을 나서지 않으면 지각이다. 뜨거운 물로 샤워를 하고 재빨리 준비를 하고는 부엌 싱크대에 봉지가 열린 채 뒹구는 에너지바 하나를 입에 물고 현관을 뛰쳐나갔다. 그리고 아파트 옆에 세워놓은 빨간 자전거에 올라타 힘껏 페달을 밟기 시작했다. 마른 과자가 입 안의 침을 빨아들여 하마터면 목이 막힐 뻔했다.

서점에서 일한 지 벌써 3년, 올해 계약직 직원으로 승진했다. 손님 대하는 일은 여전히 서툴지만 열심히 책을 추천하고 반드시 구입으로 이끌어가는 자세로 높은 평가를 받았다. 최근에는 판권을 가지고 있는 쪽에서 다이아나의 광고판이 좋다면서 대량으로 인쇄해 전국의 서점에 배포하는 일이 당연해졌다. 전용 블로그와 트위터를 담당하고 있을 뿐 아니라 린린도 에비스 역점의 대표 직원으로 문예지와 여성 잡지에 신간을 소개하는 일도 허다하다. 이름이 이름인 만큼 실명으로 나서기가 창피해서 다도코로 점장의 허락 하에 '책벌레'라는 인터넷 상의 닉네임을 사용하고 있다. 다이아나를 보러 찾아오는 손님도 많아 가슴에 붙인 명찰의 이름도 '책벌레'로 표기하게 되었다.

5월의 공기에 강물 냄새가 섞여 있어 분주해야 하는 아침 시간인데 마치 피크닉이라도 가는 듯한 착각을 느꼈다. 아직 축축하게 젖어 있는 머리도 에비스에 도착할 때까지는 살랑 부는 봄바람에 보송보송 마를 것이다. 작년 말부터 메구로 강가에 있는 낡은 아파트에서 혼자 살고 있다. 자전거로 15분이면 통근할 수 있다는 점, 집세가 월 5만 9천 엔이라는 점이 좋았다. 겨우겨우 손에 넣은 혼자만의 성은 무엇과도 바꿀 수 없을 만큼 사랑스럽지만 16만 엔 정도 손에 떨어지는 월급 가지고는 생활하기가 빠듯했다. 야마노테 선의 어두컴컴한 고가 밑을 지나 비스듬한 언덕길을 올라갔다.

무코다 구니코와 모리 마리, 야스이 가즈미……. 소녀 시절 마음에 드는 에세이를 읽을 때마다 상상했던 '아름다운 독신 생활'과는 영 거리가 멀다. 조그만 꽃병에 꽃을 꽂고, 계절 과일로 잼을 만들고, 그릇을 고르고, 쿠션에 수를 놓을 여유 따위는 조금도 없다. 파김치처럼 흐늘흐늘 지쳐서 밤늦게 돌아와

봐야 광고판을 만드는 것은 물론 신간의 교정지를 미리 읽고 이벤트 기획서를 작성하는 등 해야 하는 일이 끝이 없다. 백엔숍에서 파는 잡화와 할인매장의 가구, 편의점 반찬으로 근근이 하루하루를 살아가고 있다. 그렇게 꺼리고 혐오했던 티아라의 무질서한 생활상을 지금은 도저히 비웃을 수 없다. 오히려 일상의 사소한 장면에서 티아라가 얼마나 생활력이 강하고 총명했었는지를 깨우칠 정도다. 야마노테 선이 앞질러 가는 바람에 오기가 나서 아랫배에 힘을 꾹 주고 선 채로 페달을 밟았다.

서점에서 일하다 보면 어린아이에게 필요 이상으로 야단치고 꾸중하는 엄마를 하루에도 몇 번씩 보곤 한다. 티아라는 다이아나를 못마땅해 하거나 사납게 대하는 일이 거의 없었다. 매일 새벽까지 일하고 의지할 가족 하나 없는 생활 속에서도 언제나 싱글거렸다. 피곤하다면서 다이아나에게서 등을 돌렸던 기억도 없다. 그렇게 하기가 얼마나 쉽지 않은지 사회로 나가서야 비로소 알게 되었다. 식생활을 패스트푸드와 편의점에 의지했던 것은 절대 요리를 못해서만은 아니었을 것이다. 딸과 함께 그저 사는 것만으로도 그녀는 벅찼는지도 모른다. 하지만 그렇다고 해서 그리 쉽게 화해할 수는 없다. 작년에 이사할 때 대판 싸운 후로 티아라를 거의 만나지 않고 있다.

지정된 주차장에 자전거를 세워놓고 머리를 고무줄로 묶으면서 직원 전용 출입구를 지나 엘리베이터를 타고 7층으로 향했다. 옆 건물에 탈의실이 있지만 린린도에는 유니폼이 따로 없고 흑백 계통의 사복에 앞치마만 두르면 되기 때문에 그다지 사용하지 않는다. 아침에 입하되어 왜건에 쌓여 있는 배본 도서를 확인하는데 조회가 시작되었다.

"안녕하십니까. 오늘은 시리즈 누계 60만 부를 돌파한 히가시주조 무네노리 씨의 신문 연재소설이 들어오는 날입니다. 계산대 옆 신간 코너에 진열합니다. 손님들에게 적극적으로……."

다도코로 점장이 평소에 하던 대로 직원과 아르바이트생 열몇 명을 죽 돌아보면서 차분한 말투로 업무 스케줄과 매출을 보고했다. 저 줄무늬 셔츠, 새로 산 거다. 조그만 변화를 재빨리 알아차린 다이아나는 살짝 미소 지었다. 짝사랑을 계속한 지 벌써 3년. 한 달에 몇 번 점심을 같이 먹는 상사와 부하 직원 사이에서 한 발짝도 진전이 없지만 그 관계를 훌쩍 뛰어넘어 모든 것을 잃기보다는 지금 이대로가 좋다고 생각하고 있다. 그에게는 무슨 말이든 할 수 있다. 엄마와의 관계, 언젠가는 작은 서점을 차리고 싶다는 꿈, 그리고 하토리 게이치가 친아빠라는 사실. 최근에는 선배 야마키 료코 씨까지 같이 가자고 해서 셋이 선술집에 간 적도 있다. 아르바이트를 처음 시작했을 때는 엄격했던 야마키 씨도 지금은 나이가 열 살이나 많다는 것도 잊고 대등하게 얘기할 수 있는 사이좋은 동료가 되었다. 셋이서 두서없는 일상이나 즐겨 읽는 책을 화제로 대화가 무르익는 시간은 철이 들었을 때부터 외롭게 지낸 일이 많았던 다이아나에게는 더없이 소중한 것이었다.

– 결국 티아라는 자신의 삶에 취해 있을 뿐이잖아.

입에서 나오는 대로 지껄여대는 다이아나를 티아라는 한 마디 반론도 하지 않은 채 마주 보고만 있었다.

– 아빠를 위해서 물러났다느니, 나는 그늘에서 살아도 괜찮다느니 하면서 무슨 트로트 가사 같은 미담으로 미화하고 있는데 자신의 권리와 요구를 내세울 용기가 없었을 뿐이잖아. 어떤 인간이 되고 싶은지 그런 비전도 없고 오로지 남자에게 사랑받으려고 아등바등하느라 그때그때의 감정에 떠밀려 살고 있으니 아무것도 잡을 수 없는 거라고. 그러니 나까지 끌어들여서 하지 않아도 될 생고생을 하고 있는 거잖아.

하토리 게이치가 친아빠라고 밝혀진 후 오히려 분노가 들끓었다. 원망스러워 한다는 것은 잘 안다. 하지만 티아라의 독단적인 결단 탓에 결코 유복하지 않을 한부모 가정에 태어나는 신세가 된 것이다. 그렇게 몰아붙이는데 티아라가 전혀 동요치 않는 것도 짜증이 났다.

– 네 말이 맞을지도 모르지. 하지만 그때 그 사람, 정말 괴로워했어. 겨우 열아홉 살에 초인기 작가가 됐으니 다들 다음 작품을 목이 빠져라 기다리는데 처자식까지 거느리게 되면 그 스트레스가 얼마나 엄청나겠어. 그 사람에게서 쓰는 장소를 빼앗고 싶지 않았어. 원래 멘탈도 약한 데다 친구도 없고 가족과도 사이가 안 좋고 보통 회사 같은 데는 절대 다닐 수 없어 보이고……. 그 사람에게는 쓰는 일이 전부였어. 그래서 그를 짓누르는 무거운 짐을 한쪽이라도 덜어주고 싶었던 거야.

그러나 하토리 게이치는 현재 글을 쓰고 있지 않다. 티아라가 그렇게 생뚱맞은 신경을 쓰지 않았어도 결과는 다를 게 없지 않았을까. 쓰지 못하는 작가든 정신적으로 나약한 사람이든 상관없었다. 아무튼 아빠를 원했다. 다이아나는 줄곧 티아라와 자신을 지켜주고, 때로 책을 골라주는 아주 평범한 아빠를 필요로 하고 있었다. 그걸 티아라는 왜 몰라주는 것일까. 다도코로 씨가 허험 헛기침을 해 다이아나는 퍼뜩 상념에서 헤어나왔다.

"조회를 마치겠습니다. 아, 그리고 갑작스러운 발표가 되겠는데……. 나, 다도코로 후리츠는 야마키 료코 씨와 어제 혼인신고를 했습니다."

오홋 하고 누가 외치자 술렁술렁 작은 소란이 벌어졌다. 축하해요 하는 목소리들이 박수 소리에 감싸였다. 다이아나는 눈을 번쩍 떴다. 온몸의 피가 심장을 향해 폭력적으로 모여드는 것을 스스로도 알 수 있었다. 있을 수 없다. 어떻게 그런 일이, 말도 안 돼. 다다코로 씨 옆에서 야마키 씨가 미소를 머금고 있다. 언제나 야무진 안경 속의 가느다란 눈이 부드럽게 호를 그리고 있었다. 무수한 광경이 되살아났다. 다도코로 씨와 야마키 씨가 잠깐잠깐 나누는 대화, 둘이 나란히 마지막 전철을 타러 뛰어가는 다이아나를 배웅해 주던 모습. 작은 '설마'들이 별자리처럼 이어져 이쪽을 찌를 듯이 반짝반짝 빛나기 시작했다. 그 자리에 주저앉아 눈과 귀를 막고 싶었다. 다도코로 씨도 야마키 씨도 아니 온 세상이 자신의 처참함을 비웃는 듯했다. 문득 정신을 차리자 어느 틈에 조회가 끝났는지 눈앞에 다도코로 씨가 서 있었다.

"야지마 씨에게는 좀 더 빨리 말하려고 했는데. 하지만 눈치가 빠른 사람이니까 벌써 알고 있겠지 싶어서. 굳이 내 입으로 말하자니 쑥스럽기도 하고……."

지금이야말로 권리와 요구를 내세울 때다. 눈시울이 뜨끈해지고 시야가 흐물흐물 일그러졌다. 다이아나는 어금니를 악물고 다도코로 씨를 올려다보았다.

티아라 같은 편리한 여자가 되어서야 될 말인가. 다이아나는 옆구리에 힘을 주었다. 이쪽의 속내를 몰랐을 리 없다. 다이아나에게는 첫사랑이었다. 아무리 악의가 없었다고 해도 그렇지 일방적으로 마음을 빼앗아놓고는 태연하게 다른 사람과 행복해지다니 용서할 수 없다. 이상한 이름을 가진 사람끼리 누구보다 서로를 잘 안다고 생각했는데 료코 같은 정상적인 이름의 여자에게 빼앗긴 것이 가장 화가 난다. 가혹한 말로 반격할 것인가, 아니면 내친 김에 오래도록 혼자 가슴에 간직한 사랑을 토로할 것인가.

"축하합니다. 정말 질투가 다 나네요. 길고 긴 이 봄 언제까지 계속될 것인가. 몰상식한 이름을 가진 동생으로서 무척 기쁩니다."

억지로 웃으면서 그렇게 말을 콱 뱉고 나니 눈앞에 있는 하얗고 토실토실한 얼굴이 붉은색으로 머쓱하게 물들어갔다. 이거야 티아라와 똑같지 않은가. 싫어하게 되지는 않을까 두려워 자신을 삼키고 말았다. 그러나 조금도 악의가 없는 다도코로 씨를 곤란하게 한다고 무슨 이득이 있을까.

도망치듯이 직원 휴게실로 뛰어 들어갔다. 할 일이 쌓여 있다는 듯이 일부러 분주하게 일했다. 매직을 색깔별로 정리하고, 매상카드를 출판사별로 분류하고, 방범 카메라에 찍힌 책 도둑을 컬러 프린터로 출력했다. 다이아나는 그 중 한 장을 빤히 쳐다보았다. 과거 자신이 누명을 쓴 일이 있었던지라 책 도둑만큼은 도저히 용서할 수 없었다. 특히 이 남자. 화면이 선명하지 않아서 특정할 수는 없지만 키가 크고 마른 중년의 남자다. 《비밀 숲의 다이아나》 무크지를 계산대 앞에서 태연하게 가방에 넣고는 문을 나갔다. 어제 낮의 일이었다. 책 도둑 대부분은 최신 베스트셀러나 인기 있는 만화를 훔쳐가기 때문에 유독 기억에 남아 있다.

그날은 실수를 하지 않으려 최대한 일을 적게 했는데 그래도 버거웠다. 날이 어두워지기 전에 퇴근할 수 있는 주간조여서 그나마 다행이었다. 일을 끝내고 문을 나섰는데 캄캄한 어둠이 기다리고 있다면 걸음을 내디딜 수 없었을 것이다. 하얗게 저물어 가는 늦은 오후의 하늘을 올려다보니 또 눈시울이 시큰해졌다. 올해로 스물두 살인데 아직껏 처녀. 키스 한 번 한 적이 없다. 이런 때 엉엉 울면서 얘기할 수 있는 여자 친구도 없다. 직장에서 일을 열심히 해 좀 튀었다고 한들 그까짓 게 뭐란 말인가. 자전거 주차장에 도착하자마자 이번에야말로 털퍼덕 주저앉고 싶은 충동에 사로잡혔다. 누구라도 좋으니까 얘기를 하고 싶었다. 잠시 망설이다가 천천히 휴대전화를 꺼냈다.

"웬일? 네가 전화를 다 하고. 해가 서쪽에서 뜨겠네. 잘 지내고 있니?"

한없이 태평한 티아라의 목소리가 지금은 무엇보다 반가웠다.

"그냥……. 어떻게 지내나 하고. 또 충동구매하고 그러는 거 아니지? 채소는 꼭꼭 먹고 있어?"

어리광을 부리기 위해 전화를 건 미안함 때문에 괜히 퉁명스럽게 말하고 만다. 자기도 책을 너무 많이 산 탓에 돈이 없어 제대로 못 먹고 다니면서.

"……아, 음, 지금 가게 가도 돼?"

티아라는 심히 놀랍다는 듯이 헤에 한숨을 내쉬었다.

"그야 물론 괜찮지만……. 지금 나 '헤라클레스'에서 일 안 해. 같은 오너 가게가 고탄다에도 있는데 '바빌론'이라고. 거기서 일하거든. 바로 오는 길 보내줄 테니까 그거 보면서 와. 역에서 금방이야."

전화가 일방적으로 끊겨 다이아나는 어깨 석연치 않은 기분으로 화면에 뜬 문자 수신 알람을 쳐다보았다. 고탄다는 집에서 그리 멀지 않다. 가부키초에서 고탄다로. 물장사하는 여자에게 그것이 무얼 의미하는지 그 정도는 알 나이다. 안장에 올라 타 화면에 뜬 지도를 보면서 페달을 밟았다. 15분 정도 지나 고탄다 역 고가 밑을 지나 역 앞 번화가로 들어섰다. 약간 들어간 곳에 조그만 술집이 있었다. 간판도 아직 내놓지 않았고 불도 켜 있지 않다. 문을 밀자 어두컴컴한 가게 안에서 티아라의 노란 머리가 빛났다. 앞머리에는 고데기를 말고 있고, 어깨에서 흘러 떨어지게 헐렁헐렁한 니트와 치마 차림이 그냥 평상복을 입은 것 같아 가부키초 시절의 화사함과는 비교가 되지 않았다.

"앗. 빨리 왔네. 가게 7시부터 시작이야. 배고프지? 야키우동하고 스프, 바로 만들어줄게."

"됐어."

그렇게 말했지만 싹 무시당하고 말았다. 티아라는 이쪽은 제대로 보지도 않고 담배를 문 채 카운터 안쪽에서 열심히 채소를 썰기 시작했다. 다이아나는 새삼스럽게 가게 안을 휘휘 돌아보았다. 다섯 사람이 앉으면 꽉 차는 카운터 자리, 테이블 석이 두 군데, 구식 노래방 기계. '헤라클레스'의 운영이 그리 순조롭지 않았다는 것, 서른일곱 살이라는 나이가 카바레 클럽 마담으로는 고령이라는 것. 생각해 보면 이 인사 이동은 당연한 것인지도 모른다. 하지만 티아라가 가게를 위해 죽어라 일해 왔다는 것을 알기에 몹시 서글펐다. 툭 내민 머그컵에서 인스턴트 스프가 넘쳤다. 뒤따라 나온 야키우동에는 양배추와 소시지와 캔 옥수수가 들어 있었다. 다이아나는 그다지 좋아하지 않는 마요네즈를 듬뿍 짜놓은 데다 소스 맛이 너무 강했다. 하지만 어느 토요일 낮 티아라가 점심으로 만들어 준 바로 그 야키우동의 맛이었다. 몇 가지 안 되는 엄마의 맛. 맛이 있다 없다로는 잴 수 없는, 만들어 주면 싹 해치우게 되는 우리 집의 일품요리였다.

"말하지 그랬어. 가게를……."

“어디서 일하든 나는 난데 뭐. 상관없어. 이제 마실 줄 알지? 위스키 칵테일이면 되려나. 아 참. 다도코로 씨는 잘 지내?”

듣고 싶지 않은 이름이 불쑥 들려와 티아라가 내민 잔 너머로 슬쩍 고개를 들었다. 티아라는 벌써 자기 잔을 들이키는 참이었다.

“결혼했어……. 야마키 씨라는 선배랑.”

평상시에는 찔끔찔끔 예의를 차리는 정도로만 마신다. 호박색 액체가 가슴으로 퍼지자 다이아나의 몸속에서 무언가가 밀려올라왔다.

“그런 여자가 뭐가 좋다고. 그냥 아줌마인데……. 내가……, 내가…….”

더 귀엽고, 더 젊고, 순수하고, 무엇보다 이름도 이상하고……. 무수한 말이 넘쳐흐르는데 술과 함께 간신히 삼켰다. 그런 말을 하고 나면 그야말로 끝장이다. 자신이 저 잘난 줄 아는 꼴사나운 여자라니, 야마키 씨를 이겨먹고 있다고 으스대고 있었다니. 절대 인정하고 싶지 않고 누구에게 알려지는 것도 싫다. 그런데 티아라는 재미있다는 듯이 히죽거리고 있다.

“그래, 어때. 말 잘 했어. 더 얘기해 봐. 넌 어렸을 때부터 너무 착해서 불평도 험담도 할 줄 몰랐잖아. 그래서 걱정이었어. 그러니까 이제 그러지 마. 스무 살이 넘었는데 아직도 착한 아이로 있으면 좀 그렇잖아. 자신에게 스스로 저주를 걸면서 사는 거 힘들다고.”

‘저주’라는 말에 움찔했다. 그 단어는 《비밀 숲의 다이아나》

에서 가장 중요한 키워드이다. 이쪽의 시선을 느끼자 티아라는 헤헤헤 하고 머쓱하게 웃는다.

"너랑 이렇게 마실 수 있다니, 좋다. 역시 딸이 좋다니까. 응. 독립하면 친구가 될 수 있잖아."

건배 하고 티아라가 명랑하게 말하고는 잔을 부딪쳤다. 친구를 선택할 수 있다면 티아라처럼 골치 아픈 인종은 절대 사절하겠다. 다이아나는 부루퉁한 표정으로 빈 잔을 내밀었다. 티아라가 만들어준 위스키 칵테일은 마침 비율이 적당해서 쌉싸래하고 차갑지만, 매끄럽고 재미나게 목으로 넘어갔다. 물장사라는 직업은 인정하고 싶지 않지만 몸이 고된 밤일하는 어른에게는 술 상대 해 주는 여자가 큰 위로가 될지도 모른다. 실제로 지금은 다이아나도 술 없이는 견디기 힘들 것 같다.

"티아라도 책 읽는 거 좋아했었지?"

다이아나는 오래도록 마음에 품고 있던 질문을 마침내 던지고 말았다.

"그렇긴 하지."

"그런데 왜 안 읽게 되었는데?"

"《비밀 숲의 다이아나》는 내가 가장 좋아하는 책이야. 그래서 난 그 책을 만났을 때 마음을 정했어. 다시는 책을 읽지 않기로. 그 후로는 최대한 활자문화를 멀리 했지. 그 책이 내게 최고가 아닌 날이 올까 봐 무서워서. 유치한 생각이지만 그 정도로 그 작품을 좋아했으니까."

그렇게 좋아하는 책이라면 보다 좋은 걸작을 읽었다 해도 그

감동이 엷어지지는 않을 텐데. 지나친 노파심이다. 마치 어리석은 사람 같다. 아빠를 잊고 싶지 않아서 그랬을까.

"그리고 말이지, 난 책의 주인공에게 나를 투영하는 것보다 나 자신이 주인공이 되고 싶었어. 그렇잖아, 이 세상에는 재미있는 일이 얼마든지 많은데."

당당하게 그렇게 말하는 티아라를 다이아나는 이제야 이해할 것 같은 기분이 들었다. 책을 필요로 하지 않은 인생에 공감할 수는 없지만.

"얼마 전에 오랜만에 아야코네 집 앞을 지나가다가 정원 일을 하는 아야코 엄마랑 눈길이 마주쳐서 잠깐 서서 얘기를 나눴는데."

옛 친구의 이름에 또 움찔 놀라 다이아나는 자세를 고쳐 앉았다. 앞으로도 만날 일은 없을 텐데 문득 문득 그녀의 모습이 되살아나는 순간이 있다. 취직 활동용 참고서를 찾는 여대생을 볼 때나 요즘 자주 다니는 명화좌 극장의 스크린 가득 블라우스가 어울리는 그 옛날의 명배우가 미소 지을 때. 아야코. 세상을 채색하는 여자. 그 집의 정원은 지금도 그녀에게 어울리는 갖가지 꽃으로 가득하리라.

"그런데 엄마가 하는 말이 대학에 들어간 다음부터 자기 딸을 잘 모르겠더래. 정말 서운하다고 그러더라. 그렇게 착실하던 아야코가……. 정말 뜻밖이었어."

아야코가 부모에게 반항하다니 믿기지 않는다. 지적이고 가정적인 엄마에게 정원 일이며 집안일을 사이좋게 꼼꼼히 배우는 모습이 얼마나 부러웠는데. 모든 것을 다 누리고 있는 것처럼 보였던 그녀조차 누구와도 공유할 수 없는 암울한 감정을 껴안고 있는 것일까. 자기처럼 집을 뛰쳐나가 술을 마시기도 할까. 태어나서 처음 자포자기한 심정으로 마시는 술이 싸구려 위스키라 여겨지지 않을 만큼 풍성하고 달콤하게 느껴졌다. 티아라가 만들어준 술이라서 그런지도 모르겠다는 생각은 말하지 않았지만.

소파에서 거의 굴러 떨어질 듯한 자세로 누워 있던 아야코는 창문 너머에서 정원 일을 하고 있는 엄마를 물끄러미 쳐다보았다. 장마철이 오기 전에 장미의 가지를 쳐주려고 아침부터 바지런히 움직이고 있다. 벌써 나이가 예순에 가까워진 엄마가 밀레의 그림 〈이삭줍기〉의 사람들처럼 허리를 구부리고 일하는 모습이 안쓰럽게 느껴져 이내 시선을 휴대전화로 떨어뜨렸다. 그저 취미로 하는 일일 텐데 왜 엄마는 매사 보란 듯이 일을 크게 벌이는 것일까. 살이 찌니까 안 먹는다고 몇 번이나 말해도 마당에서 딴 베리로 프리저브를 만들어 식탁에 올리고는 아야코가 싫다고 하면 슬픈 눈빛을 하는 것도 이제는 짜증난다. 슈가의 후배에게서 빨리 오라는 문자가 벌써 몇 개나 와 있었다. 시부야의 노래방에서 신입생 환영회가 있는 모양이다. '언제 와도 대환영, 4학년 선배들은 꼭 참석해 주세요.' 란다. 시부야의 노래방이라고 하니 다케다에게 들은 얘기가 되살아나 기분이 영 씁쓸해진다. 휴대전화를 일부러 사이드테이블에 뒤집어놓았다. 어쩌면 료타도 거기 갔을지 모른다. 후배인 유키가 마음에 쏙 든 것 같은데 견제하기 위해서라도 얼굴을 내밀어야 하나.

"아야코. 잠깐 이리 와 보거라."

테이블에서 노트북과 마주하고 있는 아빠가 아야코를 불렀다. 일어나기도 귀찮아 건성으로 대답을 했더니 이번에는 돌아보지도 않은 채 다시 말한다.

"와 보라니까."

뭉그적거리며 몸을 일으켜 아빠의 등으로 다가갔다. 화면에는 '린린도'의 홈페이지가 떠 있었다. 어린 시절 친구 다이아나가 담당하는 서평 블로그다. 닉네임이 '책벌레'라고 되어 있지만 사용된 언어와 책을 선별하는 취향으로 아야코는 그녀라는 것을 금방 알아차렸다.

> 드디어 장마철이 왔군요. 집에서 책을 읽기에 딱 좋은 이 계절, 책벌레가 강추하는 '일하는 어른도 즐길 수 있는 소녀소설 페어' 제 3탄은 게일 카슨 레빈의 《마법에 걸린 엘라》입니다. 미국에서는 아주 유명한 아동물로 아카데미상에 빛나는 여배우 앤 헤서웨이 주연으로 영화화도 되었죠. 돈 많은 장사꾼의 딸 엘라는 태어날 때 요정의 저주에 걸립니다. '어떤 명령에든 복종하라.'는 저주였는데요. 이해심 많은 엄마가 돌아가시자 새로 들어온 계모와 심술쟁이 두 언니가 엘라를 노예처럼 부려먹죠. 그래요. 이 스토리

는 《신데렐라》를 소재로 한 것이죠. 하지만 '신데렐라'와는 달리 엘라는 가만히 앉아서 누군가의 도움을 기다리는 여자는 아니에요. 한 가지 잔소리를 들으면 백 마디로 되갚는 통쾌한 캐릭터. 그녀는 과연 어떻게 저주를 풀까요? 클라이맥스는 불꽃이 탁탁 튀는 화려한 장면은 아닙니다. 그 전투는 그녀 마음속에서만 벌어지니까요. 저주와 맞서 싸우는 혼의 장렬함, 감동을 보장합니다. 마법도 왕자님의 힘도 빌리지 않고 엘라는 오직 혼자 힘으로 저주에 묶인 자신을 해방시키고 의지와 결단력을 얻어 자유로운 세계로 떠나갑니다. '책벌레'가 몇 번이나 강추했던 하토리 게이치 《비밀 숲의 다이아나》에도 이와 공통되는 '여자아이가 스스로를 해방하는' 장면이 있죠. 여러분 중에도 주위의 강요와 착각에 얽매여 알게 모르게 스스로에게 저주를 걸며 사는 사람이 있을 거예요. 그런 분들이 용기를 얻을 수 있는 책입니다.

다 읽자마자 아야코는 손가락 끝까지 먹물이 번지는 듯한 기분이 들었다. 초등학생 시절 다이아나는 자기 기분을 문장으로 표현하는 데 몹시 서툴렀다. 아무리 책을 많이 읽었어도 독서 감상문 발표 때 칭찬을 듣는 쪽은 늘 아야코였다. 그런데 어느 틈에 이렇게 풍부한 표현력을 터득한 것일까. 지금의 그녀를 이길 수 있는 것 따위 지금의 자신에게는 무엇 하나 없다. 그런 생각이 들자 스스로도 귀가 서늘해질 만큼 굳은 목소리가 나왔다.

"뭔데, 아빠. 학력과 이름과 편모 가정의 핸디캡을 보란 듯이 이겨내고 꿈을 실현한 이 아이를 본받으라는 거야, 칠락팔락하는 자신을 반성하라는 거야?"

이쪽을 올려다보는 아빠의 눈이 거의 겁에 질려 있었다. 이렇게 아빠의 머리를 위에서 내려다보니 뒷머리가 듬성듬성하다는 것을 알겠다. 새하얀 두피도 생명력이 희미하다. 출판 불황에서 비롯된 인력 절감으로 이제 촉탁 근무도 할 수 없게 된 아빠는 이렇게 집에서 종일 책을 읽거나 검색을 하며 시간을 보내고 있다. 그 모습이 너무 답답해서 심술을 부리고 싶어진다. 나이 든 부모를 자기도 모르게 깔보는 죄책감에 짓눌릴 것 같아 아야코는 한층 거친 목소리로 말했다.

"이제 아무 관계없다고. 다이아나나 다케다나……. 벌써 몇 년 전 얘기야. 이런 양아치들……. 뭔데, 아빠. 혹시 옛날에 티아라와 무슨 일 있었던 거 아냐?"

"경솔하게 그런 말 하는 거 아니다. 너도 이제 어른이야. 그렇게 이상한 오해를 받느니 다 얘기해야겠구나."

아빠는 정원에 있는 엄마를 힐금 쳐다보더니 힘겹게 긴 한숨을 한 번 내쉬고는 한결 강한 눈초리로 이쪽을 쳐다보았다.

"다이아나의 친아빠가 실은 하토리 게이치 씨다."

정원의 초록이 선명하게 시야에 들어왔다. 문득 어렸을 때는 이 좁은 정원이 대자연으로 보였던 기억이 떠올랐다. 거짓말이지 하는 말이 목구멍에 들러붙어 나오지 않았다.

"하토리 게이치 본인은 모르고 있어. 티아라 씨가 입단속을 부탁해서 아빠도 말하지 않았으니까. 그의 집필 활동을 방해하고 싶지 않다고 그녀 스스로 떠나 혼자서 다이아나를 낳았다. 때가 오면 다이아나에게 자기가 직접 얘기하겠다고 했어. 하기야 지난 몇 년 동안 아빠도 티아라 씨와 교류가 끊겼지만……."

"왜 티아라 아줌마가 모든 걸 감당해야 하는데. 불공평하잖아."

"데뷔 첫 작품이 베스트셀러가 됐는데 그 스트레스와 그녀가 임신했다는 충격 때문에 하토리 씨는 마음을 앓았어. 그때 나이가 겨우 열아홉 살. 원래가 섬약한 청년인 데다 사회성도 없고 부모와도 사이가 안 좋았지. 티아라 씨는 그런 그와 함께 아이를 키우는 것은 무리라고 판단했어. 작가로서의 그의 앞날도 고려했겠지. 그리고 그 전후 사정을 다이아나에게 이해시키려면 시간이 필요할 거라고 생각했을 거야. 열여섯 살이라는 게 믿기지 않을 만큼 총명한 여자였다. 아빠가 몇 번이나 설득했지만 절대 의지를 굽히지 않았어."

중학교 입시 직전, 티아라 아줌마가 했던 말이 떠오른다. 소녀 때 이상한 남자에게 장난질을 당한 경험을 아무렇지 않게 얘기해 주었다. 그녀는 그 상처를 극복했음은 물론 삶을 살아가는 지혜와 강인함으로 전환했다. 몸의 부드러운 부분이 갈가리 찢겨나가는 것처럼 아파 아야코는 숨을 제대로 쉴 수 없었다.

"다이아나는 대단한 아이야. 엄마를 닮은 게지. 여러 가지 어려움이 있었는데 스스로 길을 개척했잖니. 어렸을 때는 아빠도 걱정스러워서 어떻게든 다이아나와 하토리 게이치 씨 사이를 이어주려고 애를 쓴 적도 있었어. 하지만 이렇게 성장한 걸 보면 다이아나가 제 힘으로 아빠를 찾아낼지도 모르겠구나. 그게 그녀에게 좋은 일일지 나쁜 일일지는 솔직히 아빠도 잘 모르겠다만……."

더는 참을 수가 없었다. 너무도 드라마틱한 다이아나의 인생. 그녀 자신이 이야기의 주인공이다. 강인함과 빛으로 가득한 인생……. 자부심도 긍지도 없는 자신은 앞으로 평생 아무것도 쟁취하지 못하고 그 어떤 빛도 받지 못할 것이다. 그저 땅바닥을 기듯이 사는 길밖에 없다. 지금 다이아나의 출생의 비밀을 알았는데도 그녀에게 알리려 하지 않는 것이 그 좋은 증거다. 지금의 자신을 도저히 그녀에게 보일 수 없었다.

"자기 딸의 취직자리가 정해졌는데도 기뻐하기는커녕 뭐야? 다이아나, 다이아나! 어렸을 때부터 다이아나만 칭찬하고! 다이아나는 진짜를 알고 아야코는 모르고. 다이아나가 고르는 책은 좋은 책, 내가 고르는 책은……."

엄마가 정원에서 거실로 들어왔다. 이쪽을 향한 얼굴이 창백하고 맥없었다. 아야코는 두 사람을 최대한 보지 않도록 고개를 돌린 채 휴대전화를 들고 2층으로 뛰어올라갔다. 얼른 준비를 하고 다시 내려와 현관에서 가장 높은 뮬을 꺼내 신었다. 료타가 요즘 좋아하는, 설탕조림 장식물처럼 섬세하고 섹시한 구두이다.

"나갈래. 저녁 필요 없어."

집을 나오자마자 한달음에 역으로 향했다. 산겐자야에서 전철을 바꿔타고 시부야로 갔다.

온몸을 짓누르는 습기와 아지랑이가 어른거리는 듯한 오거리, 사람들의 훅훅한 입김에 중학교 시절 미카게를 따라 이 거리로 나왔을 때의 당혹감이 떠올랐다. 시부야 따위는 이제 겁나기는커녕 아무렇지도 않은데 금방이라도 빗방울이 떨어질 듯한 잿빛 하늘을 올려다보니 너무 멀리 떠내려 왔다는 불안감이 밀려왔다. 세이부 백화점 뒤에 있는 슈가의 고급스러운 단골 노래방에 도착했다. 가장 넓은 파티룸은 벌써 스무 명 가까운 멤버로 북적거리고 있었다.

"안녕하세요. 아야코 선배, 도착입니다!"

마이크를 잡고 있는 후배의 어린 목소리가 지직거리는 금속소리와 함께 퍼졌다.

"왜 이렇게 늦었어?"

료타가 웃으면서 한 팔로 허리를 안았다. 지금은 이 시끌벅적함이 고마워 안도감마저 느꼈다. 돌고 있는 맥주잔에 반사적으로 손을 뻗으며 술잔 너머로 멤버들의 얼굴을 확인했다. 제일 구석 소파에 눈을 반쯤 감고 기대 있는 여자가 있었다. 유키였다.

"유키, 괜찮아? 속 안 좋으면 내게 기대라고."

기무라 선배가 커다란 몸으로 그녀를 덮었다. 짧은 바지 아래로 뻗은 가늘고 하얀 다리 위로 털이 숭숭 돋은 손가락이 기어다녔다. 저항할 기력도 없는지 아니면 겁을 먹은 것인지 유키는 축 늘어진 채 움직이지 않았다.

"우왓, 기무라 선배. 역시 재빠르네."

"옆에다 방 하나 따로 빌려놓았으니까 자유롭게 사용하세요."

"오홋, 눈치가 빠른데."

조금 떨어진 곳에 있는 기무라 선배의 히죽 웃는 얼굴이, 토해내는 숨이, 끈적거리는 손이 아야코에게는 바로 옆에 있는 것처럼 느껴졌다. 관자놀이가 경련을 일으켰고, 막 맥주를 들이켰는데도 입 안이 칼칼했다. 남자에게 억지로 안겨 있는 가녀린 소녀. 저 소녀는 나다. 3년 전의 나다. 아야코는 자기도 모르게 주먹을 쥐었다. 막아봐야 소용없다. 남자들의 본성은 바뀌지 않고 자신의 상처도 사라지지 않는다. 아야코의 가슴에 옛날에 친구와 함께 넘겼던 그 책의 한 페이지가 또렷하게 되살아났다. 저주를 푼 용감한 다이아나. 몇 번이나 읽은 이야기는 몸에 배어 이 상처와 마찬가지로 지워지지 않고 있다.

정신을 차리고 보니 있는 힘을 다해 비명을 지르고 있었다.

"그만해!"

옆자리에 앉은 료타의 목울대가 심하게 움직였다. 폭발할 것처럼 소란스러웠던 방 안이 잠잠해졌다. 기무라 선배는 믿을 수 없다는 표정으로 눈을 부릅뜨고 있었다. 얼굴이 다소 창백하다. 후다닥 뛰어가 축 늘어진 유키의 손을 꽉 잡고 스스로도 놀랄만큼 날카로운 소리를 내질렀다.

"너희들도 다 똑같아. 이건 엄연한 범죄라고. 야, 일어나!"

료타가 뭐라고 하는 소리가 들렸지만 돌아보지 않았다. 정신없이 계단을 내려가 공원길로 뛰쳐나갔다. 씩씩거리며 유키를 질질 끌다시피 언덕길을 올라갔다. 부슬부슬 내리는 이슬비가 볼과 머리를 적셨다. 어두운 도로가 비에 젖어 빛나고 있었다. 몇 시간 전에 읽었던 '책벌레'의 서평을 떠올렸다. 저주를 풀 수 있는 사람은 오직 자신뿐……. 마법사는 죽어버렸다. 숲의 친구들도 앤드류 왕자도 도와주지 않는다. 두 사람은 어느 틈에 '담배와 소금 박물관' 앞에 와 있었다. 쏴아쏴아 쏟아지는 분수의 물줄기를 깜깜한 유리창이 삼키고 있다. 숨을 헉헉거리며 유키를 벽돌 계단에 앉혔다.

"야, 토하고 싶으면 토해."

가방 깊은 곳에 들어 있는 비닐봉투를 꺼내 건넨 다음 뼈가 불거진 유키의 조그만 등을 탁탁 쳐주었다. 아직 새파란 어린 애가 아닌가. 새삼 료타와 기무라 선배를 향한 격렬한 분노가 치밀어 올랐다. 어둠 속에 떠 있는 유리창이 거울처럼 보였다. 거기에 비친 것은 헝클어진 머리에 화장이 지워진 처참한 여자의 얼굴이었다. 동아리와 연인을 떠난 자신을 마주 보기 위해서는 비명을 지르는 그 이상의 용기가 필요했다. 비슷한 장면이 《비밀 숲의 다이아나》에도 있었지, 아마.

호수를 쳐다보니, 가녀린 여자아이 하나가 불안에 찬 얼굴로 이쪽을 들여다보고 있습니다. 이런 여자아이 하나쯤 사라진다 해도 누구 하나 신경 쓰지 않겠죠. 하지만 외면해서는 안 됩니다. 보름달이 뜬 밤, 한 점 티 없는 눈으로 호수를 들여다보고 거기에 비친 자신과 마주하는 것. 그리고 자신의 입으로 주문을 외우는 것. 그럴 용기가 없으면 나쁜 마녀의 마법을 깰 수 없습니다. 다이아나는 용기를 쥐어짰습니다.

"룩스 룩스, 피르피르르. 어느 누구도 이 다이아나를 옭아맬 수 없어. 내게 명령할 수 있는 사람은 이 세상에 오직 나 하나뿐……. 나만이 내가 나아갈 길을 가리킬 수 있어……."

바람이 부는 것도 아닌데 수면이 살랑살랑 흔들리며 레이스 같은 잔물결이 호수 전체로 퍼져 나갔습니다. 그리고 변화가 천천히 숲과 다이아나를 감쌌습니다. 호수가 달을 고스란히 삼킨 것처럼 빛나면서 숲 전체를 환하게 비추기 시작한 것이죠. 가슴 속에 딱딱한 돌처럼 응어리져 있던 것이 천천히 사라져 가는 것을 느낄 수 있었습니다. 닫혀 있던 목이 열리고 숲의 신선하고 시원한 공기가 폐로 흘러들어가는 것도 느낄 수 있었죠. 손발에 피가 힘차게 돌기 시작했습니다. 크게 소리 내어 노래라도 부르고 싶은 기분입니다. 그래요. 맞아요. 옛날에 다이아나는 이렇게 언제든 춤출 수 있는 신나고 즐거운 기분으로 살았었죠. 슬프고 괴로운 것은 줄곧 고급한 감정이라고 믿고 있었어요. 다이아나는 큰 소리로 외쳤습니다.

"저주를 풀었어! 나 혼자 힘으로!"

그 큰 목소리에 놀라 호숫가에 모여 있던 새들이 푸드득 날아올랐습니다.

그 다이아나처럼. 자신을 둘러싼 상황을, 진실을, 그리고 나 자신을, 티 없이 맑은 눈으로 직시한 것이다. 무릎이 떨리고 위에서 꾸르륵 소리가 났다. 아야코는 얼굴을 똑바로 들었다. 그런 동아리 따위는 기껏해야 학생들의 모임일 뿐이다. 권력을 쥐고 있는 것처럼 보이는 기무라 선배만 해도 아직은 사회인이 아니다. 유리창 속의 자신을 뚫어져라 쳐다보았다. 겁쟁이에 귀가 얇은 어디든 있는 여자. 하지만 자기 두 발로 여기 서서 자신을 직시하고 있는 한 사람의 인간이 있다. 지금이야말로 인정할 때가 온 것이다.

3년 전, 자신은 유키와 비슷한 일을 당했다. 신입생 환영회 자리에서 억지로 술을 마시고 몸을 유린당했다. 그때 일을 도저히 인정하고 싶지 않아서 있는 힘을 다해 자신이 아닌 '누군가'를 연기해 왔다. 그 '누군가'가 아야코의 무거운 짐을 가볍게 들어줄 것 같아서였다. 료타는 심성이 나쁜 사람은 아닐지 몰라도 무심하고 게으르고 겁이 많은 젊은이다. 그래서 온전하게 미워할 수 없었다. 언뜻 화려해 보이는 그 동아리의 남자들은 여자를 짓밟는 행위로 겨우겨우 권력을 유지하고 있다. 짓밟힌 여자들은 남자들과 어울려 같은 여자들을 짓밟는 행위로 자신들이 당한 굴욕을 없었던 일로 하려 한다.

"룩스 룩스, 피르피르르. 그 어느 누구도 이 간자키 아야코를 옭아맬 수 없어. 내게 명령할 수 있는 사람은 이 세상에 오직 나 하나뿐……."

입술이 저절로 그렇게 움직였다. 들리지 않을 정도로 희미한 움직임이었지만 유키에게 들렸는지 걱정스러운 표정으로 묻는다.

"아야코 선배, 왜 그래요?"

긴 잠에서 깨어난 기분으로 아야코는 주위를 돌아보았다. 거기에 펼쳐진 광경은 조금 전과 다르지 않은 밤의 시부야였다. 해야 할 일이 많다. 일일이 다 셀 수 없을 정도로. 선명한 네온 불빛과 나무들의 초록색 기척이 한꺼번에 밀려와 아야코는 엉엉 울음을 터뜨릴 것만 같았다. 눈부시게 빛나는 주인공은 될 수 없다. 이렇다 할 재능도 없고 장점도 없다. 하지만 주인공들을 돕는 누군가는 될 수 있을 것이다. 유키가 차가운 손가락으로 이쪽 손에 깍지를 꼈다. 젖은 눈에 비 갠 거리의 개운한 모습이 날아들었다.

약속 시간에서 벌써 30분이 지났다. 혹시 그냥 장난 메일이 아니었을까. 그럴 거다, 보나마나 뻔하다. 유리창 너머 몇 미터 앞에 보이는 린린도가 한없이 멀리 있는 것처럼 느껴져 다이아나는 지금 당장 여기를 뛰쳐나가 직장으로 돌아가고 싶어 엉덩이가 근질근질했다. 기대와 불안으로 숨이 막혀 와 그를 정말 만날 수 있을지 이제 걱정되지도 않았다.

"10분만 더 기다렸다가 그래도 오지 않으면 그냥 가지. 슬슬 계산대가 붐빌 시간이야."

앞에 놓인 카페오레에는 손도 대지 않은 다도코로 씨가 옆에서 손목시계를 보며 말했다. 그답지 않게 미간을 잔뜩 찡그리고 있다.

"만약 그냥 장난이었다면 좀 심하군. 역시 혼자 나올걸 그랬어. 안색이 안 좋은데 괜찮나?"

"네, 괜찮아요."

다이아나는 그렇게 대답하고 꺼져가는 카푸치노 거품을 내려다보았다.

서점의 홈페이지에 '하토리 게이치'라는 이름으로 메일이 온 것은 1주일 전, 그러니까 6월 말이었다.

벌써 잊혀진 작가라 여겼는데 어느 독자가 린린도에서 여러 가지 이벤트도 하고 있고 '책벌레'의 광고판과 서평도 있다는 것을 가르쳐 주어 감격했다, 꼭 한 번 만나서 감사 인사를 하고 싶다. 그런 내용과 함께 같은 층에 있는 와플 가게를 약속 장소로 정해 놓았다. 와플을 굽는 달콤한 냄새에 속이 메슥거리면서 뭔가가 올라올 것만 같았다. 안 그래도 다도코로 씨가 결혼한 충격에서 아직 헤어 나오지 못했는데 이렇게 나란히 앉아 기다려야 하다니 이게 무슨 벌칙인지. 어제 마신 술기운이 아직 가시지 않은 데다 정신 줄을 놓으면 그 녀석 얼굴만 떠오르는데. 최근에는 쉬기 전날이면 티아라의 가게에서 술을 마시고 그 길로 티아라의 아파트에 가서 자곤 했다. 저녁때가 되도록 늘어지게 자고 있으면 어디서 정보를 입수했는지 다케다가 꼭 나타나 죽이나 우동을 만들어 주었다. 어제는 티아라가 출근하고 없는 방에서 단 둘이 매실 장아찌가 든 죽을 먹고 있는데 다케다가 불쑥 이런 말을 꺼냈다.

– 저 말이지, 이제 우리 슬슬 사귀지 않을래?

언젠가는 이런 날이 올 거라고 생각했지만 이제 막 잠에서 깨 팅팅 부은 얼굴 앞에서 할 말은 아니지 싶어 다이아나는 씩씩거리며 노려보았다. 그런데 그는 아무렇지 않게 싱글싱글 웃기만 했다. 다케다의 숨소리와 굵은 목이 갑자기 동물적으로 느껴져 약간 겁이 났다.

— 다도코로 씨에게 차인 지금이 기회잖아.

줄곧 옆에 있어 준 그에게 감사하는 마음이 없는 것은 아니다. 하지만 그렇다고 하루아침에 연인 사이가 될 수는 없다. 게다가 다이아나는 또래 남자들과 어떻게 교제하면 좋은지를 모른다. 지금 돌이켜 보면 다도코로 씨는 나이 차이가 큰 데다 토실토실하고 선량한 인상 때문에 안심하고 어리광을 부릴 수 있었다. 스스로도 조금은 미안할 정도로 매정하게 보류를 선언했는데, 다케다는 낙관적으로 뭐라뭐라 중얼거리고는 돌아갔다. 물론 싫지는 않다. 그가 옆에서 사라지면 곤란하다는 이기적인 생각도 한다. 대답을 얼버무린 자신은 계산이 철저한 여자일까.

"죄송합니다. 다도코로 씨와 '책벌레' 씨인가요?"

얼빠진 목소리에 조심조심 고개를 들어 보니 뾰족한 턱 위로 창백한 얼굴이 있었다. 푸스스한 머리에 텁수룩한 수염, 티셔츠에 청바지, 낡은 스니커. 청바지에 쿡 쑤셔 넣은 손. 꿈에도 그리던 친아빠이자 존경하는 작가를 다이아나는 멀뚱멀뚱 올려다보았다.

"주머니에 오백 엔밖에 없어서 불안해서 말이죠. 역무실에서 돈 빌리느라 늦었습니다. 다도코로 씨, 오랜만이네요. 아주 오래 전에 사인회에서 신세를 많이 졌죠. 음, 아…… 그 쪽이 '책벌레' 씨?"

그렇게 말하고서 하토리 게이치 씨는 건너편 자리에 털퍼덕 앉더니 콧노래를 흥얼거리면서 메뉴를 뒤적거렸다.

"음, 먹고 싶은 거 주문해도 되죠? 우와, 앗싸 신난다."

이런 사람이 아빠라고? 다이아나는 컵을 쥔 손이 떨려오는 것을 꾹 눌러 참았다. 그 사진 속의 인상 좋은 청년과 동일 인물이라는 것은 알겠는데 전혀 나이를 먹은 것처럼 보이지 않았다. 아마 지금 나이가 마흔둘일 텐데 거의 C자에 가깝게 휜 등도, 뭐가 재미있는지 계속 웃고 있는 입가도 기가 찰 정도로 소년 같다. 이부자리를 걷어차고 나오자마자 그대로 달려온 것처럼 허접한 차림새하며 커다란 눈망울로 부산스럽게 사방을 두리번대는 모습하며 다이아나는 저리가라 할 정도로 세상물정에 어두운 분위기다. 상상했던 것처럼 가슴을 찡하게 울리는 느낌과 온천처럼 따스한 감정이 밀려 올라오는 기미는 전혀 없었다.

그리고 무엇보다.

이 남자와 아주 비슷한 남자를 최근에 어디선가 만난 듯한 기분이 든다. 거기가 어디였는지는 기억나지 않는다. 티아라의 가게에 가는 도중에 있는 수상한 지역이었나. 실망의 무게 때문에 다이아나는 테이블에 그냥 엎드려버릴 뻔했다.

차라리 늘 옆에 있는 다도코로 씨가 훨씬 더 아빠 같지 않은가.

"이걸로 해야지."

하토리 게이치 씨는 한참이나 뜸을 들이다가 들으란 듯이 그렇게 말하고는 딸기와 크림 와플을 주문했다. 그러고는 짜증스러울 만큼 답답한 말투로 얘기를 꺼냈다.

"출판사를 통해서 독자 편지를 받았습니다. 그래서 여기 서점에서 뭘 하고 있는지 알았어요. 처음 와보는데 넓고 아주 좋은 서점이군요. 다도코로 씨와 '책벌레' 씨가 지금도 《비밀 숲의 다이아나》와 무크지를 대대적으로 팔고 있다는 게 얼마나 감동이던지. 한번은 인사를 하러 오고 싶었어요. 아, 그렇지. 가능하면 사인회도 할 수 있지 않을까 하는 생각도 들어서."

"아니, 사인회를? 괜찮겠습니까?"

다도코로 씨가 몸을 앞으로 쑥 내밀었다. 하토리 게이치는 헤실헤실 웃으며 고개를 끄덕였다.

"그럼요. 독자들이 조금이라도 그 책을 기억해서 새로운 팬이 생기면 더할 나위 없이 좋죠. 제가 빈털터리 신세라."

다도코로 씨와 다이아나가 얼굴을 마주 보자 그는 묻지도 않은 얘기를 술술 늘어놓았다.

"지난 20년 동안, 청소부에 경비원 같은 일을 하면서 근근이 먹고 살았습니다. 다행히 지금 같이 사는 그녀가 증권회사에서 일하는 덕분에 허리띠를 졸라매면 둘이 살아갈 수는 있어요. 그런데 내가 사람이 이 모양이라 씀씀이가 헤퍼서."

지금이야말로 말을 할 때이지 않을까. 내가 당신의 딸입니다. 야지마 다이아나, 당신의 책에서 따온 이름이죠. 목구멍까지 기어 올라온 말을 하토리 게이치 씨가 가로막았다.

"조금 있으면 딸이 태어납니다. 이 나이가 돼서 혼전임신이죠. 처자식을 위해서도 목돈이 있어야 하는데……."

다이아나는 무슨 말을 하면 좋을지 몰라 애매한 표정으로 고개를 끄덕거렸다.

티아라는 그렇게 말했지만 그를 아끼고 사랑하는 마음만으로 그의 곁을 떠난 것은 아니지 않을까. 이 사람과 함께여서는 자식을 제대로 키울 수 없다는 판단을 했기 때문이 아닐까. 모든 것이 확실해지면서 소름이 좍 돋았다. 하토리 씨가 왠지 안절부절못하는 태도로 이쪽을 건네다 보았다. 그렇게 봐서 그런지 긴장하고 있는 것도 같다. 다이아나를 보는 눈에 어딘가 모르게 절박함이 배어 있었다. 왜지. 설마 친딸이라는 것을 이제야 깨달은 것인가. 다이아나는 가슴이 쿵쿵거렸다.

"음, 그런데 책벌레 씨. 왜 그렇게 《비밀 숲의 다이아나》를 좋아하는 건데? 무슨 추억이라도 있는 거야? 그 책과는 어떻게 만났는데?"

"어렸을 때 친구에게 빌려서 읽었어요……."

"어, 친구? 어떤 친구? 지금도 사이좋게 지내? 궁금한데. 자세하게 얘기해 봐."

친구라는 말에 하토리 씨는 여고생처럼 조잘거리기 시작했다. 귀찮지만 얘기하지 않을 수 없었다. 다이아나는 처음 만났던 날 아야코의 반짝거리던 단발머리와 그때 나눈 대화를 떠올렸다.

"초등학교 3학년 때 같은 반이었어요. 책을 읽는 취미도 성격도 아주 잘 맞는 여자아이였죠. ……돈도 많은 집안에 귀여운 아이여서 많이 부러웠어요. 그러다 어떤 오해 때문에 사이가 나빠져서. 지금도 좋은 친구로 지내고 있나면 많은 것을 함께 했을지도 모르죠."

"……지금의 너희들, 아니지, 너에게 딱 어울리는 책이 있는데. 잠깐 기다려 봐!"

하토리 씨는 벌떡 일어서더니 와플 접시를 들고 온 종업원을 휙 밀쳐내고는 긴 다리를 휘젓듯 뛰어 가게를 나갔다. 다도코로 씨가 눈짓하기에 다이아나도 얼른 그 뒤를 좇았다. 하토리 씨는 망설임 하나 없이 아동물 코너로 향하고 있었다. 아빠가 책을 골라주는 꿈이 이런 식으로 이루어지다니. 기대감으로 가슴이 부풀었는데 그의 커다랗고 야윈 손이 집어든 책은 몽고메리의 《빨간 머리 앤》시리즈 세 번째 권인 《앤의 애정Anne of the Island》 문고판이었다. 쳇, 뭐야. 다이아나는 실망이 이만저만이 아니었다. 이렇게 누구라도 읽은 적 있는 작품 말고 아는 사람만 아는 숨은 명작을 가르쳐 줬으면 했다. 《빨간 머리 앤》은 무척 좋아하는 책이지만 재미있는 것은 앤이 활기차고 여유롭게 생활하는 《앤의 청춘Anne of Avonlea》까지였다. 길버트와의 연애가 큰 비중을 차지하게 되면서 앤이 맥이 빠지는 것 같아 재미가 떨어졌다. 이쪽의 속내를 알아차렸는지 하토리 씨가 뒤쪽 페이지를 펼쳐 보여주었다.

"책 읽기의 달인인 서점 직원에게 앤 시리즈라니, 싫겠지. 하지만 내가 읽어보라고 권하고 싶은 것은 번역자인 무라오카 하나코 씨의 해설이야. 어렸을 때는 보나 마나 이런 거 건너뛰었겠지."

그가 펼친 페이지를 보려던 다이아나는 그만 하토리 씨의 옆얼굴을 보고 화들짝 놀랐다. 그것은 바로 한 달 전 방범 카메라에 찍힌 책 도둑의 얼굴이었다. 안절부절못하는 태도의 원인을 이제야 깨달았다. 한 순간이나마 아빠로서 찾아온 게 아닐까 하고 꿈같은 기대를 했던 자신을 한 대 때려주고 싶었다.

입 다물고 있자. 생각은 그렇게 했는데 입이 움직이고 말았다.

"아까……, 이 서점에 처음 왔다고 하셨는데……. 그거 거짓말이죠? 이 책이 있는 위치도 알고 있고……."

하토리 씨가 어깨를 움찔했다. 얼굴에서 서서히 엷은 미소가 사라져갔다.

"방범 카메라에 선생님 찍혀 있는 거, 봤어요."

다이아나가 조용히 말하고 잠시 지나서야 그는 숨을 크게 내쉬더니 무언가를 거부하듯 소리 내어 손뼉을 짝 쳤다.

"어, 그게 그냥 무심결에 그런 거야. 미안. 보관용으로 한 권 갖고 싶었는데 돈이 없어서. 다음에 돌려줄게."

"무심결에?"

실내의 소음이 멀어지고, 뜨거운 회오리바람이 다이아나의 목에서 정수리를 오락가락했다. 눈앞에 있는 남자에게 조금도 반성의 기미가 없어 다이아나는 더더욱 어처구니가 없었다.

"무심결에 그러면 안 되죠. 믿을 수가 없네요. 하토리 선생님은 자신이 얼마나 많은 사람들에게 상처를 줬는지 알기나 하세요? 서점에 손해를 끼친 것은 물론, 선생님의 작품을 사랑하는 독자와 편집자, 그리고 가족……."

정신없이 말을 쏟아내고 있는데 하토리 씨가 불쑥 끼어들었다.

"저 말이야, 작가를 그렇게 성인聖人 보듯 하는 거 그만둘 수 없을까? 그거, 자네들 서점 직원들의 오만한 점이라고."

"네……?"

놀라서 쳐다보니 하토리 씨는 퉁명스러운 표정으로 말을 뱉고 있었다.

"선의로 내 책을 추천하고 있다는 건 알아. 도움을 받고 있기도 하고. 그렇다고 이상理想을 강요하지는 말았으면 좋겠군."

이상. 이상을 품는 게 뭐가 안 된다는 말인가. 책에, 일에, 그리고 아직 만나지 못한 아빠에게 이상을 품었기에 자신이 오늘까지 살아올 수 있었는데. 그리고 이렇게 하토리 씨를 지속적으로 성원할 수 있었는데. 이쪽의 눈동자에 모든 것이 스며 있었던 것이리라. 하토리 씨는 계속해서 말을 이어 나갔다.

"난 자네들의 그 이상에 스트레스 받아서 쓸 수 없게 된 거나 다름없다고."

"……무슨 뜻이죠?"

"《비밀 숲의 다이아나》를 지금도 독자들이 사랑해 주는 것은 물론 감사해야 할 일이라는 거 잘 알아. 하지만 그 책 때문에 나는 아무것도 할 수 없게 되었어. 대박도 그런 대박이 없었거든. 그 작품 이상 가는 작품을 나는 절대 쓸 수 없을 거야."

떨려 나오는 목소리에 흉하게 일그러진 표정.

– 그런 말씀 마세요. 선생님이라면 또 훌륭한 작품을 쓸 수 있을 거예요. 우리 독자들은 그 날을 기다리고 있어요.

입 안에서 맴도는 말에 다이아나는 소스라쳤다. 이런 기대에 그는 짓뭉개진 것이다.

"그렇다고 책을 훔칠 것까지야……."

"미안해, 그 일은. 정말 미안해. 그런데 서점에서 지금도 그 책을 추천하고 있다니까 너무 괴로웠어. 소식을 들었을 때는 반가워서 보러 왔는데, 막상 와보니까 너무 괴로워서……. 어떻게든 사람들 눈에 띄지 않게 하고 싶어서. 그래서 그만……."

하토리 씨는 그 말을 끝으로 고개를 푹 숙이고 말았다. 이렇게나 유약하다니. 다이아나는 지금 당장 이 자리를 떠나고 싶어졌다. 태어나서 처음 경험하는 남자의 나약함, 그것도 친아빠의 나약함을 도저히 두 눈 뜨고 볼 수가 없었다. 티아라는 다이아나 앞에서는 절대 우는 소리를 하지 않았다.

더는 듣고 싶지 않다. 다이아나는 거의 악을 쓰고 있었다.

"이제 그만해요! 더는 아무 말 마세요. 그 건은 잊을게요. 사인회도 성황리에 끝날 수 있도록 만반의 준비를 할게요. 하지만 그건 다 당신을 위해서가 아니라, 당신의 독자를 위한 일이에요!"

"사실은 너를 만나러 왔는데……."

뜬금없이 그렇게 말하는 하토리 씨를 떠밀듯이 밀쳐내고 다이아나는 서점을 떠났다.

어떻게 티아라의 가게까지 갔는지 기억이 없을 정도로 혼란스러움이 진정되지 않아 입구에 발을 들여놓자마자 참고 참았던 눈물이 왈칵 쏟아졌다. 카운터 안에 있던 티아라의 눈이 휘둥그레졌다.

"왜 그래. 그런 표정을 하고."

"티아라는……. 티아라는……."

다른 손님은 없었다. 다이아나는 용기를 내서 오늘 있었던 일을 속속들이 다 털어놓았다.

"그래, 정말 충격이 컸겠다. 여전하네, 호타루……."

다이아나가 얘기를 다 하고 나자 티아라는 말보로 라이트에 불을 붙였다.

– 그런 사람, 어디가 그렇게 좋았어?

소리 없는 질문을 티아라는 이내 알아차린 듯했다.

"호타루라는 사람은 언제나 타인의 행복만을 생각했어. 그런데 생각하면 생각할수록 헛돌게 되니까 그 결과 대참사가 벌어진 거지. 작가니까 자기 쓰고 싶은 것을 자기 페이스에 맞춰서 쓰면 되는데 너무 착하다 보니까 사람들 기대에 부응하려고 애쓰다 펑크가 난 거야."

티아라는 코로 연기를 내뿜으면서 희미하게 웃었다.

"나는 약한 부분은 내보이지 않고, 요령 있게 즐겁게 사는 걸 잘 하다 보니까 그이가 좀 부러웠어. 문단 바에서 편집자에게 둘러싸여 어쩔 줄 모르고 실수만 연발하다가 풀이 죽어 있는 순수한 그 사람이……."

이쪽의 시선을 느꼈는지 티아라가 담배를 빈 깡통에 눌러 껐다.

"너도 참 가엾지만…… 소설처럼 모든 게 멋지게 돌아가지는 않는 법이잖아. 어렵게 만난 아빠가 이상적인 인물이었다, 그러기가 쉽지 않지."

그리고 한참을 말이 없다가 티아라는 멍하니 중얼거렸다.

"하지만 인생이 이렇게 내 마음 같지 않다는 거, 어떤 책에도 쓰여 있지 않았어……."

그래도 아빠 정도는 존경할 수 있는 사람이기를 바랐는데. 앞으로 뭐에 의지하고 살아가면 좋을지 알 수 없었다. 하토리 씨는 다이아나의 서점 직원으로서의 일까지 부정했다. 가장 비참한 것은 그의 엉터리 주장에 귀가 따가운 부분이 없지 않다는 점이다. 아닌 게 아니라 다이아나는 이상을 높이 떠받드는 경향이 있다. 자신은 물론 타인에게도 엄격하지만, 기대에 미치지 못하면 어떻게든 되겠지 하고 놓아버리곤 한다. 자신의 인생이 쉽게 궁지에 몰리는 것은 이상만 추구한 나머지 지금 눈앞에 있는 현실을 사랑하지 않기 때문이 아닐까. 아야코에 다도코로 점장. 다이아나의 손가락 사이로 빠져나간 사람들. 만약 자신에게 좀 더 융통성이 있었다면 결과는 달라졌을까.

"《랜턴 힐의 제인Jane of Lantern Hill》에 나오는 아빠 같은 사람, 그리 쉽게 없으니까."

티아라도 《랜턴 힐의 제인》을 읽었구나. 생이별한 아빠와 재회하는 소녀 이야기. 몽고메리의 숨은 걸작이다. 다이아나는 이제야 겨우 슬며시 웃을 수 있었다. 티아라는 또 야키우동을 만들어 주었다. 평소에는 짜증스럽던 마요네즈가 조려진 간장 맛과 어울려 유달리 맛있었다.

카페 창문으로 학교에서 돌아오는 초등학생들이 보였다. 자신이 다녔던 초등학교 학생들일 것이다. 빨강과 검정에 섞여 분홍색 가방을 메고 있는 아이도 눈에 띈다. 유독 눈에 띄었던 다이아나의 가방이 떠올랐다. 반짝거리는 비즈와 스왈로브스키로 장식되었던 가방. 우람한 목을 움직이며 앞에서 콜라를 마시고 있는 옛 친구를 향해 아야코는 최대한 차분하게 얘기를 꺼냈다.

"그날, 오기가 나서 자진해서 술을 마셨어. 나, 친구가 권하기는 했지만 그렇게 요란한 동아리에 들어간 건 순전히 내 책임이지. 그래서 너무 겁이 나서 말을 할 수가 없었어. 모든 게 내 탓이라고 비난할까 봐 무서웠어. 하지만 이대로는 안 된다는 거 사실은 누구보다 내가 잘 알고 있었어."

다케다는 얼음을 우드득 깨물었다. 그 행동만으로도 그가 분노를 억누르고 있다는 것을 알 수 있었다.

"료타가 내게 한 짓, 문제 삼기에는 시간이 너무 많이 흘렀지. 그래도 할 수 있는 일이 있었어. 슈가에서 술을 빌미로 아무렇지도 않게 횡행되고 있는 강압적인 섹스……, 그 내용을 문서로 작성해서 학생과를 통해 '성폭력' 사건으로 학교측에 보고 했어. 그래서 성폭력 방지 위원회가 움직이기 시작했고."

아야코는 싸늘하게 식은 커피를 스푼으로 휘휘 저었다.

"내가 그날 노래방에서 난리를 치고 난 후에 동아리 내에서도 들고 일어난 여학생이 몇 명 있었나 봐. 위원회의 조사를 받고 기무라 선배는 무기정학을 당했어. 료타와 다른 간부들은 엄중한 주의를 받는 것에 그친 듯한데……, 지난주에 대학의 어느 사이트에 전원의 이름이 올라갔어. 물론 순식간에 퍼졌지. 그 일이 회사에도 전해졌는지 료타는 내정된 취직자리가 취소되었대……."

패밀리레스토랑에서 마지막으로 만났을 때 료타는 사람들의 시선도 아랑곳하지 않고 울음을 터뜨렸다.

– 왜 그런 건데. 우리, 서로 좋아했잖아. 그건 합의 하에서 한 거였잖아. 왜, 왜 이런 짓을 벌인 거냐고. 나는 내가 좋아하는 여자와 섹스를 했을 뿐인데 왜 사람들에게 손가락질을 당하는 것도 모자라 미래까지 잃어버려야 하느냐고. 지금까지 우리 사이에 있었던 일, 전부 거짓이었어? 우리가 같이 보낸 시간은 뭐였냐고?

가슴이 아프기는 했다. 정이 아예 없는 것도 아니었다. 마음이 통한 순간도 없었다고는 할 수 없다. 처음 만났던 고3 때 가을, 아야코는 그에게 분명히 호감을 품었다. 반년 후 술자리에서 말을 건네주었을 때도 가슴이 두근거렸다. 둘이서 바라본 아침노을과 설경이 몇 번이나 뇌리를 스쳤다.

– 료타는 말이지, 언제나 주위에 사람들이 있지만……. 누

구와도 친밀한 관계를 유지한 적이 없잖아. 상하관계나 지위가 없으면 인간관계를 형성하지 못하지. 기무라 선배도 동아리의 다른 사람들도 다 마찬가지야. 그래서 그런 거잖아.

그렇게 말했더니 그의 얼굴이 점차 하얗게 질려갔다.

– 그래서 그렇게 늘 화가 나 있잖아. 그리고 그걸 숨기기 위해서 언제나 즐거운 척하는 거 아니야? 그런 거에 여자를 끌어들이지 말라고.

이를 악물고 울면서 무릎에 매달리는 그에게 단호하게 결별을 고했다. 즐거웠던 추억은 지금도 사라지지 않았지만 그를 용서할 날은 아마 오지 않을 것이다. 그것이 현실이다.

“널 아무 생각 없는 철부지 아가씨 취급한 거 미안하다.”

“다이아나는 행복하겠어. 다케다처럼 언제나 곁에 있으면서 마음 써 주는 상대가 있어서.”

다케다는 초등학교 시절과 조금도 달라지지 않은 머쓱한 표정으로 퉁명스럽게 말을 뱉었다.

“그 녀석, 고집쟁이에 성격도 세지만 약하면서도 생활력 강한 그 이상한 점에 끌린다니까. 사귀지는 못하더라도 옆에서 계속 지켜보고 싶어. 얼마 전에 나 딴에는 고백을 했는데 슬쩍 딴청을 피우더라고. 막 실연을 해서 그럴 여유가 없다나.”

“한두 번 들이댔다가 포기하면 안 되지. 너, 초등학교 3학년 때부터 줄곧 다이아나만 보고 있었잖아. 그거 어중간한 마음 아니잖아.”

“그렇지. 거절을 당하는 한이 있어도 지금 이대로는 좀 그렇지. 나에 대해서도 그렇지만 남자 전체를 잘 모르는 느낌이니까. 왜 그 녀석, 자기 아빠 얼굴도 모르잖아. 아빠를 만나서 딱 마주할 수 있으면 남자에 대한 두려움도 없어지지 않을까 싶은데. 뭐 나야 머리가 나빠서 잘은 모르겠지만. 아무튼 그 녀석이 아빠와 재회하게 되면 그때 다시 한 번 고백해 보려고."

아야코는 잠자코 고개를 끄덕였다. 이렇게 민망할 정도로 자신의 속내를 대놓고 얘기할 수 있는 사람이 대학에는 없다. 슈가를 고발한 여자가 누구인지 벌써 마녀 사냥이 시작되었다는 소문은 들었지만 의연한 태도로 밀고 나갈 생각이다. 신변의 위험을 느끼면 어떻게 대처해야 하는지 성폭력 방지 위원회의 한 중견 여교수에게 조언도 들었다. 다케다와 헤어진 아야코는 오랜만에 밝은 시간에 집으로 돌아갔다. 거실로 들어서자 엄마가 소파에 누워 이마에 손을 얹고 있었다.

"엄마, 왜 그래?"

놀라서 다가가자 엄마는 신음하듯이 말했다.

"응, 정원에서 햇볕을 너무 많이 쬐었나 봐. 좀 누워 있으면 괜찮아지겠지. 그리고 배가 좀 고픈 것 같네."

"알았어. 내가 간단하게 먹을 수 있는 거 만들어 올게."

그렇게 말하고서 부엌으로 들어가기는 했는데, 사실 요리를 오래도록 하지 않았다. 어렸을 때는 다이아나와 함께 엄마를 따라 케이크도 만들고 쿠키도 구웠다. 중고등학교 시절에도 엄마를 곧잘 도왔던 것 같은데. 하지만 최근에는 집에 있는 일 자체가 거의 없었다. 문득 생각이 나서 엄마가 요리책을 꽂아놓은 책꽂이를 들여다보았다. 있다. 눈동자를 반짝거리며 표지가 너덜너덜해진 《빨간 머리 앤의 요리 노트》를 꺼냈다. 원작에 등장하는, 동그랗게 부푼 부드럽고 새하얀 비스킷 묘사에 다이아나와 함께 숨을 삼키곤 했다. 이 요리책을 엄마의 장서에서 발견하고 레시피를 찾았을 때는 얼마나 기뻤는지 모른다. 엄마가 보는 앞에서 둘이 몇 번이나 만들었기 때문에 지금도 차례는 어렴풋하게 기억하고 있다.

그것은 특별한 과자였다. 앤이 만든 비스킷을 한 입 입에 문 수다쟁이 레이첼, 즉 린드 부인이 그 맛에 감격해 그제야 앤을 어른으로 인정하게 되니까. 박력분, 베이킹파우더, 설탕, 버터, 우유. 냉장고와 선반을 죽 살펴보았다. 필요한 재료는 전부 있다. 오븐을 예열하고, 냉장고에서 꺼낸 차가운 버터를 자르고, 밀가루와 파우더를 채에 거른다. 하늘하늘 눈처럼 쌓이는 파우더, 채 위에서 동글동글 굴러다니는 하얀 덩어리를 쳐다보는 동안 가슴을 묵직하게 짓누르던 응어리가 풀어지는 것을 느낄 수 있었다.

언제나 이 장소에 서서, 어떤 날이든 아야코를 위해 요리해 온 엄마. 물론 엄마의 기분을 지금의 자신은 다 헤아릴 수 없다. 하지만 캠퍼스에서 유키의 얼굴을 볼 때마다 따끈하게 데운 우유를 마셨을 때처럼 따스하고 포근한 기분이 샘솟는다. 슈가를 떠나 고등학교 때도 활동했다는 브라스 밴드에 들어간 그녀는 언제 마주치든 투피스 차림에 트롬본을 껴안은 모습이다. 자신보다 어린 누군가를 소중하게 아끼는 마음이 절박했던 자기 자신과의 싸움에 약간은 해방감을 가져다 준 것 같다. 아무것도 얻지 못한 대학생활이었지만 활기차게 학교에 다니는 유키가 지금의 아야코에게는 유일한 자부심이다. 반죽을 틀에 담고 철판에 죽 늘어놓은 후에 오븐에 넣었다.

설거지를 끝내고 버터와 잼을 세팅하고 홍차를 끓이는 참에 오븐 벨이 울렸다. 철판 위에 조르륵 구워진 따끈한 비스킷은 소설에 묘사된 그대로 하얗고 포근포근하게 부풀었다. 아야코는 안도하면서 종이냅킨을 깐 큰 접시에 비스킷을 담아 거실로 가져갔다. 소파에서 몸을 일으킨 엄마가 눈가에 미소를 머금고 이쪽을 쳐다보았다.

"고마워. 잘 구워졌네. 엄마가 가르쳐 준 거 아야코가 다 기억하고 있었네. 다행이다."

엄마는 눈물을 글썽이는 눈치였다. 내가 얼마나 걱정을 끼쳤으면 하고 생각하자 아야코는 견딜 수가 없어서 바닥에 무릎을 꿇고 엄마의 손을 잡았다. 정원 일과 집안일로 거칠어졌지만 보드랍고 의지할 수 있는 손이었다.

"여러 가지로 미안했어, 엄마. 언젠가 모든 것을 다 얘기할게. 걱정 끼쳐서 미안해. 나는 아무것도 변하지 않았어."

엄마가 울먹이는 얼굴로 아야코를 향해 고개를 끄덕이고는 조심스럽게 머리칼을 쓰다듬었다. 그 손길이 눈앞이 가물가물해질 정도로 푸근해서 아야코는 오랜만에 몸속 깊이 안도하는 자신을 느꼈다. "다녀왔어." 하는 소리와 함께 현관문이 열리는 소리가 났다. 잠시 후 아빠가 나타났다.

"비스킷 구웠는데. 아빠, 먹을 거지?"

오직 혼자의 힘으로 재기하려는 자신을 알아주었으면 하고 기도하는 마음이었다.

지난주, 정말 오랜만에 아빠와 진지하게 얘기를 나눴다. 어떻게든 아빠의 힘을 빌려야 했다. 내켜하지 않은 아빠에게 머리를 숙이고 간절하게 부탁했다. 하지만 아빠는 몇 번이나 남의 가정사에 끼어들어서는 안 된다며 거절했다. 그런데도 아야코는 강경하게 주장했다. 하토리 게이치와 다이아나가 만날 수 있도록 계기를 마련해야 한다고. 아야코의 설득에 항복한 아빠는 아야코의 편지를 어디까지나 익명의 팬레터로 하토리 게이치에게 전하겠노라 약속했다. 그리고 편집자 입장에서 작가에게 편지 쓰는 법을 가르쳐 주었다. 아야코는 혼신의 힘을 다해 편지를 썼다. 편지지를 몇 장이나 구겨 버렸는지 모른다. 앞으로 만나는 일이 없다 해도 옛 친구에게 도움 되는 일을 하고 싶었다. 하토리 게이치가 그녀의 직장을 찾아가기를 그 무엇보다 간절하게 바랐다.

아빠는 잠시 머뭇거리다가 싱긋 웃고는 이렇게 중얼거렸다.

"손 씻고 오마."

새 봄의 첫 일로 더없이 적합한 이벤트였다. 아침부터 눈발 섞인 비가 내렸는데도 '하토리 게이치'의 사인회는 성황을 이뤘다.

린린도 바깥까지 사람들이 넘쳐 처음 하토리 선생님을 만났던 와플 가게 앞까지 줄이 이어졌다. 엄마 손을 잡고 온 어린 여자아이도 있고, 삼십 대 정도의 남자도, 고등학교 교복을 입은 소년 소녀도 있었다. 모두들 꽤 여러 번 읽었음직한《비밀 숲의 다이아나》를 가슴에 꼭 안고 있었다. 지금까지 인터넷 상에서만 교류했던 하토리 게이치의 팬을 두 눈으로 직접 본 다이아나는 온몸이 뜨거워지는 것을 느꼈다. 이번 사인회는 다도코로 점장의 손을 빌리지 않고 거의 혼자서 진행했다. 이제야 어엿한 서점 직원으로서 한몫을 하게 되었는지도 모른다. 시간 관념이 희박한 데다 막판이 되면 도망치기로 유명한 하토리 선생님을 시간에 맞춰 서점에 도착하게 하고, 백 명이 넘는 팬 한 명 한 명의 얼굴을 보면서 사인을 하도록 했다. 겨우 겨우 마지막 한 명이 뿌듯한 표정으로 사인된 책을 안고 사라지자 하토리 선생님 개인에 대한 생각과는 상관없이 그 자리에 주저앉고 싶을 정도로 안도감이 밀려왔다.

"수고 많았어, 다이아나. 내 일처럼 기쁘군."

목소리가 들려 얼굴을 들어보니 간자키 아야코의 아빠가 서 있었다. 몇 년 만에 보는 얼굴인지. 포근한 코트를 걸치고 입가에 빙그레 미소를 머금고 있었다. 원래 담당 편집자였으니 그가 이 자리에 있는 것은 당연한 일이었다. 그래, 이 사람은 모든 걸 다 알고 있을 거야. 어쩌면 티아라와 아빠의 사랑을 처음부터 줄곧 지켜보았는지도 모르지.

"오랜만이에요. 선생님, 모시고 올게요. 여기서 잠시 기다려 주세요."

벌떡 일어나 휴게실로 걸음을 서둘렀다. 그런데 하토리 선생님을 위해 준비한 휴게 코너에 그의 모습은 온데간데없고, 손대지 않은 생수와 과자만 놓여 있었다. 직원들 모두 모여 뒤풀이를 계획하고 있는데 어디로 간 것일까.

"어, 선생님은?"

아르바이트하는 대학생이 느릿느릿 돌아보았다.

"계속 긴장한 탓인지 배가 아프다면서 조금 전에 가셨어요."

잠시 눈을 떼면 이렇다니까.

"아, 그리고 이거 야지마 씨에게 전해 달라고 했어요."

그녀가 내민 것은 처음 만났을 때 추천받은 《앤의 애정》이었다. 뒤쪽에 포스트잇이 붙어 있다. 참 내, 읽었다고 하는데도 그러네. 시큰둥하게 펼쳐보던 다이아나의 눈이 페이지에 빨려들고 만다.

이 책에서는 앤에게도 친구인 다이아나에게도 많은 변화가 생깁니다. 앤이 대학에 진학한 반면 다이아나는 집에서 차분하게 딸로서 교양을 익히죠. 친한 친구가 마을을 떠나 새로운 대학생활을 시작한 후에도 다이아나는 그 상황을 피할 수 없는 현실로 받아들이고 그녀 자신의 길을 나아갑니다. 그런데도 앤과의 우정은 조금도 변하지 않지요. 이것이 진정한 우정이 아닐까요.

사람들은 상대가 자신과 비슷한 처지에 있을 때는 사이좋게 지내도 상대가 자신보다 높이 비약하면 그 우정을 지키지 못하는 경우가 없지 않습니다. 나는 앤과 다이아나에게 배울 점이 참 많다고 생각합니다.

인생에는 기다려야 하는 일이 흔히 있습니다. 자신이 뜻한 바대로 순조롭게 나아가는 사람은 물론 행복하겠지만, 뜻한 바대로 나아가지 못하더라도 주어진 환경 속에서 힘껏 노력하면 길은 절로 열리는 법이지요. 그런 사람들은 순조롭게 나아가는 사람보다 인간으로서의 깊이와 넓이를 지닐 수 있을 것이라 생각합니다.

한 문장 한 문장이 마음 깊이 내려와 몸으로 스며드는 듯했다. 다이아나가 줄곧 원해 온 말이 이렇게 가까운 곳에 있었다니. 한 번도 생각해 본 적 없었다.

그렇다고 금방 어떻게 되는 것도 아니다. 다이아나는 책을 덮어 테이블에 내려놓고는 다시 아야코의 아빠가 있는 곳으로 뛰어갔다. 풀이 죽어 상황을 설명하고 있는데 등 뒤에서 목소리가 들렸다.

"아빠, 쫓아가지 않아도 되는 거니?"

그 낭랑하고 맑은 목소리를 잊을 리 없다. 10년 만에 마주 보는 간자키 아야코는 그 시절과 조금도 변하지 않은 우아함과 청결함을 지니고 초연하게 이쪽을 쳐다보고 있었다. 밋밋한 투피스 차림에 하나로 묶은 머리가 눈길을 확 끄는 당당함을 풍기고 있다.

"지금은……, 지금은 네가 저주를 풀 차례가 아닐까? 나는 나 스스로 풀었어. 보여 줘. 네가 스스로 자신을 해방시키는 모습을 내게 분명하게 보여 줘."

무슨 말을 하는지 모르겠다. 그런데 아야코의 눈이 불타오르는 것처럼 빨갛다. 밀쳐낸 것은 그쪽이잖아. 일방적으로 절교 선언을 하고 10년 동안 소식 한 번 없더니 이제 와서 무슨 말을 하는 거야. 목구멍 너머까지 밀고 올라온 말을 다이아나는 꾹꾹 눌러 참았다. 그렇게 부족함 없는 환경에서 자란 네가 자신에게 스스로 저주를 건 내 심정을 알 리가 없잖아.

끝내 마음이 폭발하고 말았다.

"네가 뭘 안다고 그래. ……그 사람은 내가 생각하던 그런 아빠가 아니라고. 알아? 사정이 어떻든 책을 훔치는 그런 남자란 말이야. 아야코, 네 아빠처럼 다른 사람에게 자랑할 수 있는 아빠가 아니라고."

"누구에게나 가슴을 쫙 펴고 자랑할 수 있는 사람이 있는 건 아니잖아!!"

그렇게 말하는 아야코의 눈에는 눈물이 맺혀 있었다.

"다이아나, 스스로 자신을 좁은 곳에 가둬두면 안 돼."

둘이 잠시 서로를 노려보았다. 먼저 외친 쪽은 아야코였다.

"아무튼 뛰어!! 지금 안 가면 너 반드시 후회할 거라고!"

어렸을 때와 똑같은 단호한 외침에 다이아나는 움찔했다. 모두가 인정하는 우등생, 기댈 수 있는 자랑스러운 친구, 간자키 아야코였다. 그녀는 그 시절 그대로였다. 그렇다면 나 역시 변하지 않았는지도 모른다. 아빠를 찾아 헤매는 말라깽이, 내성적이고 책을 좋아하는 노란 머리 소녀. 그 아이를 위해서라면 지금 창피도 시선도 무릅쓰고 뛰어갈 수 있다. 아야코에게 등을 떠밀리듯이 다이아나는 앞치마 차림 그대로 뛰기 시작했다. 서점에서 나와 에스컬레이터로 뛰어들려는 순간 반대쪽 승강구에 티아라가 서 있다는 걸 알았다.

오늘 사인회 정보를 아야코 아빠에게 들은 것일까, 아니면 인터넷에서 본 것일까. 하지만 엄마는 하토리 게이치 최고의 팬이다. 그런 사람이 여기 있다고 이상할 건 없다. 다이아나는 그쪽으로 뛰어갔다. 티아라는 그녀답지 않게 수줍어하는 표정이다.

"너, 꽤 열심히 했더라. 여기서 계속 보고 있었어. 다음에는 내게도 책을 골라 줘. 알았지?"

"티아라에게 책을……? 안 읽기로 했다면서?"

티아라가 웃으면서 고개를 저었다.

"이제 다음 단계로 넘어가도 좋지 않을까 싶어서. 네가 이렇게 쑥쑥 앞으로 나아가고 있는데 내가 질 수는 없잖아."

부모가 책을 골라주지 않는 자신이 늘 가여웠다. 하지만 지금의 다이아나는 엄마에게도 책을 골라줄 수 있을지 모른다. 갑자기 신이 나면서 눈앞에 한 줄기 길이 빛나는 듯한 기분이 들었다.

"알았어. 티아라가 좋아할 만한 책 생각해 볼게. 묘사가 대박 화려하고 드라마틱하고, 주인공이 듬직하고, 반짝거리는 책!"

"오호, 기대되는데! 이제 쫓아가!"

등을 톡 치자 다이아나는 다시 뛰기 시작했다.

"고맙다! 과연 우리 딸이야."

등 뒤로 따라오는 엄마의 목소리에 몸이 간질간질했다.

다이아나는 머리를 까딱 숙이고는 에스컬레이터를 타고 뛰어 내려갔다. 이 빌딩은 역과 바로 이어진다. 가장 가까운 개찰구로 향했다. 플랫폼으로 내려가는 에스컬레이터에서 눈에 익은 다운재킷과 팥죽색 머플러를 발견했다.

"선생님, 기다려 주세요!"

알게 된 지 반년이 지났지만 아직 본명을 밝히지 못했다. 사정을 아는 다도코로 씨가 배려해 줘 사인회 사전 미팅을 할 때도 '책벌레'로 일관했다. 앞치마 주머니에 어쩌다 동전이 들어 있어 서둘러 전철표를 샀다. 개찰구를 지나 야마노테 선 플랫폼으로 달려갔다. 내려가는 에스컬레이터에 발을 올려놓자마자 승강장으로 들어오는 전철이 보였다. 하토리 선생님은 문 앞에 서 있었다.

"하토리 선생님, 기다려 주세요. 저예요. 책벌레입니다."

그렇게 외쳤지만 그 목소리는 플랫폼 안에 울리는 방송과 소음에 묻혀 버렸다. 흔하디 흔한 말은 주위에 부드럽게 녹아들고 쉽게 앞으로 나아가지만 그만큼 묻혀 버리기도 쉽다. 마침내 전철 문이 열렸다. 더 이상 창피하다 어떻다 따질 때가 아니었다.

이 말이라면 어떤 소음도 뚫고 나아갈 수 있다. 다이아나는 마음을 정했다.

"다이아나예요. 내 이름은 다이아나!"

그때야 하토리 선생님이 겨우 뒤를 돌아보았다. 두 사람 사이에 '다이아나'란 이름이 가로놓이는 것이 눈에 보이는 듯했다. 에스컬레이터에 탄 승객들이 모두 돌아보았다. 그리고 자연스럽게 길이 열렸고, 다이아나는 단숨에 뛰어내려 갔다. 숨을 헉헉거리며 올려다보았다. 하토리 선생님이 소심하게 씩 웃었다.

"오래 긴장하고 있었더니 배가 아파서……. 도망간 거 아니야."

선생님이 토하는 하얀 숨과 자신의 숨이 서로 녹아드는 것을 알 수 있었다. 멀어져가는 전철에 얇게 싸락눈이 쌓여 있었다.

"선생님은 그러니까…… 앤이 아니라 다이아나를 위해서 《비밀 숲의 다이아나》를 썼다는 말씀이죠?"

선생님이 물끄러미 이쪽을 보고 있는데 상관치 않고 계속 말을 이었다.

"모두가 하나같이 앤처럼 날아오를 수 있는 게 아니다. 대부분의 여자는 마을에서 산다. 조역인 다이아나야말로 수많은 여자들과 마찬가지로 영원히 '진정한 친구'일 수 있는 존재니까……. 앤처럼 유별난 아이가 그 조그만 마을에 받아들여진 것은 다이아나라는 친구가 있었기 때문이라고 나는 생각한다. 다이아나는 앤의 좋은 점을 자연스럽게 끌어내주었다."

선생님이 키득 웃었다. 다이아나는 부끄러워 더는 말이 나오지 않았다. 그러자 선생님이 입을 열었다.

"나는 어렸을 때부터 친구가 없었어. 그래서 처녀작의 주인공에게 다이아나라는 이름을 붙였지. 책을 좋아하는 여자들의 영원한 친구가 되었으면 하는 마음으로. 현실주의자지만 꿈의 세계를 믿고, 착하지만 사람들에게 버팀목이 되는 강함을 지닌 그런 다이아나같은 책이 되어주기를 바라는 마음으로."

"저, 다이아나예요. 커다란 구멍의 다이아나……. 한 번도 내 이름이 좋았던 적이 없었는데 지금 처음으로 좋아졌어요."

자신에게 있는 모든 희망과 감사를 담아 아빠를 쳐다보았다. 하토리 선생님은 목을 옆으로 갸웃거리면서도 기뻐하는 투였다. 그의 커다란 눈동자는 자신과 똑같은 갈색이었다.

"그랬군……. 엄마는 네가 세상에서 가장 럭키한 사람이 되기를 바란 모양이구나."

하토리 선생님은 그러고는 말없이 다이아나를 쳐다보았다. 무슨 말인가 하고 싶어 하면서도 몹시 답답해하는 표정이었다. 금방이라도 울음을 터뜨릴 것처럼 눈가와 콧잔등이 빨갛다.

"그렇게 입고서, 춥지 않니?"

셔츠에 앞치마 바람으로 뛰어온 다이아나의 모습을 보고는 간신히 그렇게 중얼거렸다.

"아, 서점에서 그냥 뛰어나오는 바람에……. 금방 돌아갈 거니까 괜찮아요."

"감기 걸리겠군. 자, 이거 둘러."

하토리 선생님은 머플러를 풀더니 사양할 틈도 없이 다이아나의 목에 둘둘 감아주었다. 커다란 손이 살짝 볼에 닿았다. 다도코로 점장에게 안겼을 때를 빼고 이성의 몸이 이렇게 가까이 있어본 적이 없는데 조금도 겁나지 않았다. 보푸라기가 인 싸구려 머플러였지만 목덜미에서 온몸으로 천천히 피가 도는 것을 느낄 수 있었다. 다이아나는 고개를 약간 숙이고 그 감촉을 느꼈다. 담배와 치약과 커피 냄새가 피어올랐다. 다음 전철이 바로 들어왔다.

"감사합니다. 저, 그럼, 이 머플러……."

"괜찮아. 싸구련데 뭐. 줄게. 이런 거밖에 할 수 없어서 미안하다."

선생님은 그렇게만 말하고는 전철에 올라탔다.

"물론, 저, 책을 훔친 일에 대해서는 용서하지 않아요. 두 번 다시 그런 일은 하지 마세요!! 서점 직원의 자존심이 아니에요. 태어날 아기를 위해서!!"

서둘러 그렇게 덧붙였다. 선생님은 붉은 눈두덩을 껌벅거리면서 시끄럽다는 듯이 고개를 숙였다.

문이 천천히 닫히고 전철이 움직이기 시작했다. 모습이 보이지 않을 때까지 선생님은 어린 남자아이처럼 머쓱하게 이쪽을 바라보았다. 멀어지는 야마노테 선을 바라보면서 다이아나는 한없이 밝은 길 하나가 자신의 내면에서도 뻗어나가는 것을 느꼈다.

에스컬레이터를 타고 개찰구로 나갔다. 서점으로 돌아가는 길에 다이아나는 몇 번이나 머플러를 쓰다듬었다. 이상과는 다르다. 책을 훔친 것도 용서하지 않는다. 하지만 이 다음이 있다. 기회는 얼마든지 있다. 지금은 서두르지 않고 태어나서 처음 느끼는 아빠의 감촉을 음미하고 싶었다.

서점으로 돌아와 보니 아야코도 아야코 아빠의 모습도 이미 보이지 않았다. 역시 지금의 우리에게는 그 이상 할 얘기가 없다. 슬픔과 실망이 밀려왔다. 하지만 사인회 마무리에 계산대 정리, 내일 납품 목록의 확인 등 할 일이 산더미처럼 많았다. 다이아나는 정신을 가다듬고 머플러를 풀고는, 잃어버리지 않을 장소에 갖다 놓으려고 휴게실로 향했다.

그때였다. 비즈니스 책 코너에서 조금 전의 그 투피스를 본 것은.

뭐라고 말을 해야 하는데 하고 생각했다. 이쪽이 돌아올 때까지 기다려준 것이 달려가 꼭 껴안고 싶을 정도로 고마웠다.

"저녁 시간의 서점, 초등학교 때 도서관 같은 냄새가 나네."

지금 자신도 그렇게 느꼈던 것을 아야코가 수줍어하면서 말했다.

"저 있지, 다이아나……. 나, 책 좀 찾아줄 수 있을까? 졸업까지 앞으로 두 달 남았는데, 역시…… 꼭 출판사에 응시해야겠다는 생각이 지금에야 드네. 음, 뭐랄까. 기분전환? 아니 희망을 품을 수 있는 그런 책을 좀 찾아주면 좋겠는데."

내게 맡겨 하고는 아야코를 아동서 코너로 데리고 갔다. 그리고 망설임 없이 《앤의 애정》을 찾아 내밀었다. 아야코는 어리둥절해 하며 고개를 갸웃거렸다.

"《빨간 머리 앤》은 두 번째 권까지가 재미있는 게 아니었어? 다이아나가 어렸을 때 그렇게 말했잖아. 그 다음부터는 연애와 결혼이 주된 내용이어서 재미없다고."

책 애기만 하는데도 10년이란 공백이 메워지는 게 마치 마법

같았다. 다이아나는 일부러 영업용 말투로 말했다.

"정말 좋은 소녀소설은 몇 번이든 다시 읽을 수 있어요, 손님. 어린 시절에든 어른이 되어서든. 매번 다른 방식으로 즐길 수 있으니까요."

뛰어난 소녀소설은 어른이 되어 읽어도 역시 재미있다. 하토리 선생님의 말이 옳다. 그 시절에는 공감할 수 없었던 감정을 내 손바닥 보듯 알게 되는가 하면, 신경조차 쓰지 않았던 조역의 빛나는 매력에 푹 빠지기도 한다. 새로운 발견을 얻는 동시에 자신의 성장도 깨닫게 된다. 어린 시절에 키운 우정 역시 책갈피를 끼운 곳을 펼치면 책을 덮었을 때의 기억과 분위기가 되살아나듯 몇 살이 되어도 되돌릴 수 있지 않을까. 몇 번이든 다시 읽을 수 있고, 몇 번이든 다시 시작할 수 있다. 몇 번이든 또 만날 수 있다. 다이아나는 서점이 세상에서 재회와 출발에 가장 어울리는 장소라서 좋아하는 것이다. 언젠가 반드시 축복과 희망을 손님들에게 선사하는 그런 책방을 차리고 싶다.

아야코는 《앤의 애정》이 마음에 쏙 드는 척하면서 이쪽을 보지 않고, 그러나 유연한 의지가 담긴 목소리로 이렇게 말했다.

"다이아나. 있지, 오늘 일은 몇 시에 끝나?"

서로의 심장이 드높이 울리는 소리가 들리는 기분이었다. 분홍색으로 물든 아야코의 손 안에서 새하얀 종이가 팔락팔락 넘겨지면서 사방 한 가득 아야코와 다이아나가 그토록 사랑했던 향을 꽃잎처럼 뿌렸다.

서점의 다이아나

1판 1쇄 발행 | 2015년 5월 15일
1판 3쇄 발행 | 2020년 11월 27일

지은이 유즈키 아사코
옮긴이 김난주
펴낸이 김기옥

BE본부 기획4팀
편집 장기영
영업 이봉주
경영지원 고광현, 김형식, 임민진

표지 디자인 공중정원 박진범
인쇄 미르인쇄
제본 정문바인텍

펴낸곳 한스미디어(한즈미디어(주))
주소 121-839 서울특별시 마포구 양화로 11길 13(서교동, 강원빌딩 5층)
전화 02-707-0337 | 팩스 02-707-0198 | 홈페이지 www.hansmedia.com
출판신고번호 제 313-2003-227호 | 신고일자 2003년 6월 25일

ISBN 978-89-5975-826-5 03830

책값은 뒤표지에 있습니다.
잘못 만들어진 책은 구입하신 서점에서 교환해 드립니다.